Dear Korean readers, you are winners, and you are not alone. Neither am I, because I have your company! Thank you

Paulo Coelho

한국 독자에게 보내는 메시지

친애하는 한국 독자여러분, 여러분은 승자입니다.
하지만 여러분은 혼자가 아닙니다. 나 역시 그렇습니다.
제겐 여러분이 있기 때문입니다. 감사합니다.

파울로 코엘료

승자는 혼자다

O VENCEDOR ESTA SO
by Paulo Coelho

Copyright ⓒ Paulo Coelho, 2008
Korean Translation Copyright ⓒ MUNHAKDONGNE Publishing Corp., 2009

This Korean edition is published by arrangement with
Sant Jordi Asociados, Barcelona, Spain(www.santjordi-asociados.com)
All Rights Reserved.
https://paulocoelhoblog.com

이 책의 한국어판 저작권은 스페인 Sant Jordi Asociados 에이전시를 통해
저자와 독점 계약한 (주)문학동네에 있습니다.
저작권법에 의해 한국 내에서 보호를 받는 저작물이므로
무단 전재 및 무단 복제를 금합니다.

이 도서의 국립중앙도서관 출판예정도서목록(CIP)은
서지정보유통지원시스템 홈페이지(http://seoji.nl.go.kr)와
국가자료종합목록 구축시스템(http://kolis-net.nl.go.kr)에서 이용하실 수 있습니다.
(CIP제어번호: CIP2009002062)

THE
WINNER STANDS
ALONE

승자는 혼자다

파울로 코엘료 장편소설
임호경 옮김

1

PAULO COELHO

문학동네

오 성모 마리아여, 원죄 없이 생명을 잉태한 이여,
당신께 의지하는 모든 이들을 위하여 기도해주소서. 아멘.

그리고 제자들에게 이르시되, 그러므로 내가 너희에게 이르노니 너희 목숨을 위하여 무엇을 먹을까, 몸을 위하여 무엇을 입을까 염려하지 말라. 목숨이 음식보다 중하고 몸이 의복보다 중하니라.

　까마귀를 생각하라. 심지도 아니하고 거두지도 아니하며, 골방도 없고 창고도 없으되 하느님이 기르시나니. 너희는 새보다 얼마나 더 귀하냐. 또 너희 중에 누가 염려함으로 그 키를 한 자라도 더할 수 있느냐. 혹 목숨을 한 시간이라도 연장할 수 있느냐. 그런즉 가장 작은 일도 하지 못하면서 어찌 다른 일들을 염려하느냐.

　백합화를 생각하여보라. 실도 만들지 않고 짜지도 아니 하느니라. 그러나 내가 너희에게 말하노니, 솔로몬의 모든 영광으로도 입은 것이 이 꽃 하나만큼 훌륭하지 못하였느니라.

누가복음 12장 22~27절

지금 나를 붙잡은 손이 누구의 것이든지,

한 가지가 없다면 그 모든 것이 헛될 것입니다.

당신이 나를 더 유혹하기 전에 공정한 경고를 드리겠습니다.

난 당신이 생각하는 그런 존재가 아닙니다, 전혀 다르지요.

나를 따를 자는 과연 누구일까요?

누가 나의 사랑을 독차지하기 위해 분투할까요?

그 길은 믿을 수 없으며, 결과도 불확실합니다.

어쩌면 그대를 파멸로 이끌지도 모릅니다.

당신은 다른 모든 것들은 포기해야 할 것입니다.

나만이 홀로 그대의 유일하고 절대적인 기준이 될 테니까요.

나를 기다리는 시간은 길고도 힘겨울지 모릅니다.

당신의 인생을 지배했던 과거의 이론과 주위 사람들에 대한 복종을

포기해야 하는지도 모릅니다.

그러므로 당신을 더이상 귀찮게 하기 전에 나를 이제 그만 놓아주세요,

당신의 손을 제 어깨에서 내려놓으세요,

저를 두고 당신의 길을 떠나세요.

월트 휘트먼, 『풀잎』에서

작가의 말

내 작품들 가운데서 빈번히 나타나는 주제 중 하나는 우리가 꿈의 대가를 치러야 한다는 사실이다. 그런데 우리의 꿈들은 어디까지 조작될 수 있는 것일까? 수십 년 전부터 우리는 명성과 부와 권력을 모든 것에 우선시하는 문화 속에서 살고 있다. 대부분의 사람들은 이것이야말로 우리가 순응해야 할 진정한 가치라고 믿고 있다.

우리는 무대 뒤에서 꼭두각시의 줄을 당기고 있는 자들이 익명의 존재라는 사실을 모른다. 반면, 그들은 진정한 권력은 보이지 않는 것임을 알고 있다. 그리하여 사람들은 덫에 걸려들고, 그 사실을 깨닫게 되었을 때는 이미 늦어버린 후이다. 이 책은 그 덫에 대해 이야기하고 있다.

『승자는 혼자다』에서 네 명의 주요 등장인물 중 세 사람의 꿈이 그렇게 조작되고 있다.

러시아의 억만장자인 이고르는 선한 목적을 위해서는 사람도 죽일 수 있다고 믿는다. 그로써 인간을 고통에서 구할 수 있으며, 사랑하는 여인의 마음을 다시 붙잡아올 수 있다고 생각한다.

패션계의 거물인 하미드는 좋은 의도를 가지고 출발하지만, 결국 그가 이용하려던 시스템에 사로잡히게 된다.

가브리엘라는 오늘날 대부분의 사람들이 그러하듯, 영광이 그 자체로 목적이 될 수 있다고 믿는다. 다시 말해 명성이 인생의 완성이라고 찬양하는 이 세상에서, 우리가 누릴 수 있는 지고의 보상이 바로 영광이라고 확신한다.

이런 인물들을 마음에 담은 채로 나는 『승자는 혼자다』를 썼다. 이 책은 스릴러가 아니다. 오늘날의 세계를 거칠게 담아본 스냅샷일 뿐이다.

2009년 여름
파울로 코엘료

차례

1

작가의 말 _ 010

AM 03 : 17 _ 015
AM 07 : 22 _ 033
AM 11 : 00 _ 057
AM 11 : 45 _ 075
PM 12 : 26 _ 094
PM 12 : 44 _ 118
PM 12 : 53 _ 140
PM 01 : 19 _ 150
PM 01 : 28 _ 156
PM 01 : 37 _ 196
PM 01 : 46 _ 213
PM 01 : 55 _ 234
PM 03 : 44 _ 255
PM 04 : 07 _ 280
PM 04 : 16 _ 297

AM 03:17

베레타 Px4 콤팩트 권총은 핸드폰보다 약간 더 크다. 무게는 약 700그램이며 한 번 장전하면 열 발을 발사할 수 있다. 작고 가벼워서 호주머니에 넣어도 별 표시가 나지 않는 이 소구경 권총은 엄청난 장점이 있다. 총알이 희생자의 몸을 깨끗이 관통하는 게 아니라 몸에 박힌 후에 이리저리 요동쳐 뼈에 충격을 가하며 내부 장기들을 파열시켜버린다는 것이다.

물론 소구경이기 때문에 총에 맞아도 생존할 가능성은 높다. 동맥 손상을 피한 피격자가 반격을 가해 저격자를 제압한 사례도 수없이 많다. 하지만 저격자가 이 분야에 조금이라도 경험이 있다면 얘기가 달라진다. 이 경우, 저격자는 둘 중 하나를 선택할 수 있다. 상대가 즉사하기를 원한다면 미간이나 심장을 겨누면 된다. 반대로, 서서히 죽이고 싶다면 총구를 늑골 부근에 비스듬한 각도로 겨누고 방아쇠를 당기면 된다. 그럴 경우 피격자는 자신이 치명상을 입었다는 사실을 곧바로 알아차리지 못한 채 반격하거나, 달아나거나, 구조를 요청하려 한다. 바로 여기에 이 총의 커다란 장점이 있다. 희생자가 죽기 전에 살인자의 얼굴을 볼 수 있다는 것이다. 출혈도 거의 없는 몸에서 점차 힘이 빠져나가는 것을 느끼다가 피격자는 결국 바닥에 털썩 허물어져내린다. 지금 자신에게 무슨 일이 일어나고 있는지 명확하게 이해하지 못한 채로.

물론 베레타는 전문가들에게는 결코 이상적인 무기라고 할 수 없다. "이건 여자들한테나 어울리는 물건이라네." 007 시리즈 1편에서 영국정보부 관리가 제임스 본드의 옛 권총을 회수하고 다른 모델을 건네면서 했던 말이다. 하지만 그건 전문가들한테나 해당되는 말이고, 그가 계획하고 있는 일에는 더없이 적합하다.

그는 이 베레타를 암시장에서 구입했다. 경찰이 총의 소유주를 추적하는 건 불가능할 것이다. 탄창에는 탄약이 다섯 발이 들어 있지만, 그는 한 발만 사용할 생각이다. 총알 끝부분에는 손톱 다듬는 줄로 X자의 홈을 파놓았다. 총알이 발사되어 단단한 표적에 적중하면, 총알은 그 안에서 네 조각으로 쪼개지리라.

하지만 그는 이 베레타를 최후의 수단으로만 사용할 생각이다. 그에게는 한 세계를 지워버릴 수 있는, 하나의 우주를 파괴할 수 있는 또다른 수단들이 있다. 그녀로 하여금 분명히 깨닫게 할 또다른 방법들이. 최초의 희생자가 발견되는 순간, 그녀는 메시지를 분명히 이해하게 될 것이다. 그녀는 알게 되리라. 그가 사랑을 위해 한 일이라는 것을. 그녀가 돌아와주기만 한다면 조금도 원망하지 않고, 아니 지난 이 년 동안 일어난 일에 대해 아무것도 묻지 않고 그녀를 받아들일 준비가 되어 있음을.

그는 지난 육 개월 동안의 치밀한 준비가 결실을 맺을 것이라 기대하고 있다. 모든 것은 내일 오전이면 분명해질 것이다. 그의 계획은 이렇다. 에리니에스, 그리스 신화의 이 복수의 여신들이 그 검은 날개를 펄럭이며 이 땅에 강림하게 하는 것이다. 다이아몬드, 보톡스, 그리고 엄청나게 빠르지만 두 사람밖에 태울 수 없어 누군가에게는 별 쓸모없는 허망한 자동차들이 점령하고 있는 이 흰색과 푸른색의 풍경 위로 말이다. 권력, 성공, 명성, 그리고 부에 대한 꿈들…… 이 모든 것은 그가 가져온 그 조그마한 도구들로 한순간에 종지부를 찍게 될 것이다.

사실 그는 이제 객실에 올라가도 상관없었다. 그가 기다리고 있던 장면은, 그의 예상보다 이른 밤 11시 11분에 이미 지나갔으니까. 그 시각에 사내는 아름다운 그녀와 함께 바에 들어왔다. 둘 다 우아한 야회복 차림이었다. 매일 밤 중요한 디너 후에 어김없이 열리는 갈라파티에 가는 것이겠지. 영화제 기간 동안 열리는 그 어떤 시사회보다도 사람들이 북적대는 그 화려한 행사에.

이고르는 그녀에게 눈길을 던지지 않았다. 오히려 그녀가 자신을 보지 못하도록 한 손으로 프랑스 신문을 들어 얼굴을 가렸나(러시아 잡지는 의심을 실 위험이 있다). 하지만 부질없는 짓이었다. 스스로 세상의 여왕이라고 믿는 여자들이 으레 그러듯, 그녀는 주위를 둘러보는 법이 없다. 그녀와 같은 여자들이 여기 있는 이유는 오직 하나, 홀로 눈부시게 빛나기 위해서다. 그녀들은 다른 사람들이 무엇을 걸치고 있는지 따위에는 눈길을 주지 않는다. 그녀 자신이 어마어마한 옷과 액세서리들을 걸치고 있음에도, 행여 다른 사람들이 걸친 다이아몬드의 수나 최고급 의상에 우울함과 언짢음 혹은 열등감마저 느낄 위험이 있으니까.

그녀와 동행한 우아한 은발의 사내는 바에서 샴페인을 주문했다. 샴페인은 새로 만나게 될 명사들, 감미로운 음악 그리고 해변과 요트들이 정박한 아름다운 항구의 전경으로 채워지게 될 밤을 위한 필수적인 아페리티프니까.

그는 웨이트리스를 꽤나 정중하게 대하는 사내의 태도를 지켜보았다. 사내는 샴페인 잔을 받아들고는 '고마워요'라고 말하는 걸 잊지 않았고, 상당한 액수의 팁도 건넸다.

세 사람은 피차 구면이다. 이고르는 자신의 혈액 속에 아드레날린이 섞여들기 시작하면서 터질 듯이 기쁨이 용솟음치는 것을 느꼈다. 내일 아침…… 나는 행동을 개시할 테고, 그녀는 내가 여기 있음을 알게 되리라. 그리고 어느 순간, 세 사람은 만나게 되리라.

하지만 그 만남이 어떤 결과로 이어질지는 오직 신만이 알 것이다. 정교회 신자인 이고르는 모스크바의 한 성당을 찾아가, 성 마리아 막달레나의 유골(러시아 신도들이 경배할 수 있도록 일주일간 전시중이었다) 앞에서 서원을 했다. 거의 다섯 시간이나 줄을 선 끝에 마침내 유골 앞에 이르렀을 때, 그는 이른바 '성녀의 유골'이란 사제들이 지어낸 허황된 거짓말에 지나지 않음을 깨달았다. 하지만 그는 거기에 가기 전 마음속으로 성녀에게 했던 약속을 깨고 싶지는 않았다. 그는 거기서 성 막달레나에게 간구했다. 너무 많은 희생을 치르지 않고 자신의 목적을 이루게 해달라고. 그리고 맹세했다. 모든 일을 끝내고 다시 고국 땅에 발을 디딜 수 있게 된다면, 노보시비르스크의 수도원에 사는 유명한 아티스트에게 그녀의 황금 성상을 의뢰하겠노라고.

새벽 세시, 마르티네스 호텔 바에는 담배냄새와 땀냄새가 떠돌고 있다. 지미(늘 양쪽 발에 색깔이 다른 구두를 고집하여 신는 피아니스트)의 피아노 연주가 끝난 지 오래고, 웨이트리스 역시 극도로 피곤한 표정을 짓고 있지만, 아직 남아 있는 사람들은 좀처럼 일어나려 하지 않는다. 떠나다니! 그들은 남아 있어야 했다. 앞으로도 최소한 한 시간쯤은, 필요하다면 밤새도록이라도 기다려야 하는 것이다. 뭔가가 일어나기 전까지 그들은 결코 이 자리를 뜨지 않을 것이다.

칸 영화제가 시작된 지도 벌써 나흘째인데, 아직 아무 일도 일어나지 않았다. 테이블 여기저기에 앉은 사람들은 모두 똑같은 생각에 사로잡혀 있다. 그렇다. '권력자'를 만나야 한다. 예쁜 여자들이 기다리고 있는 건 오직 한 가지, 힘 있는 영화제작자가 그녀에게 푹 빠져 차기작의 주요 배역을 약속하는 것이다. 바 안에는 배우들도 몇 사람 앉아 얘기를 나누고 있다. 주위에는 전혀 신경쓰지 않는 양 다들 웃음을 터뜨리고 있지만, 은근히 문 쪽을 곁눈질하고 있다.

누군가가 올지 몰라. 아니, 누군가가 와야 해. 젊은 영화감독들도 입구에 시선을 두고 있다. 촬영과 시나리오에 관한 글이라면 안 읽은 게 없고, 머릿속이 참신한 아이디어들로 꽉 차 있는 그들은 학부 때 제작한 영상물이 열거된 이력서를 들고서 기회가 오기를 기다리고 있다. 누군가가 올 거야. 파티에서 돌아와

빈자리를 찾아 앉고는, 커피를 한 잔 주문하고 담배를 피워 물겠지. 항상 똑같은 장소들에 신물이 나서 뭔가 새로운 모험을 찾고 있는 그런 거물이……

이 얼마나 순진한 생각인가!

그런 사람이 올 수도 있다. 하지만 그는 '아무도 시도해보지 않은 새로운 계획'을 들어보고 싶은 생각 따위는 추호도 없다. 하지만 그들은 이 사실을 모른다. 아니, 절망이 그들에게 환상을 불어넣는다. 이따금 바를 지나치는 힘 있는 사람들은 그들을 흘깃 쳐다볼 뿐 그대로 자기 방에 올라가버린다. 슈퍼클래스, 그들은 초조하지 않다. 두려울 것도 없다. 또 배신을 용서하지도 않는다. 각자가 지켜야 할 규칙을 알고 있고, 그 안에 머문다. 세간에 떠도는 전설과는 달리, 슈퍼클래스가 현재의 위치에 이르게 된 것은 서로 짓밟고 올라선 결과가 아니다. 그들이 어떤 예기치 못한 중요한 발견을 하게 되더라도—영화든 음악이든 패션이든 분야에 상관없이—그들 자신의 필요에 의한 철저한 연구의 결과로 얻어지는 것이지, 결코 이런 호텔 바에서 우연히 이루어지는 것은 아니다.

지금쯤 슈퍼클래스는 천신만고 끝에 파티에 들어오는 데 성공한, 그리고 성공을 위해서라면 뭐라도 할 준비가 되어 있는 젊은 여자와 섹스를 즐기고 있다. 혹은 메이크업을 지우며 얼굴의 주름을 발견하고는 다시 성형수술을 받을 때가 되었다고 생각하고 있다. 또는 오늘 낮 동안 자신이 내뱉은 말들을 매체들이 어떻게 다루었는지 인터넷을 통해 확인하고 있다. 그들은 수면을 위해 필요한 알약을 삼키거나, 애쓰지 않아도 살을 빼준다는 다이어트 차를 마시고 있다. 그들은 룸서비스 주문판에 내일 아침식단을 표시한 다음, '방해하지 마시오'라고 쓰인 팻말과 함께 문손잡이에 나란히 내건다. 그는 눈을 감고 생각한다. '빨리 잠들어야 할 텐데. 그래야 내일 아침 역시 약속에 늦지 않겠지.'

하지만 마르티네스 호텔 바의 순진한 사람들은 환상을 버리지 않는다. 이곳은 힘 있는 사람들이 출입하는 곳이고, 그러니까 그들이 일단 오기만 하면, 만날 기회가 있을 거라고.

그들은 상상도 하지 않는다. 힘 있는 사람들은 오직 서로에게만 말을 건다는 사실을. 슈퍼클래스, 그들 역시 가끔은 서로 만나 함께 먹고 마셔야 한다. 화려한 파티로 서로를 유혹하고, 용기 있게 꿈을 좇다보면 누구든 럭셔리하고 화려한 세계에 이를 수 있다는 환상을 지탱해야 한다. 돈이 되지 않는 전쟁은 막아야 하고, 돈과 권력을 가져다주는 경우에는 나라들과 기업들 사이에 싸움을 붙여야 하는 사람들이다. 그들은 그런 사람들이다. 성공의 볼모로 붙잡혀 있지만 늘 행복한 척하고, 이미 막대한 재산과 영향력을 소유했지만 더 불리려고 계속 씨름해야 한다. 허영에 사로잡혀 누가 최고 중의 최고인지 판가름하기 위해 끊임없이 경쟁하는 사람들이다.

이상적인 세계에서는 슈퍼클래스가 이런 자리에 나타나 배우나 감독, 디자이너, 작가 들에게 말을 걸기도 할 것이다. 피로로 빌겋게 충혈된 눈을 하고 앉아 있는 그들에게. 멀리 떨어진 변두리에 빌려둔 숙소까지 이 늦은 시각에 어떻게 돌아가나 고심하는 그들에게. 그래도 돌아가야지, 그래야 내일 또 여기저기 청탁을 하고, 실력자를 만날 가능성을 탐색하고, 끝없는 기다림으로 채워질 고된 하루를 또다시 시작할 수 있을 텐데, 하고 걱정하는 이 가련한 중생들에게.

하지만 현실의 세계는 전혀 다르다. 슈퍼클래스는 자기 객실에 틀어박혀 이메일을 체크하고 있을 뿐이다. 영화제 파티라는 게 다 그게 그거라고 투덜대면서. 혹은 어떤 친구의 보석이 자기 것보다 크고, 라이벌이 새로 산 요트 장식이 아주 독특했다는 걸 떠올리면서 '말도 안 돼!' 하고 분해하고 있을 뿐이다.

이고르는 대화할 상대가 아무도 없다. 그러고 싶은 마음도 없다. 그는 승자다. 승자는 외로운 법이다.

이고르는 러시아의 한 이동통신사의 회장이자 소유주다. 그는 일 년 전에 마르티네스 호텔에서 가장 비싼 특실을 예약해두었고, 오늘 오후 전용제트기로 칸에 도착해서 샤워를 한 다음 그

단 한 장면을 보기 위해 바에 내려와 있었다.

그렇게 바에 앉아 있는 얼마 동안 그는 자신에게 접근해오는 남녀 배우들과 감독들에게 시달려야 했다. 그는 그들을 피하기 위한 기막힌 대답을 준비해놓고 있었다.

'돈트 스피크 잉글리시, 쏘리. 폴리시(미안합니다만 영어 못해요. 난 폴란드 사람이에요)' 혹은, '돈트 스피크 프렌치, 쏘리. 멕시칸(미안합니다만 프랑스어 못해요. 난 멕시코 사람이에요).'

그래도 어떤 강적은 스페인어를 더듬거리며 대화를 계속해보려 했다. 이고르는 다른 퇴치수단을 사용해야 했다. 수첩을 꺼내 들고 숫자들을 써가며 뭔가 골똘히 계산하는 시늉을 했던 것이다. 그들이 달라붙으려드는 기자나 영화산업 종사자처럼 보이지 않기 위해. 게다가 그의 옆에는 따분하게 생긴 어떤 CEO의 얼굴이 표지에 실린 러시아 경제지 한 부가 뒹굴고 있었다(어차피 대부분의 사람들은 러시아어와 폴란드어, 스페인어를 구별하지 못한다).

바에 제법 드나들어 누구든 척 보면 어떤 부류인지 알아낼 수 있다고 자부하는 이들은 아예 이고르를 귀찮게 하지 않는다. 그들 눈에, 이고르는 새 여자친구를 구하러 칸을 찾은 억만장자 중 하나다. 그리고 그것이 지금 이고르에 관해 이 바 안에 떠돌고 있는 소문이기도 하다. 다른 곳에는 빈자리가 없다는 핑계로 그의 테이블에 합석해서 광천수 한 병을 시켜 마신 다섯번째 사람이 거쳐간 후, 저 고독한 사내는 영화계나 패션계 인사가 아니라는 소문이 퍼졌고, 그렇게 그는 '향수'로 분류되어 거기 홀로 남겨졌다.

'향수'는 여배우들(혹은 '스탈릿Starlet', 즉 '신인여배우'라 불리는 이들)이 사용하는 은어다. 향수는 브랜드를 이것저것 바꿔 써보다가 그중에서 진짜 보물을 발견할 수 있다. 여배우들에게 '향수'는 바로 그런 남자들이다…… 하지만 그녀들이 처음부터 향수를 찾는 건 아니다. 영화산업의 영역에서 뭔가 괜찮은 것을 찾아내지 못했을 때, 즉 영화제가 끝나기 이틀 전쯤부터나 향수를 찾아나선다. 따라서 돈깨나 있어 뵈는 저 이상한 사내는 당분간은 거기 그대로 놔둬도 된다. 하지만 여배우들은 너무도 잘 알고 있다. 빈손으로 영화제를 떠나느니 새 애인(영화제작자로 변신할 가능성이 있는 사람)과 손을 잡고 떠나는 편이 백배 낫다. 그러지 못하면 다음 행사가 열리는 곳에서 지금의 이 고역을 또다시 반복해야 하니까. 술을 홀짝대고 미소를 지으면서(미소를 잃지 않는 것, 이 점이 포인트다) 주위를 두리번대지 않는 척해야 한다. 그렇지만 심장의 고동이 미친 듯 빨라지는 게 고통스러울 정도로 느껴진다. 시간은 째깍째깍 흘러가고, 자신은 초대받지 못했으나 '향수'들은 초대받은 갈라파티들은 아직 남아 있고……

그녀들은 '향수'들이 무슨 말을 속삭일지 잘 알고 있다. 늘 같은 소리니까. 하지만 마치 난생처음 듣는 소리인 것처럼 순진하게 믿는 척해야 한다.

1. 난 당신의 인생을 바꿔줄 수 있어.
2. 많은 여자들이 지금 당신의 자리에 있고 싶어할걸.
3. 지금 당신은 젊지. 하지만 몇 년 후엔 어떻게 될까? 좀더 장기적인 투자를 생각해볼 필요가 있어.
4. 난 결혼했어. 하지만 내 아내는……(그리고 이어질 말들은 경우에 따라 조금씩 달라지기도 한다. '중병에 걸렸어'라든가, '만일 내가 떠나면 자살해버리겠대' 등등.)
5. 당신은 공주고, 그에 걸맞은 대우를 받아야 마땅해. 지금껏 몰랐지만, 돌이켜보면 난 당신을 기다려온 것 같아. 이 만남은 결코 우연이 아니야. 우리의 관계를 진지하게 발전시켜보자고.

향수가 하는 말, 그리고 둘 사이에 오가는 말이야 뻔하다. 바뀔 게 있다면, 향수에게서 얼마나 많은 선물(가급적이면 환금성이 높은 보석이 좋다)을 받아내느냐이다. 그를 통해 요트 선상파티에 몇 번이나 초대받고, 명사들의 명함을 몇 장이나 받아낼 수 있으며, 향수들이 늘어놓는 그 뻔한 밀어들을 몇 번이나 들어야 하느냐이다. 혹은 향수들과 같은 계급의 사람들과 섞일 수 있는 곳, 즉 '대어'를 낚을 가능성이 높은 포퓰러원 관람 초대권을 한 장 얻어낼 수 있는가이다.

남자배우들에게 '향수'는 성형수술과 보톡스로 온몸을 뜯어 고친, 하지만 최소한 남자 향수들보다는 훨씬 영악한 나이든 여자 갑부들을 의미한다. 결코 시간을 허비하지 않는 그녀들은 영화제 폐막 며칠 전에야 칸에 도착한다. 자신의 매력은 다름 아닌 돈이라는 사실을 명확히 인식하고 있는 것이다.

남자 향수들은 곧잘 착각에 빠진다. 긴 다리와 앳된 얼굴의 영계가 자신의 유혹에 넘어왔고, 이제 자신의 매력으로 그녀를 마음대로 움직일 수 있다고. 반면 여자 향수들이 믿는 것은 오직 하나, 반짝이는 금화의 위력뿐이다.

이고르는 이런 사정을 자세히 모른다. 그는 이 도시에 처음 왔다. 그리고 온 지 얼마 되지 않아 놀라운 사실을 하나 발견했다. 이 바에 앉아 있는 사람을 제외하고는 영화에 관심을 갖는 사람이 아무도 없다는 사실. 잡지 몇 권을 뒤적여보고, 친구가 챙겨준 최상급 파티들의 초대권이 담긴 봉투를 열어보았지만, 영화 시사회에 대한 언급은 어디에도 없었다. 칸에 오기 전부터 이번

영화제의 경쟁작들에 대해 알아보려 했지만 정보를 얻기가 어려웠다. 그런 그에게 친구는 말했다.

"영화 따윈 잊어버려. 칸은 패션쇼일 뿐이야."

패션이라…… 대부분 사람들은 생각한다. 패션이란 계절에 따라 바뀌는 것이며, 세계 각국의 디자이너들이 제시하는 개성적인 옷과 장신구와 신발 등이라고…… 하지만 그들은 까맣게 모른다. 패션이란 단지 말하는 방식일 뿐이다. '난 당신과 같은 세계에 속해 있어. 당신이 속한 군내의 제복을 입었다고. 그러니 날 쏘지 마.'

인간이 혈거생활을 시작한 이래, 패션은 모든 사람들, 심지어는 이방인들까지도 이해할 수 있는 유일한 언어였다. '우리는 똑같은 방식으로 입었다. 당신과 나는 같은 부족이다. 우리는 단결하여 약한 자들을 쳐부수고 살아남자.'

패션이 모든 것이라고 믿는 사람들도 있다. 그들은 육 개월마다 작은 디테일 하나를 바꾸기 위해 엄청난 돈을 써댄다. 부자들 가운데서도 폐쇄적인 소수 부족의 멤버십을 유지하기 위해서다. 이런 사람들이 실리콘밸리를 방문하여 IT산업의 억만장자들이 플라스틱 손목시계와 허옇게 닳은 청바지 차림인 걸 본다면, 이제는 세상이 바뀌었음을 깨닫게 되리라. 거기서는 모든 사람이 같은 계급에 속한 듯이 보이고, 아무도 다이아몬드의 크기나 넥타이나 가죽지갑의 브랜드 따위에 관심을 보이지 않으니까. 사실 그 동네에는 넥타이나 가죽지갑이 아예 존재하지도 않는다. 하지만 거기서 조금 더 가면 할리우드가 있다. 사양길에 접어들긴 했지만 여전히 대중의 마음을 흔들고 있는 그 강력한 장치 덕분에 아직도 순진한 사람들은 오트쿠튀르의 드레스와 에메랄드 목걸이와 대형 리무진을 숭배한다. 잡지들은 아직도 앞다투어 이 모든 것들을 싣는다. 이런 쓸잘 데 없는 물건들의 판매와 광고, 모르고 살아도 아무 지장 없는 최신 유행의 창조, 똑같은 물건에 다른 상표만 붙인 미용크림 개발 등을 통해 수십억 달러를 벌어들이는 이 거대한 시장을 누가 파괴하려들겠는가.

이 얼마나 우스꽝스러운 일인가! 이고르는 이런 한심한 일들을 꾸미고 부추기고 결정하는 자들에 대한 분노가 치미는 걸 느낀다. 그들은 일과 건강, 그리고 기거할 집과 사랑하는 가족이 있으면 그것만으로도 얼마든지 품위 있게 살아갈 수 있는 수백만 정직한 사람들의 삶을 망치는 자들이다.

얼마나 사악한 일인가! 가족이 식탁에 둘러앉고, 부족한 게 아무것도 없는데도, 슈퍼클래스의 유령은 화려함과 아름다움 그리고 권력이라는 불가능한 꿈들을 팔기 위해 찾아온다. 그렇게 가정은 붕괴된다.

아버지는 며칠 밤을 새워가며 연장근무를 해야 한다. 아들에게 최신 모델의 운동화를 사주기 위해. 그게 없으면 아들이 학교에서 왕따를 당하기 때문이다. 아내는 말없이 흐느낀다. 친구들은 모두 고급 브랜드의 옷을 입는데 자기만 그럴 수 없기 때문이다. 십대 자녀들은 신앙과 희망의 진정한 가치를 배우려 하지 않고 연예인이 되기를 꿈꾼다. 시골마을 소녀들은 자신의 진정한 정체성이 무엇인지 생각해보려 하지 않고 대도시로 가야 한다고 믿는다. 그래서 선망하는 그 보석을 손에 넣을 수만 있다면 그야말로 뭐든 해보리라 결심하면서. 정의를 향해 나아가야 할 세계가, 육 개월 후면 다른 것으로 대체될 아무 쓸모없는 물건들 주위를 돌고 있다. 이 따위 한심한 서커스 덕분에 지금 칸에 모여 있는 이 경멸스러운 무리가 세상의 정점을 차지하고 있는 것이다.

물론 이고르는 이 파괴적인 힘에서 벗어나 있다. 그는 세상 사람들이 부러워하는 일을 하고 있고, 일 년 동안 써도 남을 만큼의 돈을 단 하루에 버는 사람이다. 원한다면 합법적이든 불법적이든 모든 향락을 맛볼 수도 있다. 여자를 유혹하는 건 그에게 어려운 일이 아니다. 굳이 자신이 부자라는 사실을 밝힐 필요도 없다. 이미 여러 번 시도했고 그때마다 성공했기에 잘 알고 있는 사실이다. 그는 마흔을 갓 넘겼고 체력은 최고이며, 매년 정기검진을 받지만 이상은 전혀 없다. 갚아야 할 빚도 없고, 특정 브랜드의 옷을 입을 필요도, 유명 레스토랑에 다닐 필요도, '다들 간다는' 해안가에서 휴가를 보낼 필요도, 유명 스포츠 스타가 광고했다는 이유만으로 특정 모델의 시계를 살 필요도 없는 사람이다. 그는 싸구려 볼펜으로도 중요한 계약서에 서명할 수 있으며, 사무실 근처의 작은 양복점에서 만든, 그래서 요란한 상표도 붙지 않은 편안하고 우아한 양복을 걸치고 다닐 수 있는 사람이다. 그는 원하는 것을 모두 할 수 있지만 자신이 부자임을, 멋진 직업을 가지고 있음을, 그리고 그 일을 너무도 사랑하고 있음을 누구에게도 증명할 필요가 없는 사람이다.

아마도 그것이 문제였으리라. 자신의 일을 너무도 사랑한다는 것. 그는 그렇게 확신하고 있다. 몇 시간 전 바에 들어왔던 그 여자가 지금 자신의 테이블에 함께 앉아 있지 않은 것은 바로 그 때문이라고.

그는 시간을 때우고자 상념에 잠긴다. 크리스텔에게 술 한 잔을 더 주문한다. 약간의 대화를 나눈 덕에 그녀의 이름을 알고 있다. 몇 시간 전, 사람들이 저녁식사를 하느라 바가 조금 비어갈 무렵 그는 위스키를 주문했고, 그녀는 그가 왠지 슬퍼 보인다며 기분전환을 위해 뭔가 좀 먹는 게 좋겠다고 말했다. 그는 고맙다고 대답했다. 누군가가 자신을 염려해주는 게 정말로 고마웠다.

아마도 이 웨이트리스의 이름을 아는 사람은 그뿐이리라. 모두들 다른 테이블과 저쪽 소파에 앉은 사람들의 이름—가능하다면 직위까지—에만 관심을 두고 있는 이 공간에서.

그는 생각을 이어가려 애쓴다. 하지만 벌써 새벽 세시이고, 아름다운 여인과 교양 있는 사내—그런데 사내의 외모는 그와 많이도 닮았다—는 다시 나타나지 않는다. 그들은 곧장 방으로 올라가 사랑을 나누고 있는지도 모른다. 어쩌면 대부분의 파티들이 끝나가는 이 시간에야 비로소 시작되는 요트의 선상파티에서 샴페인을 마시고 있는지도 모르고. 아니 어쩌면 침대에 누워 서로에게 눈길 한번 던지지 않고 잡지를 들여다보고 있을지도 모른다……

어쨌거나 상관없는 일이다. 이고르는 혼자였고 피곤했다. 그는 잠이 필요했다.

AM 07:22

 아침 7시 22분이다. 잠에서 깨어났지만 아직 노곤하다. 더 자야 했지만, 아직 시차에 적응하지 못한 몸은 모스크바의 시간을 따르고 있다. 모스크바의 사무실이었다면 지금쯤은 벌써 직원들과 두세 차례 회의를 한 후 새 고객과 점심식사를 하기 위해 준비를 하고 있을 것이다.
 여기서는 다른 할 일이 있다. 누군가 한 사람을 찾아내, 사랑의 이름으로 그를 희생시켜야 한다. 희생자가 필요하다. 그래야 에바가 오늘 오전에 그의 메시지를 받게 될 테니까.
 그는 샤워를 하고 테이블이 거의 비어 있는 한산한 레스토랑에 내려가 커피를 마셨다. 그러고는 최고급 호텔들이 줄지어 늘어선 크루아제트 대로를 따라 걸었다. 대로에는 차가 보이지 않았다. 도로 한쪽 차선은 아예 공식허가증을 가진 차만 통행할 수 있게 통제되고 있었고, 통제하지 않는 차선도 이 도시 주민들이 한창 출근준비를 하고 있을 시각이라 아직 비어 있었다.

그는 원한을 품고 있지 않다. 가장 어려운 단계, 즉 고통과 증오로 잠 못 이루던 단계는 이미 지났다. 이제 그는 에바의 행동을 이해할 수 있다. 결국 일부일처제란 우리 인간들에게 강요된 하나의 신화에 지나지 않는다. 이고르는 이 주제에 관한 많은 글을 읽었다. 그것은 호르몬의 과다분비나 허영의 문제가 아니었다. 거의 모든 동물의 유전자에 새겨진 본질적인 문제였다.

과학은 그렇게 말하고 있다. 새, 원숭이, 여우 등을 연구한 과학자들은 흥미로운 사실을 밝혀냈다. 이 종들은 인간의 혼인관계와 흡사한 관계를 맺지만, 그렇다고 파트너에게 전적으로 충실한 건 아니다. 이들의 70퍼센트가 사생아로 태어난다. 이고르는 시애틀 워싱턴대학교의 심리학 교수인 데이비드 배러시 박사가 한 말을 기억하고 있다. "오직 백조만이 정절을 지킨다는 말이 있다. 하지만 이 말도 사실이 아니다. 자연의 종들 가운데 간음을 범하지 않는 유일한 종은 '디플로준 파라독숨Diploong paradoxum'이라는 아메바다. 두 마리의 어린 아메바는 어릴 때 만나 하나로 합쳐져 단일한 유기체를 이룬다. 이 종 외에는 모두가 제 짝을 배신할 가능성이 있다."

에바를 비난할 수 없는 이유다. 그녀는 단지 인간의 본성을 따랐을 뿐이다. 그런데 문제는, 그녀가 이 자연의 원리와 동떨어진 사회관습을 배우며 자랐다는 사실이다. 하여 지금 이 순간 그녀는 죄의식을 느낄 테고, 남편이 더이상 자신을 사랑하지 않으며 또 결코 용서하지도 않을 것이라고 믿고 있으리라.

하지만 결코 그렇지 않다! 그녀가 돌아온다면 그는 그녀를 따뜻하게 맞아줄 테고, 아무것도 묻지 않고 과거를 깨끗이 봉인할 것이다. 그녀에게 이 사실을 깨닫게 해주어야 한다. 그러기 위해, 그런 메시지를 보내기 위해, 그는 모든 걸 할 준비가 되어 있다. 누군가의 세계를 파괴하는 일까지 포함해서.

보도에 팔 물건들을 늘어놓고 있는 젊은 여자가 눈에 띄었다. 허접해 보이는 수공예품 나부랭이들이었다.

그래. 희생물은 이 여자다. 그가 보낼 메시지, 수신자가 받자마자 곧바로 이해할 메시지. 가까이 다가가기 전에 그는 여자를 따스한 눈길로 바라보았다. 그녀는 자신의 운명을 전혀 알지 못한다. 일이 순조롭게 진행된다면, 오래잖아 그녀의 영혼은 구름 속을 헤매게 되리라. 이 멍청한 일에서, 그녀가 꿈꾸는 곳으로 결코 데려다줄 수 없는 이 한심한 일거리에서 해방되리라.

"값이 얼마죠?"

그는 완벽한 불어로 묻는다.

"어느 거요?"

"전부 다."

채 스무 살도 안 돼 보이는 여자는 미소 짓는다.

"그런 제안, 이미 많이 들어봤어요. 다음 단계는 이렇게 나가겠죠. '나랑 산책이나 하겠어요? 이런 싸구려나 팔며 앉아 있기엔 아가씨는 너무 예뻐요. 내가 어떤 사람이냐면……'"

"……아니. 그렇지 않소. 난 영화계 사람이 아니오. 난 아가씨를 배우로 만들 생각도 없고, 아가씨 인생을 바꿔줄 생각도 없소. 당신이 파는 물건들에 대해서도 별 관심 없고. 난 그저 당신과 얘기하고 싶을 뿐이오. 여기서 이야기해도 괜찮아요."

여자는 눈을 돌려버린다.

"이건 내 부모님이 만드신 작품들이고, 난 내가 하는 일을 자랑스럽게 여기고 있어요. 언젠가 이곳을 지나는 누군가가 이 작품들의 가치를 인정해줄 거예요. 제발 부탁이니 다른 곳으로 가주세요. 당신이 하고 싶다는 말을 들어줄 사람을 어렵지 않게 찾을 수 있을 거예요."

이고르는 주머니에서 지폐 한 다발을 꺼내어 그녀 옆에 조용히 내려놓았다.

"무례했다면 용서해요. 물건에 관심이 없다고 한 건 값을 좀

깎아보려고 그런 거요. 내 이름은 이고르 말레프요. 러시아에서 어제 도착했고, 시차 때문에 좀 멍한 상태요."

"난 올리비아예요."

여자는 그의 거짓말을 믿는 척한다.

그는 허락도 구하지 않고 벤치의 그녀 옆에 앉는다. 그녀는 몸을 움직여 약간 거리를 둔다.

"그래, 무슨 말을 하고 싶으신 거죠?"

"우선 그 돈부터 넣어둬요."

올리비아는 망설인다. 하지만 주위를 둘러본 그녀는 조금도 두려워할 이유가 없음을 깨닫는다. 통제하지 않는 도로에는 이제 차가 다니기 시작하고, 해변으로 향하는 젊은이들이 내려오고 있고, 보도에는 늙은 부부가 걸어가고 있다. 그녀는 세어보지도 않고 지폐다발을 주머니에 집어넣었다. 세상을 알 만큼은 아는 그녀는 그의 제안이 무엇이든, 이 정도면 충분한 액수임을 잘 알고 있었다.

"받아줘서 고맙소."

러시아 사내가 말을 이었다.

"무슨 말을 하고 싶냐고? 사실 특별한 건 없소."

"아니, 뭔가 있으시겠죠. 지금은 여기 사는 사람들한테나 관광객들한테나 이곳이 지긋지긋해지는 때예요. 이런 때 여길 오셨다면 뭔가 특별한 이유가 있을 거예요."

이고르는 바다를 바라보며 담배를 피워 물었다.

"담배는 건강에 좋지 않아요."

이고르는 그녀의 말에 대꾸조차 하지 않는다.

"아가씨에게 인생의 의미는 뭐지?"

그가 묻는다.

"사랑이요."

올리비아의 얼굴에 미소가 떠오른다. 공예품 값이나 사람들의 옷차림에 대한 얘기보다는 훨씬 깊이 있는 이야기다. 이런 대화로 하루를 시작하는 게 기분 좋았다.

"그럼 당신은요? 당신에게 인생의 의미는 뭐예요?"

"나 역시 사랑이오. 하지만 난 돈을 버는 것도 중요하다고 생각했소. 돈을 많이 벌어서 내가 능력이 있다는 걸 부모님께 보여주고 싶었지. 난 성공했고, 지금 그분들은 나를 자랑스럽게 여기고 있소. 난 완벽한 여자를 만났고, 그녀와 함께 가정을 이루었지. 아이들도 갖고, 하느님을 경외하는 삶을 살고 싶었어. 하지만 아이는 생기지 않았소."

올리비아는 까닭을 묻고 싶었지만 참았다. 무례한 일로 느껴졌기 때문이다. 사십대의 사내는 완벽한 불어로 말을 이었다.

"우리는 아이를 입양할 생각까지 했소. 이삼 년 동안 그 문제를 진지하게 생각해봤지. 하지만 삶이 몹시 분주해지더군. 여행에 파티, 미팅, 거래……"

"처음 당신이 얘기 좀 하자며 여기 앉았을 때는 즉석 헌팅이나 즐기려는 괴짜 백만장자 정도로 생각했어요. 하지만 이런 얘기를 하시니 좋네요."

"아가씨는 자신의 미래에 대해 생각해본 적 있소?"

"그럼요. 제 꿈도 아저씨의 꿈과 거의 같을 거예요. 아이들도 당연히 가질 생각이고요."

그녀는 잠시 말을 멈춘다. 느닷없이 나타나 마치 친구처럼 옆에 앉은 이 사람에게 상처를 주고 싶지 않았다.

"……물론 가능하다면 말이죠. 하느님은 때로 다른 계획들을 갖고 계시니까요."

하지만 그는 그녀의 말에 전혀 귀를 기울이지 않는 기색이었다.

"이 영화제에 오는 건 백만장자들뿐인가?"

"백만장자들 말고도 스스로 백만장자라고 믿는 사람들, 그리고 백만장자가 되고 싶어하는 사람들도 오죠. 영화제 기간 동안 칸의 이쪽 동네는 꼭 정신병원처럼 변해요. 모두가 마치 자신이 엄청나게 중요한 인물이라도 되는 양 행동하죠. 정말로 중요한 인물들은 빼놓고요. 그분들은 내가 파는 것을 항상 사주지는 않지만, 최소한 미소를 짓거나 상냥한 말을 건네고, 나를 아주 정중히 대해줘요. 근데 당신은요? 당신은 무얼 하러 여기 오셨죠?"

"하느님은 엿새 만에 세계를 창조했지. 그런데 세계란 뭐지? 그건 당신이나 내가 보는 것들이오. 한 사람이 죽을 때마다 우주의 한 부분 역시 죽는다고 할 수 있지. 한 인간이 보고 느끼고 체험한 모든 것들이 그와 더불어 사라져버리는 거야. 눈물이 빗물에 섞여 사라지듯이."

"눈물이 빗물에 섞여 사라지듯이…… 아! 그 말, 어떤 영화에서 들은 적이 있어요. 어떤 영화였는지는 생각 안 나지만."

"하지만 난 울기 위해 여기 온 건 아니야. 사랑하는 여자에게 메시지를 보내려고 왔지. 그리고 그러기 위해 몇 개의 우주, 혹은 몇 개의 세계를 파괴해야 해."

올리비아는 웃는다. 이상한 얘기이긴 했지만 불안감이 느껴지진 않았다. 세련된 옷차림에 완벽한 불어를 구사하는 이 잘생긴 사내가 미친 사람일 리는 없다. 사실 그녀는 매일같이 듣는 똑같은 소리에 신물이 났다. 당신은 아주 예뻐, 당신은 지금보다 훨씬 좋은 일을 할 수 있을 거야, 이건 얼마지? 이건 또 얼마야? 너무 비싸, 딴 데 둘러보고 다시 올게(물론 다시 오는 일은 결코 없다) 등등. 최소한 이 러시아 남자에겐 유머 감각이 있어 보였다.

"그런데 왜 세계를 파괴하려는 건데요?"

"허물어진 내 세계를 다시 세우려고."

올리비아는 자기 옆의 사내를 위로해주고 싶은 마음이 들었다. 하지만 그러다보면 늘 나오게 마련인 '당신이 내 인생의 의미가 되어줘' 같은 말을 듣게 될지도 모른다. 그러면 대화는 당장에 중단되겠지. 그녀에겐 미래에 대한 다른 계획이 있었다. 게다가 자기보다 나이도 많고 훨씬 잘 나가는 남자에게 인생의 어려움을 극복할 방법을 가르치겠노라 나서는 건 아무래도 멍청한 짓 아닌가.

그럼 어떡한다? 그래, 이 사람이 살아온 삶에 대해 얘기하게 하자. 이 사람은 자기랑 얘기해달라고 돈까지 주었으니까.

"그래서 구체적으로 어떻게 하실 건데요?"

"두꺼비에 대해 좀 아나?"

"두꺼비요?"

"생물학에서 연구한 결과에 따르면, 두꺼비 한 마리를 살고 있던 호수의 물과 함께 용기에 넣어 불을 지피면 꼼짝 않고 그 안에 머문다더군. 녀석은 온도가 점차 올라가는 것, 즉 외부환경의 변화에 반응하지 않는 거지. 그러다가 마침내 물이 끓으면 몸이 삶아져 퉁퉁 부풀어오르지만 행복하게 죽는 거야.

그런데 물이 끓고 있는 용기에 두꺼비를 넣으면 즉시 튀어나와. 화상은 좀 입을지 몰라도 살아 있는 상태로 말이야."

두꺼비 이야기와 세계의 파괴가 무슨 관계가 있는지, 올리비아로서는 이해가 되지 않았다. 이고르는 말을 이었다.

"나도 두꺼비처럼 군 적이 있었어. 나 역시 변화를 감지하지 못했지. 그저 이렇게 생각했어. 모든 게 괜찮아질 거야. 나쁜 일들은 지나가버릴 거야. 시간이 해결해줄 거야…… 난 곧 죽을 운명이었어. 삶에서 가장 소중한 것을 잃었으니까. 그렇게, 일 분 일 초가 지날 때마다 점점 더 뜨거워지는 물속에서 무기력하게 둥둥 떠다녔을 뿐이야."

올리비아는 용기를 내어 물었다.

"뭘 잃었는데요?"

"사실 아무것도. 때로 삶은 두 사람을 떨어뜨려놓기도 하지만, 그건 결국 그들이 서로에게 얼마나 소중한 존재인지 깨닫게 하려는 거니까. 어젯밤, 난 아내가 다른 사내와 함께 있는 걸 보았어. 하지만 난 알고 있어. 그녀가 내게 돌아오기를 갈망하고 있다는 걸. 아직도 날 사랑하고 있다는 걸. 하지만 그녀는 용기가 없어서 첫 발을 떼지 못하고 있는 거야. 어떤 두꺼비들은 몸이 익어가면서도 계속 이렇게 생각하지. 중요한 건 능력이 아니라 상황에 순종하는 거라고. 능력 있는 자들은 명령하지만, 현명한 자는 순종하는 법이지, 라고…… 이런 태도에 무슨 진실이 있겠어? 비록 화상을 입었더라도 아직 살아 있을 때, 아직 행동할 수 있을 때 끓는 물에서 뛰쳐나와야 하는 거야.

그리고 어쩌면 아가씨가 날 도와줄 수 있을 것 같은데."

올리비아는 사내의 머릿속에 든 생각을 어렴풋이나마 이해하기 시작했다. 어떻게 이런 사람을 버리고 떠날 수 있었을까? 이렇게 재미있는 사람을. 그녀가 한 번도 들어보지 못한 얘기들을 재미있게 들려줄 수 있는 사람을. 사랑에는 아무런 논리도 없다는 것, 아직 어렸지만 그녀는 이 사실을 잘 알고 있었다. 예를 들면 자기 애인에 대한 그녀의 감정이 그렇다. 그는 때로 거친 모습을 보이고, 어떤 때는 그녀를 때리기까지 했다. 하지만 그녀는 그 없이는 단 하루도 살 수 없었다.

그런데 우리가 무슨 말을 하고 있었지? 그래, 두꺼비에 관한 얘기였어. 그리고 내가 이 사람을 도울 수 있다는 얘기도 하고 있었지. 물론 그건 말도 안 되는 얘기니까 화제를 바꾸는 게 좋겠어.

"그럼 어떻게 세계를 파괴하겠다는 거죠?"

이고르는 크루아제트 대로의 통제하지 않는 쪽 차도를 가리켰다.

"이렇게 가정해보자고. 당신이 어떤 파티에 가고 싶어해. 난 당신이 가는 걸 원치 않는데, 그런 마음을 툭 털어놓고 얘기하지 못하는 상태야. 그럴 때 난 이렇게 하지. 러시아워가 되기를 기다렸다가 저 길 한복판에 차 한 대를 세워놓는 거야. 십 분도 못

되어 해변 앞 도로 전체가 꽉 막혀버리겠지. 그럼 운전자들은 사고가 났나보다 생각하고는 기다릴 거야. 십오 분 후에는 경찰이 내 차를 끌어가려고 견인차를 몰고 달려오겠지."

"흔히 일어나는 일이죠."

"하지만 난 차에서 내려 앞쪽에다 못이며 날카로운 것들을 뿌려놓을 거야. 물론 아무도 눈치채지 못하게. 그것들은 미리 검정색으로 칠해놔서 아스팔트에서 눈에 띄지 않게 하고. 그럼 견인차의 타이어가 터지겠지. 이제 문제 차량은 하나가 아니라 둘인 셈이고, 교통체증은 이 작은 도시의 변두리, 어쩌면 당신 집이 있는 곳까지 이어지게 될 거야."

"아주 독창적인 생각이네요. 하지만 그래봤자 내가 귀가하는 시간이 한 시간 정도 늦어지는 것뿐인데요."

이번에는 그가 미소 지었다.

"상황을 악화시키는 방법은 수백 가지가 있을 수 있어. 예를 들어 사람들이 도와주겠답시고 모여들면 난 견인차 밑에 연막탄 같은 것을 슬쩍 던져놓는 거야. 차가 연기를 뿜어대면 다들 겁먹을 테니까. 그럼 나는 절망한 표정을 지으며 다시 내 차에 올라타고는, 차 바닥 카펫에다 라이터 기름을 뿌리고 불을 붙이는 거지. 그러고는 차에서 뛰어내려서 앞으로 벌어질 일들을 구경하는 거야. 불은 점점 번지고, 마침내 연료탱크에 옮겨붙어 차가 폭발해버리겠지. 이어 그 뒤에 있는 차들 역시 연달아 폭발하고. 이 모든 일을 벌이기 위해서는 차 한 대, 못 몇 개, 여느 가게에서나 쉽게 구할 수 있는 연막탄 하나. 그리고 이 정도의……"

이고르는 주머니에서 조그만 유리병을 꺼내 보여준다.

"……라이터 기름만 있으면 돼. 사실 이런 일은 에바가 떠나려는 기미를 보였을 때 해야 했어. 그녀의 결정을 늦춰야 했지. 그럼 그녀는 조금 더 생각해봤을 거야. 어떤 결과가 따를지를 곰곰이 생각했겠지. 사람들은 대개 자기가 내려야 할 결정에 대해 숙고하기 시작하면 대부분 그것을 포기하게 되거든. 어떤 일들을 하는 데는 큰 용기가 필요한 법이야.

그런데 난 자존심이 너무 강했어. 그냥 이렇게 생각했지. 그녀가 떠나는 건 일시적인 것이고 곧 잘못을 깨달을 거라고. 그리고 오늘, 난 확신해. 아까 말했듯이 그녀가 후회하면서 돌아오기를 갈망하고 있다고. 하지만 그렇게 되려면 몇 개의 세계를 파괴해야 해."

그의 표정이 딴 사람처럼 변했다. 올리비아는 더이상 이 이야기가 재미있지 않았다. 그녀는 자리에서 벌떡 일어났다.

"자, 이제 난 일해야 해요."

"내 이야기를 듣는 대가로 돈을 줬잖아. 당신이 오늘 하루 일해서 벌 수 있는 이상으로."

그녀는 받은 돈을 꺼내려고 호주머니에 손을 집어넣었다. 그런데 바로 그 순간, 자기 얼굴을 겨누고 있는 권총을 보았다.

"앉아."

도망쳐야 한다는 생각이 머리에 떠올랐다. 노부부가 천천히 다가오고 있었다.

"도망칠 생각 마."

그는 마치 그녀의 생각을 읽듯 말했다.

"아가씨가 앉아서 내 이야기를 끝까지 들어주면 쏠 생각은 전혀 없어. 당신이 아무 짓도 안 하고, 내 말에 복종하면, 맹세컨대 쏘지 않아."

올리비아의 머릿속에서 여러 가지 선택이 빠르게 지나갔다. 갈지자로 달릴까. 하지만 이미 다리가 풀린 게 느껴졌다.

"앉아."

남자는 다시 말했다.

"시키는 대로 하면 쏘지 않겠어. 약속해."

당연한 일 아닌가. 이런 백주대낮에 사람을 쏘는 건 미친 짓이다. 거리에는 차들이 지나가고, 해변 쪽에서는 사람들이 걸어오고 있다. 교통량은 점점 더 많아지고 있고, 보도에도 산책하는 행인들이 보이기 시작한다. 남자가 시키는 대로 하는 편이 현명할 것이다. 당장이라도 기절할 것 같은 이런 상태로는 다른 방도가 없었다.

그녀는 남자의 말에 따랐다. 이제는 그에게 해가 될 짓은 않겠노라고 안심시켜야 한다. 아내에게 버림받은 남자의 하소연을 들어주면서 말이다. 자신은 아무것도 보지 않은 것처럼 행동하겠노라 약속해야 한다. 그리고 평소대로 구역을 순찰하는 경찰이 나타나기만 하면 땅에 납작 엎드리며 살려달라고 소리쳐야 한다.

"난 지금 당신이 어떻게 느끼는지 정확히 알아."

남자는 그녀를 진정시키려는 듯 차분하게 말했다.

"태곳적부터 공포의 증상은 똑같으니까. 그 옛날 인간들이 야수들과 마주했을 때 나타나던 증상들, 그건 오늘날에도 조금도 변함이 없어. 우선 얼굴과 표피에서 피가 사라져. 공격당했을 때 출혈을 최소화하기 위해서지. 그래서 얼굴이 창백해지는 거야. 그리고 대장의 긴장이 풀려서 배설물이 흘러나오게 돼. 독성물질이 몸에 침투하는 걸 막기 위해서지. 또 처음에는 몸이 얼어붙은 듯 옴짝달싹 못 하는데, 그건 수상쩍은 움직임으로 야수를 자극하지 않기 위해서야."

'이건 다 꿈일 뿐이야.'

올리비아는 그렇게 생각했다. 그리고 여느 때 같으면 지금 이곳에 그녀와 함께 있어야 할 부모님을 떠올렸다. 그녀의 부모는 장신구를 만드느라 어젯밤을 꼬박 새운 터라 그녀 혼자 나왔던 것이다. 영화제 시즌은 이들에게도 대목이었다. 몇 시간 전에 사랑을 나누었던 남자친구도 떠올랐다. 이따금 그녀를 때리긴 하지만 그래도 인생을 함께할 사람이라 믿고 있는 남자. 그들은 동시에 오르가슴에 도달했다. 아주 오랜만의 일이었다. 그래서인지 오늘 아침은 몸도 가볍고 힘이 넘치는 게 느껴졌다. 살아 있다는 것이 자못 행복하기까지 했다. 그녀는 그 느낌을 간직하고 싶어 아침식사 후 늘 하던 샤워도 하지 않고 집을 나섰다.

아냐. 이건 말도 안 돼. 그래, 이 사람에게 침착한 모습을 보이는 게 좋겠어.

"우리 얘기해요. 그래요. 당신이 내 물건을 모두 샀으니 얘기 좀 해야 하지 않겠어요? 난 도망치지 않을 거라고요."

이고르는 여자의 옆구리에 총구를 들이댔다. 늘 그 거리를 산책하는 노부부가 그들 앞을 지나간다. 노부부는 흘끗 그들을 바라보지만 아무 낌새도 알아채지 못한다. 다만 이렇게 생각할 뿐이다. '저 포르투갈 계집애, 짙은 눈썹에 천진한 미소로 또 남자를 꾀려는 모양이군. 저렇게 외국 남자랑 함께 앉아 있는 걸 본 게 오늘이 처음은 아니지. 남자 옷차림을 보아하니 주머니가 꽤나 두둑한 모양이야.'

올리비아는 뭔가를 말하려는 듯이 노부부를 뚫어지게 쳐다본다. 이고르는 쾌활한 목소리로 소리친다.

"안녕하세요!"

노부부는 대꾸 없이 멀어져간다. 외국인과 말을 섞는 것도, 노점상과 알은체하는 것도 그들에겐 익숙한 일이 아니었다.

"그래, 우리 얘길 하지."

러시아 사내는 침묵을 깬다.

"난 교통을 마비시키지 않아. 그건 단지 하나의 예일 뿐이지. 하지만 난 그녀에게 메시지를 보낼 거고, 그녀는 내가 여기 와 있다는 걸 알게 될 거야. 난 그녀를 만나러 찾아가는 뻔한 짓거린 하지 않아. 그녀가 제 발로 나를 찾아와야 해."

그렇다. 이게 바로 출구일 수 있었다.

"원하신다면 그 메시지를 제가 전해줄게요. 그분이 어느 호텔에 계신지만 알려주세요."

사내는 웃었다.

"아가씨 역시 당신 또래들이 지닌 공통점을 갖고 있군. 다른 사람들보다 자기가 영리하다고 믿는 착각 말이야. 이 자리를 떠나자마자 곧바로 경찰에게 갈 거 아닌가?"

그녀는 피가 얼어붙는 것 같았다. 그렇다면 이 남자가 내게 원하는 게 뭘까? 이렇게 둘이서 온종일 함께 앉아 있자고? 아니면 결국 내게 총을 쏘려는 거야? 내가 그의 얼굴을 알기 때문에?

"분명 날 쏘지 않겠다고 말했죠."

"그래, 쏘지 않겠다고 약속했지. 당신이 어린애처럼 굴지 않고 나의 지성을 존중해준다면 말이지."

그래. 이 사람 말이 맞다. 어린애처럼 굴어선 안 돼. 그렇담 어른처럼 행동하는 게 뭘까? 맞아, 내 얘길 해보자. 이 정신병자에게도 일말의 동정심은 있을 테니까. 나 역시 비슷한 처지에 놓여 있다고 얘기해보는 거야. 물론 사실은 아니지만.

귀에 아이팟을 낀 소년이 뛰어 지나간다. 소년은 그들 쪽은 쳐다보지도 않는다.

"난 내 인생을 지옥으로 만들고 있는 남자와 함께 살고 있어요. 하지만 그에게서 벗어나지 못하고 있죠."

순간 이고르의 눈빛이 변한다.

올리비아는 이 함정에서 벗어날 방법을 찾아냈다고 생각했다.

'영리하게 행동해. 네 진짜 모습은 노출시키지 말고, 이 남자의 아내를 떠올리라고. 꾸며낸 느낌을 주면 안 돼. 진정성이 느껴지도록 해야 해.'

"그는 친구들도 못 만나게 해요. 질투가 많은 사람이죠. 자기는 마음대로 여자들을 만나고 다니면서 말예요. 내가 무슨 일을 하든 트집을 잡고 내가 열의가 없다고 불만을 늘어놓죠. 게다가 내가 이 장신구를 팔아서 버는 얼마 안 되는 돈마저 다 가져가버리고요."

남자는 말없이 바다를 바라보고 있었다. 이제 보도에는 다니는 사람들이 꽤 많아졌다. 내가 벌떡 일어나 도망치면 어떻게 될까? 무슨 일이 일어날까? 이 남자가 정말 총을 쏠까? 아니, 이건 진짜 총일까?

그녀는 어쨌든 그의 마음을 움직일 만한 화제를 찾아냈다고 믿었고, 어리석은 시도는 하지 않는 편이 낫겠다고 생각했다. 아까 보았던 남자의 그 섬뜩한 눈빛과 목소리도 떠올랐다.

"하지만 난 그 사람을 떠날 수가 없어요. 이 세상에서 가장 돈이 많고 마음씨도 부드러운 최고의 남자가 내 앞에 나타난다 해도, 난 결코 그 사람을 떠날 수 없어요. 난 마조히스트는 아니에요. 이렇게 항상 굴욕을 당하면서 쾌감을 느끼지는 않는다고요. 하지만 그를 사랑해요."

그녀는 총구가 옆구리를 거세게 눌러오는 걸 느꼈다. 뭔가 하지 말아야 할 말을 한 모양이었다.

"난 그 깡패새끼 같은 네 친구놈하고는 전혀 다른 사람이야!"

그의 목소리는 순수한 증오 그 자체였다.

"난 지금 내가 소유한 것을 이루기 위해 엄청나게 일했어. 살아남기 위해 분투했고, 수많은 역경을 통과했다고. 거칠고 가혹하게 행동해야 할 때도 있었지만 언제나 정직하게 싸워왔어. 난

승자는 혼자다 51

항상 선한 기독교인이었어. 날 도와준 영향력 있는 친구들에게 배은망덕한 적도 없었고. 한마디로 난 올바르게 살아왔어.

내게 방해가 된다고 누구를 해친 적도 없어. 또 아내가 뭔가 하고 싶다고 하면 항상 격려했지. 그런데 그 결과가 이거야. 이렇게 혼자 남겨진 거라고! 그래, 그 멍청한 전쟁터에서 사람을 죽인 적은 있지. 하지만 그렇다고 현실 감각을 잃어버리진 않았어. 난 전쟁에서 입은 트라우마 때문에 레스토랑에 뛰어들어가 기관단총을 갈겨대는 그런 치들과는 달라. 난 테러리스트가 아니야. 물론 불평할 수도 있었지. 삶이 나를 부당하게 대했다고. 내게 가장 중요한 것, 사랑을 훔쳐가버렸다고. 하지만 난 불평하지 않아. 세상엔 다른 여자들도 많으니까. 사랑의 고통은 지나가게 마련이니까. 아냐, 난 행동할 필요가 있어. 약한 불에 서서히 익어가는 두꺼비가 되어가는 나를 더이상 참을 수가 없다고!"

"세상에 다른 여자들도 많다면서, 또 고통은 지나가버린다면서 왜 그렇게 힘들어하는 거죠?"

그래, 이거야. 이게 어른처럼 행동하는 거야. 그녀는 침착하게 정신병자를 어르는 자신의 모습이 스스로도 놀라웠다.

그는 잠시 머뭇거렸다.

"글쎄…… 잘 모르겠어. 어쩌면 내가 삶에서 여러 번 버림받았기 때문인지도 몰라. 어쩌면 나 자신에게 능력을 증명해 보일 필요가 있기 때문일 수도 있고. 아니, 어쩌면 내 말이 사실이 아닐지도 몰라. 그래 맞아, 내게는 다른 여자들이 없고 오직 한 여자뿐이기 때문이야. 나한텐 계획이 있어."

"그 계획이 뭐죠?"

"말했잖아. 몇 개의 세계를 파괴하는 거야. 그녀가 내게 얼마나 중요한 존재인지를, 그녀가 돌아오게 하기 위해 내가 어떤 위험도 무릅쓸 준비가 되어 있다는 사실을 그녀가 깨달을 때까지."

경찰이다!

두 사람은 경찰차가 다가오는 것을 보았다.

"미안하군."

남자가 말했다.

"좀더 얘기하고 싶었는데 말야. 어쨌든 삶은 당신에게도 그다지 공평하진 못하군."

올리비아는 이 말이 죽음의 선고라는 사실을 깨달았다. 이제 더이상 잃을 것도 없었다. 그녀는 몸을 일으키려 했다. 하지만 늦었다. 이방인의 손이 어느새 그녀의 오른쪽 어깨를 완강하게 감싸안았다. 마치 사랑스런 연인의 몸을 다정하게 품안으로 당기듯이.

러시아어로 사모자치티아 베즈 오루지야Samozashchitya Bez Oruzhiya, 줄여서 삼보. 완력만으로 희생자가 무슨 일이 일어나는지 느끼지 못할 정도로 순식간에 사람을 죽이는, 맨손으로 침략자들과 맞서야 했던 부족이나 민족들이 오랜 세월 발전시켜온 살인기술이다. 구 소련의 정보기관에서 흔적을 남기지 않고 누군가를 제거해야 할 때 광범위하게 사용된 바 있었다. 1980년 모스크바 올림픽 당시 이를 '무술'로 인정해서 정식종목으로 채택하려는 시도가 있었지만 너무 위험하다는 이유로 배제되었다. 사실 당시 세계에서 이 위험한 스포츠를 할 줄 아는 이들은 이를 올림픽 종목에 채택시키려 애를 쓴 공산주의자들뿐이었으니까.

지금 이고르의 목적에는 완벽히 부합했다. 그가 사용할 기술을 알아볼 수 있는 사람은 거의 없을 테니까.

이고르의 오른손 엄지가 올리비아의 목을 눌렀다. 두뇌로 올라가는 피의 흐름이 멈춘다. 동시에 그의 왼손은 그녀의 겨드랑이 부근 한 지점을 눌렀다. 그녀의 근육이 마비된다. 하지만 근육위축 현상은 일어나지 않는다. 이제 이런 상태를 유지하고 이 분만 기다리면 된다.

올리비아는 그의 품에서 잠든 것처럼 보인다. 경찰차는 그들이 앉은 벤치 뒤, 일반차량의 통행이 금지된 차도를 지나갔다. 포옹하고 있는 남녀는 경찰들의 눈에 들어오지도 않는다. 오늘 아침 그들의 신경은 온통 다른 데 쏠려 있었다. 시내교통을 원활하게 유지해야 하는데, 이는 거의 불가능한 일이었다. 방금 전에

받은 무선연락에 의하면, 3킬로미터 떨어진 지점에서 만취한 억만장자의 리무진이 사고를 내어 도로를 막고 있다고 했다.

처녀를 오른손으로 안은 채, 이고르는 몸을 굽혀 왼손으로 싸구려 장신구들을 진열해놓은 벤치 앞의 천을 접었다. 그는 능숙한 솜씨로 그것을 둘둘 말아 베개처럼 만들었다.

그런 다음, 주위를 둘러본 그는 아무도 보이지 않자 그녀의 축 늘어진 몸을 살며시 벤치에 눕힌다. 그녀는 잠든 것처럼 보인다. 무슨 꿈을 꾸고 있을까? 어느 아름다운 날을 회상하고 있을까. 아니면 그 난폭한 애인에게 시달리는 악몽을 꾸고 있을까.

그들이 함께 있는 걸 본 사람은 그 노부부뿐이다. 만일 범죄사실이 밝혀지면—이고르의 판단으로는, 몸에 남은 흔적이 없으므로 가능성은 희박하지만—노부부는 경찰에게 그의 인상착의를 묘사하려 하겠지만, 머리 색깔도 나이도 정확히 알려줄 수는 없을 것이다. 사람들은 대체로 주위에 일어나는 일에 별 관심이 없다. 걱정할 이유는 전혀 없다.

떠나기 전에 그는 잠자는 숲속의 미녀의 이마에 입을 맞추고는 나직이 속삭였다.

"자, 약속을 지켰어. 총을 쏘지 않았다고."

몇 걸음을 내딛자 끔찍한 두통이 엄습했다. 당연한 일이다. 극도의 긴장상태에서 벗어나면 혈액이 급작스럽게 뇌로 몰리기 때문이다.

머리는 아프지만 그는 행복했다. 그래, 난 성공했어!

난 해낼 수 있었어! 내겐 능력이 있다고! 또 여자를 위해서도 잘된 일이야. 그녀의 영혼을 그 연약한 몸에서, 그 비열한 놈에게서, 스스로를 방어할 능력이 없는 나약한 정신으로부터 해방시켜주었으니까. 그런 병적인 관계가 계속된다면? 그녀는 우울하고도 불안한 성격이 되어 자존심도 잃어버릴 터이고, 종국에는 그 녀석에게 휘둘리는 가련한 노예로 전락할 게 뻔하다.

에바는 전혀 달랐다. 그녀는 스스로 결정을 내릴 수 있었다. 그녀가 오트쿠튀르 부티크를 열기로 결정했을 때, 그는 물심양면으로 지원을 아끼지 않았다. 또 에바는 언제든 기간에 상관없이 자유롭게 여행할 수 있었다. 그는 모범적인 남자요, 남편이었다. 하지만 그녀는 실수를 범했다. 그녀는 그가 용서했다는 사실을 깨닫지 못했듯, 그가 자기를 얼마나 사랑하는지 깨닫지 못했다. 하지만 그녀는 메시지를 받게 될 것이다. 그날, 그녀가 떠나기로 결정한 날, 그가 경고하지 않았던가. 그녀를 돌아오게 하기 위해 세계를 파괴하겠노라고.

그는 이곳에 와서 구입한 일회용 휴대폰을 꺼내들었다. 기본요금만 충전되어 있는 그 휴대폰에 그는 메시지를 입력했다.

AM 11:00

  모든 것이 시작된 것은 1953년 칸 영화제에서였다. 19세의 한 프랑스 처녀가 칸 해변에서 그런 취잿거리만 찾아다니는 사진 기자들 앞에서 비키니 차림으로 포즈를 취했다. 얼마 후, 그녀는 스타덤에 오르고 그녀의 이름은 전설이 되었다. 브리지트 바르도. 그리고 지금, 젊은 여자들은 자기도 그녀처럼 될 수 있다고 믿는다. 하지만 그들 중에 여배우라는 직업이 무엇을 의미하는지 정확히 이해하는 사람은 없다. 단지 예쁘기만 하면 된다고 믿고 있다.

  그래서 긴 다리의 아가씨들이 머리를 금발로 물들이고 수백, 아니 수천 킬로미터 떨어진 이곳으로 몰려온다. 와서 하는 일이라곤 누군가의 눈에 띄기를, 사진 찍히기를 기다리면서 온종일 해변의 모래 위에 뒹굴며 시간을 보내는 게 고작이지만. 이들이 원하는 게 뭐냐고? 모든 여자들을 기다리고 있는 덫에서 벗어나는 것이다. 저녁마다 밥상을 차려놓고 남편을 기다리고, 매일 아침 아이들을 학교에 데려다주고, 이웃의 단조로운 삶에서 흉볼 거리를 찾아내 친구들과 떠들어대는 한심한 가정주부라는 덫에서 말이다. 이들이 얻고자 하는 것은 명성과 영광과 화려함이다. 그들이 어느 날 한 마리의 백조로, 모든 사람이 선망하는 한 송이 꽃으로 피어나게 될 줄은 꿈에도 상상하지 못하고 미운 오리새끼 취급했던 고향 마을사람들과 아이들의 선망의 눈길이다. 꿈의 세계에서 여배우가 되어 활약하는 것, 이것이 그들에게는 가장 중요하다. 물론 가슴 확대 수술을 받고, 섹시한 옷을 사입기 위해 돈을 빌려야 하겠지만. 연기학교? 반드시 필요한 건 아니다. 그저 예쁜 얼굴에 좋은 인맥만 있으면 된다. 영화계에선 모든 것이 가능하니까. 그러기 위해선 우선 영화계에 발을 들여놓아야 한다. 그리하여 지방 소도시의 길고 지루하고 똑같은 일상의 감옥에서 벗어나려는 처녀들은 무슨 일이라도 할 준비가 되어 있다. 물론 그런 삶이라도 상관없이 그럭저럭 살아가는 사람들도 수없이 많지만, 그런 사람들은 그렇게 살아가면 된다. 하지만 일단 작정하고 칸에 왔다면, 모든 두려움은 집에 남겨두고 무슨 일이든 할 각오가 되어 있어야 한다. 조금의 망설임도 없이 행동해야 하고, 필요하다면 거짓말도 해야 한다. 나이보다 어려 보여야 하고, 낯짝도 보기 싫은 사람에게 미소 지어야 하고, 매력은커녕 혐오감뿐인 사람에게 관심 있는 척해야 한다. 또 결과야 어떻든 괘념치 않고 '사랑해요'라고 속삭여야 하고, 한때 나를 도와주었지만 이제는 라이벌이 되어버린 친구의 등짝에 비수를 꽂아야 한다. 후회나 수치심 따위의 감정이 앞길을 방해하게 해서도 안 된다. 주저 없이 전진해야 한다. 그에 대한 보상은 내가 희생한 그 무엇보다도 분명 가치 있는 것일 테니까.

명성. 영광과 화려함.

이런 우울한 생각들 때문에 가브리엘라는 짜증이 났다. 분명 하루를 시작하기에 좋은 생각은 아니다. 게다가 어젯밤 술을 많이 마신 탓에 속도 불편하다.

하지만 적어도 한 가지 사실만은 위안이 된다. 특급호텔 객실의 낯선 사내 곁에서 깨어나지 않았다는 사실, 오늘 처리할―예컨대 영화를 사고파는―일이 너무 많으니 빨리 옷 입고 나가달라는 말을 들으며 깨어나지는 않았다는 사실이다.

그녀는 몸을 일으키고, 혹시 나가지 않은 친구가 있는지 둘러본다. 물론 아무도 없다. 모두 크루아제트 대로로, 풀장으로, 호텔 바로, 혹은 점심약속이나 해변의 헌팅을 위해 뛰쳐나갔다. 영화제 시즌을 보내기 위해 눈이 튀어나올 정도로 비싼 값을 치르고 빌린 좁은 원룸 바닥에는 다섯 개의 매트리스가 뒹굴고 있다. 매트리스 주위에는 옷이며 신발들이 어지러이 널려 있다. 또 바닥에 떨어진 옷걸이들을 다시 옷장에 걸어놓을 생각을 하는 사람은 아무도 없다.

'여긴 사람보다 옷이 더 대접받는 곳이야.'

물론 그 옷들 중에 그들이 입고 싶어하는 꿈의 옷, 엘리 사브, 칼 라거펠트, 베르사체, 존 갈리아노 등 명품 브랜드는 하나도 없다. 그들 중 누구도 꿈의 옷을 입는 호사는 상상도 못 한다. 대신 그들에게는 필수품이라 할 수 있는 비키니, 미니스커트, 티셔츠, 플랫폼 슈즈, 그리고 엄청난 양의 화장품이 방을 온통 점령하고 있다.

'언젠간 입고 싶은 걸 입게 되겠지. 지금은 기회가 필요해. 딱 한 번의 기회.'

왜 딱 한 번인가?

이유는 간단하다. 그녀는 자신이 최고라는 사실을 알고 있기 때문이다. 물론 어린 시절 학교에서 실패를 맛보았고, 그 일로 부모님도 크게 실망했었다. 또 살아오면서 여러 가지 난관과 좌절과 패배도 겪었고, 그걸 극복하기 위해 안간힘을 쓰기도 했다. 하지만 그녀는 알고 있다. 자신은 승리하고 빛나기 위해 태어났다는 것을. 그녀는 이 사실을 조금도 의심치 않는다.

'하지만 원하는 것을 얻게 되었을 때, 난 이렇게 묻겠지. 사람들이 나를 사랑하고 숭배하는 이유가 내가 나 자신이기 때문일까, 아니면 내가 유명하기 때문일까.'

그녀는 무대에서 스타덤을 성취한 몇 사람을 알고 있다. 그녀가 상상했던 것과는 달리 그들은 행복하지 않았다. 자신감 없이 스스로에 대한 의혹에 사로잡혀 있었고, 무대를 벗어나면 우울해했다. 그런 그들을 보며 생각했다. 그들이 배우가 된 건 자신을 부인하기 위해서라고, 행여 본연의 모습을 보이는 실수를 범해 커리어에 종지부를 찍게 되지나 않을까 항상 불안해하는 것이라고.

'하지만 난 달라. 난 언제나 나 자신이야.'

과연 그럴까? 사실은 그녀와 같이 무대를 꿈꾸는 모든 사람이 그녀처럼 생각하는 건 아닐까?

그녀는 커피를 끓인다. 설거지할 생각을 한 사람이 아무도 없었는지, 부엌은 지저분하기 그지없다. 오늘따라 왜 이리 기분이 저조하고 온갖 회의가 드는지, 아무리 생각해도 이유를 알 수 없다. 그녀는 자기 일에 열정적이고 실력도 있다. 또 사람들에 대해, 특히 남자란 동물에 대해 잘 안다고 생각한다.

남자들은, 벌써 스물다섯 살이나 먹어 꿈의 산업에서 성공하기에는 너무 늦어버린 그녀에게, 이 화급한 전투에서 승리하기 위해 알아야 할 상대이자 동맹군이다. 그녀는 세 가지를 터득했다.

1. 남자들은 배신하는 데 여자들보다 미숙하다.
2. 남자들이 주시하는 건 여자들의 옷이 아니다. 그 안에 숨겨진 몸이다.
3. 가슴, 허벅지, 엉덩이, 배. 이것만 제대로면 세상을 정복할 수 있다.

이 세 가지 사실과, 그리고 그녀와 경쟁하는 다른 여자들이 각자의 개성을 강조하는 데 열중한다는 것을 알기 때문에 그녀는 세번째 항목이 담고 있는 진실에만 충실하기로 했다. 운동을 통해 몸매를 유지하는 한편, 다이어트는 가급적 피했다. 또 세번째 항목에 어긋나는 것으로 보일지 모르지만, 야하지 않은 단정한 옷을 입고 다닌다. 지금까지 이런 전략은 나름 성공을 거뒀다. 사람들은 그녀를 실제 나이보다 어리게 본다. 그녀는 이 전략이 이곳 칸에서도 통하리라 기대하고 있다.

가슴, 엉덩이, 허벅지. 그들이 원한다면 우선은 여기에 흥미를 느끼게 해주자. 내가 지닌 진정한 가치는 나중에 보여주면 되니까.

그녀는 커피를 마시며 생각에 잠겼다. 아침부터 왜 기분이 나빴을까. 알 것도 같았다. 지금 그녀는 지구상에서 가장 예쁜 여자들 틈바구니에 있다! 물론 그녀도 그렇게 떨어지는 얼굴은 아니지만, 이 절세미녀들과 경쟁해서 이길 가능성은 거의 없다고 봐야 한다. 이제 무엇을 해야 할지 결정해야 한다. 이 여행을 위해 얼마나 오랜 시간 고심했던가. 그런데 이제 돈도 떨어져가고, 시간도 얼마 남지 않았다. 이곳에 도착한 후 첫 이틀 동안, 그녀는 이력서와 사진을 뿌리며 돌아다녔다. 하지만 소득이라곤 어제 저녁에 열린 파티의 초대장 한 장이 전부였다.

싸구려 레스토랑에서 귀청이 떨어져나갈 듯이 요란한 음악 속에 벌어진 파티였다. 당연히 슈퍼클래스는 단 한 사람도 보이지 않았다. 그녀는 거리낌과 수치심을 떨쳐버리려고 술을 마셨다. 감당할 수 있는 양 이상으로 마셨고, 결국 자기가 어디 있는지, 또 뭘 하고 있는지조차 모르는 상태가 되어버렸다. 모든 게 기이했다. 유럽, 낯선 옷차림, 다른 언어, 쾌활함을 가장한 사람들…… 그들 역시 더 중요한 행사에 초대받기를 바랐으리라. 하지만 그들은 구닥다리 음악이 흘러나오는 허접한 장소에 모여 다른 사람들의 삶에 대해, 그리고 힘 있는 자들의 부당함에 대해 악을 쓰며 대화를 나누고 있었다.

가브리엘라는 소위 힘 있는 자들의 부당함에 대해 말하는 그런 대화가 지겹다. 슈퍼클래스, 그들은 본래 그럴 뿐이다. 그들 나름의 선택을 할 뿐이고, 그에 대해 설명하고 이해를 구할 필요가 없는 것이다. 그들 나름의 선택, 그녀는 거기에 들기 위해 계획을 세워야 한다. 그녀와 같은 꿈을 가진 (물론 그녀만큼의 재능은 없는) 수많은 여자들이 지금도 이력서와 사진을 돌리고 있고, 영화제에 온 제작자들은 자기소개서, 기획서, 영상물, 명함 등에 파묻혀 있을 것이다.

어떻게 해야 이들과 차별화될 수 있을까?

곰곰이 생각해야 한다. 이런 기회는 다시 오기 힘들다. 여기에 오기 위해 저축한 돈을 몽땅 써버렸기 때문이고, 무엇보다도 끔찍한 일은 그녀가 나이를 먹고 있다는 사실이다. 스물다섯 살. 이번이 마지막 기회일지도 모른다.

그녀는 커피를 마시면서 막다른 거리 쪽으로 나 있는 창밖을 내다보았다. 초콜릿을 먹고 있는 어린 소녀와 담뱃가게가 눈에 들어왔다. 그래, 이번이 마지막 기회다. 그녀는 이번 기회가 그녀가 처음 가졌던 기회와는 다르기를 바랐다.

그녀의 첫번째 기회, 그건 열한 살 때 찾아왔다. 그녀는 시카고에서 학비가 가장 비싼 학교를 다녔는데, 학교에서 공연하는 연극에 출연했다. 그녀 인생 최초의 무대였다. 그녀 가슴속의 불타는 승리에 대한 욕망, 그건 그때 학부모들과 친지들과 선생들이 모여 앉은 객석의 박수갈채 속에서 잉태된 게 아니었다.

정확히 그 반대였다. 그녀는 앨리스가 이상한 나라에서 마주치는 미치광이 모자장수 역을 맡았다. 많은 아이들이 지원한 오디션에서 꽤 비중 있는 역할을 따냈던 것이다.

그녀의 첫번째 대사는 이랬다. "너 머리 좀 잘라야 할 것 같다." 그러면 앨리스는 이렇게 대꾸한다. "그렇게 개인적인 걸 지적하다니, 정말 무례하군요!"

무수한 연습 후, 드디어 무대에 서서 대사를 할 순간이 왔다. 너무도 떨렸던 그녀는 이렇게 말했다. "너 머리 좀 길러야 할 것 같다." 앨리스 역을 맡은 소녀는 원래 대본대로 모자장수에게 무례하다고 대꾸했고, 관객들은 이상한 점을 전혀 눈치채지 못했다. 가브리엘라가 다음 대사를 놓치지 않고 했더라면 별일 없이 연극은 진행되었을 것이다. 하지만 가브리엘라는 자신이 실수했음을 깨달았다. 그리고 거기서 말문이 막혀버렸다. 장면이 이어지고 연극이 진행되기 위해서는 모자장수의 다음 대사가 꼭 필요했다. 무대 위에서 즉흥연기를 해내는 아이는 거의 없는 법이다(실제 생활에서야 능숙하게 해낼지도 모르지만 말이다). 무대 위의 아이들은 다들 어찌할 바를 모르고 멍하니 서 있었고, 아이들이 그렇게 서로 얼굴만 쳐다보는 길고 긴 몇 분이 흘렀다. 그러자 지도교사가 박수를 치기 시작했고, 이제 막간이 되었으니 모두 퇴장하라고 말했다.

울면서 무대를 내려온 가브리엘라는 그길로 집에 가버렸다. 다음날, 그녀는 미치광이 모자장수가 나오는 장면이 연극에서 삭제되었고, 곧장 여왕과 앨리스가 크리켓 경기를 하는 장면으로 건너뛰었다는 사실을 알게 되었다. 지도교사는 〈이상한 나라의 앨리스〉 자체가 밑도 끝도 없이 이상한 일들이 벌어지는 작품이니까 그 장면이 빠져도 크게 문제될 건 없다고 말했다. 하지만 아이들은 달랐다. 아이들은 휴식시간에 가브리엘라를 에워싸고 때리기 시작했다.

그런 일이 처음은 아니었다. 학교에서 적어도 일주일에 한 번은 일어나는 일이었다. 그녀는 자기보다 약한 아이들을 때리기도 했었고, 누가 공격하면 맹렬하게 방어할 줄도 알았다. 하지만 그녀는 이번에는 묵묵히, 눈물 한 방울 보이지 않고 그냥 맞았다. 그녀의 이런 반응은 너무도 놀라운 것이어서 싸움은 금방 끝이 나버렸다. 그녀가 아파하며 울고 비명을 지르는 걸 보고 싶어했던 아이들은 그녀가 꿈쩍도 하지 않자 흥미를 잃어버렸다. 그때, 가브리엘라는 아이들에게 맞으면서 속으로 되뇌었다.

'난 위대한 여배우가 될 거야. 그때가 되면 너희들 모두 오늘 일을 후회하게 될 거야.'

누가 말했던가, 아이들은 인생에서 자기가 원하는 걸 결정할 수 없다고.

물론 그렇게 말하는 건 어른들이다.

나이가 들고 어른이 되면, 우리는 스스로 아이들보다 현명하고 모든 면에서 옳다고 믿는다.

어쨌거나 많은 아이들이 가브리엘라와 같은 상황을 체험하며 자란다. 미치광이 모자장수를 하든, 잠자는 숲속의 미녀를 하든, 알라딘을 혹은 앨리스를 연기하든 말이다. 그럴 때, 그렇게 처참한 실패를 경험하게 되면 아이들은 결심하게 된다. 화려한 스포트라이트와 관중의 갈채를 영원히 포기하겠노라고. 하지만 가브리엘라는 달랐다. 열한 살의 그 일이 있기까지 한 번도 싸움에서 진 적이 없고, 반에서 가장 똑똑했고, 예뻤고, 또 성적도 좋았던 그녀는 직관적으로 이해했다. '만일 여기서 당장 맞서지 않으면, 난 영원히 패자가 될 거야.'

학교 친구들에게 얻어맞는 건 아무것도 아닐 수 있다. 그녀 역시 때릴 수 있었으니까. 하지만 남은 인생 동안 패배를 안고 살아가는 건 전혀 다른 일이다. 우리 모두 익히 알듯이, 공연에서 실수를 저지르거나, 다른 아이들처럼 춤추지 못한다거나, 다리가 너무 가늘다고 혹은 머리가 너무 크다고 누군가에게 한마디 듣거나 하는, 모든 아이들이 마주치는 이런 상황들은 한 사람의 인생을 완전히 다른 방향으로 흘러가게 할 수도 있다.

어떤 아이들은 복수를 결심한다. 사람들이 자신에게 그럴 능력이 없을 거라고 여겨지던 영역에서 최고가 되기를 꿈꾼다. '언젠가 너희들이 날 부러워하게 만들겠어'라고 다짐하면서 말이다.

하지만 대부분의 아이들은 자기 한계를 받아들이게 되고, 이로부터 모든 것이 악화되기 시작한다. 불안해하고 순종적인 사람으로 자라는 것이다(언젠가는 자유로워져서 자기가 원하는 모든 걸 할 수 있게 되기를 늘 꿈꾸지만). 다른 애들이 말했던 것처럼 자기가 정말로 못생기지 않았음을 증명하기 위해 결혼하고(하지만 내심 자기가 못생겼다는 생각을 버리지 못한다), 불임이라는 소리를 듣지 않으려고 아이를 가지며(사실은 진정 아이를 갖고 싶어서 가졌을지라도 그것과는 별개로), 옷을 못 입는다는 소리를 듣지 않으려고 멋진 옷을 입고 다닌다(하지만 결국은 어떻게 입어도 사람들이 흉볼 거라고 생각한다).

한 주가 지나자, 학교 친구들은 무대에서 있었던 일을 모두 잊어버렸다. 하지만 가브리엘라는 굳은 결심을 잊지 않았다. 언젠가 세계적인 배우가 되어 비서들과 경호원들, 사진기자들과 무수한 팬들을 거느리고 이 학교에 돌아오리라. 그래서 궁핍한 아이들을 위해 〈이상한 나라의 앨리스〉를 공연하리라. 그 뉴스를 접한 어린 시절의 친구들은 이렇게 말하겠지.

'나 재랑 한 무대에 선 적이 있었어!'

어머니는 그녀가 화공학을 전공하기를 바랐다. 그래서 고등학교를 마친 그녀를 일리노이 공과대학에 보냈다. 그녀는 낮에는 단백질이나 벤젠의 구조에 대해 공부했지만, 저녁에는 연극학교에서 입센과 노엘 카워드와 셰익스피어를 공부했다. 옷과 책을 사라고 보내준 돈은 연극학교 수업료로 쓰였다. 그곳에서 그녀는 뛰어난 직업배우들을 만나고 훌륭한 교수들의 가르침을 받으며 두각을 드러냈다. 추천서도 받았다. 그녀는 록그룹의 백코러스로 뛰었고, 또 연극 〈아라비아의 로렌스〉에 벨리댄서로 출연했다. 그녀는 어떤 역이든 모두 받아들였다. 언제 어디에서 중요한 누군가의 눈에 띌지 알 수 없는 일이니까. 우연히 객석에 앉아 있던 실력자가 제대로 된 배역의 오디션을 제의할 수도 있는 일이니까. 그러면 이 힘든 생활도, 스포트라이트가 쏟아지는 무대에서 한 자리를 차지하기 위한 이 고된 투쟁도 막을 내리겠지.

그렇게 몇 해가 흘러갔다. 가브리엘라는 TV 광고에 출연했고, 치약광고에 사진이 실렸다. 모델 일도 했다. 그런 어느 날, 한 인력회사로부터 사업가들을 에스코트하는 일을 해볼 의향이 없느냐는 제의가 들어왔다. 그녀는 심각하게 고민했다. 돈이 절실했기 때문이었다. 모델과 배우를 스카우트하는 미국의 주요 에이전시에 보낼 포트폴리오를 만드는 데 필요한 돈이었다. 하지만 이때—그녀가 한 번도 믿음을 잃은 적이 없는—하느님이 그녀를 구원했다. 같은 날, 또다른 제의가 들어왔던 것이다. 일본 여가수가 시카고 시를 관통하는 고가전철의 교각 아래에서 뮤직비디오를 촬영하는데, 단역배우가 필요하다는 거였다. 그녀는 상상을 초월하는 돈을 받았고(제작자들이 외국배우 캐스팅 명목으로 거액을 뽑아낸 모양이었다), 그 돈으로 그토록 꿈꾸던 포토북(언어권을 막론하고 일명 '북'이라고 부른다)을 만들 수 있었다. 뮤직비디오 단역으로 받은 돈과 마찬가지로, 북의 제작비용 역시 상상을 뛰어넘는 액수였다.

그녀는 항상 자신의 경력이 이제 막 시작되었을 뿐이라고 되뇌었지만, 시간은 빠르게 흘러갔다. 연극학교에서 〈햄릿〉의 오필리아 역을 맡았던 그녀에게 삶이 맡기는 역은 데오도란트나 미용크림 광고모델뿐이었다. 그녀는 교수나 친구, 혹은 그녀와 함께 일했던 동료들이 써준 추천서와 함께 자신의 포토북을 들고 에이전시를 방문했다. 그럴 때마다 자신과 너무나 비슷한 젊은 여자들과 대기실에서 마주쳤다. 미소 짓고 있지만 서로를 증오하며, 업계용어로 소위 '스타성'을 보여줄 수 있는 일이라면 뭐든 할 수 있고, 그러기 위해 최선을 다할 여자들이 주르륵 앉아 있었다.

차례를 기다리며 몇 시간씩 앉아 있기 일쑤였다. 그럴 때면 그녀는 명상을 하거나 '적극적 사고방식' 같은 주제를 다룬 책을 읽었다. 마침내 누군가의―남자일 때도 있고 여자일 때도 있다―앞에 앉게 되는데, 그들은 추천서 따위는 아랑곳 않고 대뜸 사진부터 들여다보고는 가타부타 말없이 그녀의 이름을 끼적여놓기만 했다. 때로는 오디션을 보러 오라는 전화가 걸려오기도 했다. 그러면 그녀는 그녀가 지닌 모든 재능으로 무장하고 다시 찾아가 카메라 앞에 섰다. 그들, 예의라고는 찾아볼 수 없는 사람들은 이렇게 요구했다. "자, 자세를 좀 편하게 잡아봐! 미소를 지으면서 오른쪽으로 돌아! 턱을 약간 내리고, 혀로 입술을 핥아봐!" 그중 열의 한둘은 구체적인 결실을 가져다주기도 했다. 신제품 커피 광고사진 한 컷 정도의 결과물이긴 했지만.

　하지만 이마저도 없다면? 오디션을 보고 나서도 아무 연락이 없다면? 거부당한 아픔을 느껴야만 했다. 하지만 그녀는 그런 느낌을 안고 살아가는 것 역시 자신에게 필요한 경험이라고 여겼다. 모든 것은 반드시 거쳐야 할 시련일 뿐이며, 지금 자신의 인내와 믿음을 시험받고 있는 거라고 믿었다. 도저히 받아들일 수 없는 것도 있었다. 연기학교에서의 수업과 추천서들, 소극장에서 맡았던 배역으로 채워진 이력서, 이 모든 것들이 아무 의미도……

휴대폰 벨이 울린다.

……없다는 사실을.

벨이 계속 울리고 있다.

여전히 초콜릿 먹는 소녀와 담뱃가게를 바라보며 과거 속을 헤매던 그녀는 소스라치듯 회상에서 벗어나 현실로 돌아온다. 그녀는 전화를 받는다.

저편의 목소리는 두 시간 후에 오디션이 있다고 말한다.

오디션? 내가 오디션을 하게 됐다고?

이 칸에서?

그래! 지금까지의 이 모든 노력들은 그럴 가치가 있었다! 이를 위해 대양을 건너왔고, 공항에서 같은 처지의 다른 여자들(폴란드인 하나, 러시아인 둘, 브라질인 하나)을 만났고, 그들과 함께 호텔마다 만원인 이 도시에서 터무니없이 비싼 이 작은 원룸을 찾아야 했다. 시카고에서 자신의 운을 시험하며 보냈던 세월들, 그리고 이따금 LA를 찾아가 새 에이전트와 새 광고 건을 찾아, 수많은 '퇴짜'를 찾아 헤매던 지난 세월들이 말하고 있었다. 나의 미래는 바로 여기 유럽에 있다고!

그런데 두 시간 후라고?

이곳의 버스 노선을 모르기 때문에 버스를 탈 수는 없었다. 언덕바지의 이 방에 묵은 이래 그녀가 몹시도 가파른 이 언덕을 걸어내려간 것은 딱 두 번이었다. '북'을 돌리기 위해, 그리고 어젯밤의 그 한심한 파티에 참석하기 위해. 언덕 밑에 내려가서는 히치하이킹을 했었다. 그녀가 타깃으로 삼은 것은 외국 남성이 혼자 타고 있는 멋진 컨버터블이었다. 칸이 안전한 장소라는 사실은 익히 아는 바이고, 히치하이킹에 미모가 큰 도움이 된다는 사실은 모든 여자들이 알고 있는 바다. 하지만 적어도 지금만큼은 우연에 기대서는 안 된다는 게 가브리엘라의 판단이었다. 지금은 확실한 교통수단을 찾아야 한다.

캐스팅 오디션에서 반드시 시간을 지켜야 한다는 사실은 어떤 에이전시를 방문하더라도 맨 먼저 듣는 소리다. 게다가 여기 온 첫날부터 느낀 대로 이곳의 교통정체가 끔찍하다는 걸 감안하면, 지금은 서둘러 옷을 입고 달려가야 할 시간밖에 남지 않았다. 무슨 일이 있어도 한 시간 반 후에는 오디션 장소에 도착해야 한다. 한 가지 다행인 점은 프로덕션 사람들이 묵고 있는 호텔 위치를 잘 알고 있다는 사실이었다. 조그만 기회라도 잡아보려고 사방을 헤매던 어제 오후의 '순례' 코스에 이 호텔도 포함되어 있었던 덕분이다.

그 다음은 항상 부딪히는 문제.

"뭘 입지?"

그녀는 여행가방을 맹렬히 뒤진 끝에 중국산 아르마니 청바지를 골라냈다. 시카고 교외의 암시장에서 정상가의 5분의 1 가격으로 산 물건이었다. 짝퉁이라고 생각할 수도 있겠지만, 전혀 그렇지 않다. 세계 명품 브랜드의 제품을 생산하는 중국 제조업체들이 생산품의 80퍼센트만 브랜드 전문매장으로 보내고, 나머지 20퍼센트는 종업원들로 하여금 내다팔게 — 세금 없이! — 한다는 건 온 세상이 다 아는 사실이다. 이를테면 잉여재고인 셈이다.

상의는 흰 DKNY 티셔츠. 바지보다는 훨씬 비싼 물건이다. 옷차림이 수수하고 단정할수록 사람의 가치가 올라간다는 자신의 평소 원칙에 따른 것이다. 그녀는 미니스커트나 가슴이 훤히 들여다보이는 상의는 쳐다보지도 않았다. 오디션에 오는 다른 여자들이 대부분 그런 요란한 옷차림을 하고 있을 테니까.

화장을 앞두고 그녀는 잠시 망설였다. 결국 아주 연한 화장을 하고, 그보다 더 연하게 입술 선을 그렸다. 벌써 15분이라는 귀중한 시간이 흘렀다.

AM 11:45

 사람들은 결코 만족하지 못한다. 가진 것이 없으면 갖기를 원하고, 갖게 되면 더 많은 것을 원한다. 그래서 더 많이 갖게 되면, 이제는 가진 게 거의 없어도 좋으니 행복하기를 바란다. 하지만 그런 행복을 위해 어떤 노력도 기울이지 못한다.
 행복은 아주 단순한 거라는 사실을 그들은 이해하지 못하는 것일까. 청바지와 흰 티셔츠를 입고 어디론가 달려간 그 젊은 여자는 대체 뭘 원하는 것일까? 뭐가 그리 급해서 이 화창한 아름다운 날과 푸른 바다, 유모차의 아기들, 해변에 늘어선 야자나무들을 음미하지 못하는가.
 '이봐, 아가씨! 그렇게 뛰지 마. 아무리 달려도 인간에게 가장 중요한 두 존재, 신과 죽음을 결코 벗어날 수 없어. 어딜 가든 신은 발걸음마다 임재하니까. 당신이 삶의 기적에 주의를 기울이지 않는 데 노여워하면서 말이야. 죽음도 마찬가지지. 당신은 방금 주검 곁을 지나쳤어. 주검이 바로 당신 곁에 놓여 있다는 사실도 모른 채 말이지.'

이고르는 범행 장소를 여러 번 지나쳐 걸었다. 그러다 어느 순간, 그 장소를 오가는 게 사람들의 의심을 살 수 있다는 사실을 깨달았다. 그는 범행 장소에서 이백여 미터 떨어진, 해변을 따라 이어지는 난간에 몸을 기대고 신중히 지켜보기로 했다. 그는 검은 선글라스를 끼고 있다. 하지만 그 때문에 수상한 느낌을 풍기지는 않는다. 햇빛이 화창한 날이어서만이 아니라, 영화제 시즌의 칸처럼 유명 인사들이 들끓는 도시에서 검은 선글라스는 높은 신분과 동의어 정도로 여겨지는 까닭이다.

이고르는 내심 놀라고 있었다. 지금 전세계의 이목이 집중되어 있는 이 도시의 중심 대로에 사람이 죽어 누워 있는데, 시간이 정오를 향해 갈 때까지 아무도 그 사실을 깨닫지 못하고 있었다.

그때 부부로 보이는 남녀가 화난 기색으로 벤치에 다가간다. 그들은 잠자는 미녀에게 고함을 치기 시작했다. 그녀의 부모다. 그들은 한창 일할 시간에 자고 있는 그녀에게 화가 난 것이다. 남자가 그녀의 몸을 거칠게 흔들어댄다. 이어 여인이 그녀에게 몸을 굽히며 이고르의 시야를 가린다.

이제 무슨 일이 벌어질지, 이고르는 알고 있다.

여인이 비명을 지른다. 아버지는 당황한 기색으로 주머니에서 휴대폰을 꺼내면서 모녀로부터 조금 떨어진다. 어머니는 반응하지 않는 딸의 몸을 흔들어댄다. 행인들이 다가온다. 이제는 그도 검은 선글라스를 벗어들고 가까이 다가가볼 수 있다. 그 역시 호기심에 이끌려 몰려든 구경꾼 중 하나가 되어.

어머니는 울면서 그녀를 껴안는다. 한 청년이 다가가 여인을 떼어놓고 인공호흡을 시도해보다가 곧 포기한다. 올리비아의 얼굴에는 벌써 옅은 보랏빛이 감돌고 있다.

"구급차를 불러요! 구급차!"

여러 사람이 휴대폰을 꺼내들고 같은 번호를 눌러댄다. 다들 자신이 쓸모 있고, 중요하고, 이타적인 존재인 양 심각한 얼굴로 분주하다. 벌써 사이렌이 들려온다. 한 젊은 처녀가 점차 더 큰 소리로 목놓아 우는 어머니를 품에 안고 진정시키려 하지만, 어머니는 처녀를 밀쳐버린다. 누군가 시신을 일으켜 앉히려 하고, 또다른 누구는 그냥 벤치에 눕혀 놓으라고 말한다. 이제 뭘 해보기에는 너무 늦었다는 것이다.

"마약 과다복용인 게 분명해."

곁에 선 사람이 단언한다.

"요즘 젊은 애들, 정말 어쩔 수가 없어."

이 말에 사람들은 고개를 주억거린다. 이고르는 구급요원들이 도착하고, 구급차에서 장비를 꺼내고, 시신의 심장에 전기충격을 가하는 모습을 무표정한 얼굴로 지켜본다. 그중 가장 노련해 보이는 의사는 젊은 의사들이 하는 일들을 지켜보기만 한다. 그는 이 모든 법석이 아무 소용 없음을 알고 있지만, 부하들이 직무를 소홀히 했다는 말을 듣고 싶지는 않다. 그들은 들것을 내려 시신을 구급차에 싣는다. 어머니가 딸에게서 떨어지려 하지 않자, 그들은 몇 마디 말을 나눈 후 결국 어머니도 함께 태우고 출발한다.

부부가 주검을 발견하고 구급차가 떠나기까지는 불과 오 분 남짓이었다. 아버지는 아직 그 자리에 남아 있었다. 극심한 충격에 어디로 가야 할지, 무엇을 해야 할지 모른 채로. 아까 마약 운운했던 사람이 그가 희생자의 아버지인 줄도 모르고 다가가, 사건에 대해 나름대로 설명한다.

"선생, 너무 불안해할 것 없어요. 이런 일들은 이곳에서는 흔히 일어나는 일이니까."

아버지는 그의 말에 아무런 반응이 없다. 아직 켜져 있는 휴대폰을 들고 멍하니 허공을 응시할 뿐이다. 남자의 말을 제대로 이해하지 못한 것일까. 아니면 '흔히 일어나는 일'이라는 게 대체 무엇인지 알 수 없어서일까. 그도 아니라면 정신줄을 놓아버리고 고통조차 존재하지 않는 미지의 차원으로 가버린 것인지도.

무에서 불쑥 솟아나오듯 모여들었던 사람들은 그만큼이나 빠르게 흩어진다. 남은 건 열린 휴대폰을 들고 있는 사내와 검은 선글라스를 손에 든 사내, 두 사람뿐이다.

"희생자와는 아는 사이십니까?"

이고르가 묻는다.

대답이 없다.

그래. 다른 사람들처럼 행동하는 편이 낫다. 크루아제트 대로를 따라 산책하면서 이 화창한 정오에 칸에서 벌어지는 일들이나 구경하자. 그런데 이고르는 혼란스럽다. 그녀의 아버지와 마찬가지로 그 역시 지금 자신이 뭘 느끼고 있는지 알지 못한다. 그는 한 세계를 파괴했다. 세상의 모든 권력을 쥐고 있다 해도 다시 돌려놓을 수 없는 세계를. 과연 에바에게 그럴 가치가 있을까? 그 젊은 여자 올리비아, 그녀의 이름을 떠올리자 그의 마음이 몹시 불편하다. 이름을 안다는 것은, 그녀가 더이상 군중 속의 얼굴 하나에 불과한 존재가 아니기 때문이다. 올리비아, 그녀의 뱃속에 놀라운 세계가 잉태될 수도 있었다. 어떤 천재가 깃들 수도. 암 치료법을 발견하거나 이 세상에 마침내 평화를 가져다 줄 협정을 이끌어낼 그런 존재가. 그렇다면 그가 파괴한 건 단지 한 사람의 세계가 아니었다. 그녀로부터 태어날 수 있었던 미래 세대 전체의 세계였다. 대체 내가 무슨 짓을 한 거지? 사랑이 아무리 크고 강하다 해도, 이런 행위가 정당화될 수 있을까?

젊은 여자를 최초의 희생자로 선택한 것은 실수였다. 더욱이 그녀의 죽음은 뉴스거리조차 되지 못할 것이고, 에바는 메시지를 이해하지 못할 것이다.

더이상 생각하지 말자. 지나간 일이다. 이보다 훨씬 심한 일이라도 하겠다고 각오하지 않았는가. 자, 전진하자! 그녀는 자신의 죽음이 헛된 것이 아니었음을, 위대한 사랑을 위한 희생이었음을 이해하게 될 것이다. 주위를 둘러보자. 이 도시에서 일어나는 일들을 느긋하게 구경하자. 여느 시민처럼 구는 거다. 난 이 삶에서 짊어져야 할 내 몫의 고통을 이미 감당했다. 이제는 약간의 평화와 안락함을 맛볼 자격이 있다.

축제를 즐기자. 넌 즐길 준비가 되어 있어.

이고르는 주위를 둘러보았다.

설사 그가 지금 수영복 차림이라 하더라도 바닷물 가까이 가는 것은 쉽지 않아 보인다. 해변 인근의 넓은 땅의 권리를 대형 호텔들이 쥐고 있는지, 호텔 로고가 찍힌 의자와 종업원들이 온통 점령하고 있다. 경비원들도 보이는데, 이들은 호텔 전용 모래사장으로 통하는 길목에서 객실 키 같은, 호텔 고객임을 확인할 수 있는 것들을 요구하는 모양이었다. 해변의 다른 곳에는 대형 흰색 천막들이 들어서 있다. 영화 제작사나 맥주 회사, 화장품 회사 등에서 신상품을 소개하기 위해 소위 런치 이벤트를 열고 있다. 그곳에 오는 사람들은 모두 평상복 차림이었다. 남자들은 야구모자에 알록달록한 셔츠와 연한색 바지 차림, 여자들은 보석에 헐렁한 블라우스, 반바지와 굽 낮은 구두 차림이었는데, 이 정도를 평상복으로 볼 수 있다면 말이다.

짙은 선글라스는 남녀 공통이었다. 노출은 그다지 심하지 않다. 슈퍼클래스들은 어느 정도 나이가 있기 때문에 그런 식의 과시는 우스꽝스러운, 아니 안쓰러운 짓으로 여겨진다.

이고르의 눈길을 끄는 것이 또 하나 있었다. 휴대폰이었다. 그들이 지니고 있는 것들 중 가장 중요한 아이템이다.

일 분이 멀다 하고 울려대는 전화와 문자가 그들에게는 정말 중요하다. 벨이 울리면 어떤 대화든 즉시 중단하고 전화에 응답해야 한다. 그다지 급할 게 없는 전화라고 해도. 또 이른바 'SMS'라는 것을 통해 엄청난 길이의 문자를 보낸다. 이 이니셜이 '단문 메시지 서비스short message service'의 준말이라는 걸 잊은 듯, 그 조그만 자판을 열심히 두드려댄다. 느리고 불편할 뿐 아니라 엄지손가락의 근육을 심각하게 손상시킬 수도 있는 작업이다.

하지만 무슨 상관인가. 지금 이 순간, 칸뿐 아니라 전세계의 허공에는 이런 메시지들이 범람하고 있다. '자기, 안녕? 잠에서 깨어나면서 널 생각했어, 내 삶에 네가 있다는 게 너무 행복해' '10분 후에 도착할 거니까 점심 좀 차려놓고 내 옷 세탁소에 맡겼는지 확인해줘' '여기 파티는 정말 거지같아. 하지만 달리 갈 데가 없으니 어쩌겠어, 근데 넌 어디야?' 쓰는 데는 오 분이지만 말하는 데는 채 십 초도 걸리지 않는 메시지들이다. 지금 이것이 세상의 본질이다. 이고르는 이러한 속성을 누구보다 잘 안다. 그것으로 수억 달러의 거액을 벌어들일 수 있었으니까. 휴대폰이 단지 타인과의 소통수단만이 아니라는 사실, 휴대폰은 희망의 끈이자 내가 혼자가 아니라는 환상을 유지할 수 있는 하나의 방식이라는 사실, 또한 내가 중요한 존재라는 것을 다른 사람들에게 보여주는 수단이다.

 휴대폰으로 인해 세상은 완전히 미쳐 돌아가고 있다. 런던에서 개발된 한 기발한 시스템은 월 5유로만 내면 고객에게 삼 분마다 정해진 메시지를 전송하기도 한다. 예를 들어 당신이 미팅에 나서면서 상대방에게 깊은 인상을 심어주고 싶다면, 사전에 휴대폰을 특정번호에 접속시켜 시스템을 작동시키면 된다. 미팅 중에 벨이 울리면, 휴대폰의 메시지 함을 열고 내용을 대충 확인한 다음 상대방에게 말해주는 것이다. 그렇게 급한 메시지는 아니라고(사실 휴대폰에는 '고객님의 요청에 따라……'라는 메시지와 전송시각이 떠 있을 뿐이다). 그러면 미팅 상대는 자신이 존중받는다는 느낌을 갖게 된다. 또 마침 협상을 벌이는 중이었다면 일이 빠르게 진척될 수도 있다. 상대는 지금 자신이 매우 바쁜 사람과 미팅중이라고 인식하게 되기 때문이다. 삼 분 후, 또 메시지가 도착하고 대화가 다시 중단된다. 상대가 받는 압박은 한층 고조되고, 이제 당신은 둘 중 하나를 선택할 수 있다. 십오 분 동안 휴대폰을 꺼놓거나, 바쁘다는 핑계를 대고 불편한 상대로부터 빠져나오거나.

휴대폰을 반드시 꺼놔야 하는 상황이 있긴 하다. 공식 만찬석상도 아니고, 연극 공연이나 영화 상영중일 때도, 또는 아리아의 가장 어려운 부분이 아슬아슬 이어지는 오페라 극장에서도 아니다. 사람들이 휴대폰의 위험에 대해 진정으로 겁을 먹게 되는 순간은 비행기에 탑승하여 이러한 통상적인 거짓말을 들을 때이다. '비행중에는 반드시 휴대폰을 꺼주시기 바랍니다. 휴대폰이 비행기의 작동시스템을 방해할 수 있습니다.' 모든 사람이 이 말을 곧이듣고 스튜어디스의 지시에 따른다.

이고르는 이 신화가 어떻게 만들어졌는지 잘 알고 있다. 벌써 여러 해 전부터, 항공사들은 좌석에 부착된 기내 전화기 사용을 유도하기 위해 온갖 방법을 시도해왔다. 그들에게 휴대폰이 눈

엣가시인 건 당연했다. 하지만 휴대폰과 동일한 전송시스템으로 작동되는 기내 전화기의 사용료가 분당 10달러나 되었던 탓에, 결국 그들의 전략은 성공하지 못했다. 그래도 전설은 남았다. 이륙 직전에 스튜어디스가 읽어주는 운행중 주의사항 리스트에서 거짓말을 삭제하는 걸 잊어버린 탓이다. 사람들은 알까? 비행기가 뜰 때마다 기내에는 휴대폰 끄는 걸 잊어버린 사람이 적어도 두셋은 늘 있으며, 노트북도 휴대폰과 같은 방식으로 인터넷에 접속한다는 사실을. 하지만 여태까지 이런 것들 때문에 비행기가 추락한 일은 전세계 어디서도 발생한 적이 없다는 것을.

이제 항공사들은 승객들에게 너무 큰 충격을 주지 않고, 또 수익을 감소시키지 않으면서 전설의 일부를 변경하려 하고 있다. 이른바 '플라이트 모드(비행기 탑승 모드)'라는 기능이 있는 휴대폰에 한해서는 통화를 허용하는 것이다. 이런 종류의 휴대폰은 일반 휴대폰에 비해 네 배나 비싸다. 그리고 이 '플라이트 모드'라는 게 대체 뭔지 정확히 설명해주는 사람은 아무도 없다. 하지만 이런 멍청한 거짓말에 속아 넘어가는 사람이 있다면, 그건 그 사람의 문제일 뿐이다.

이고르는 계속 걸었다. 올리비아, 그 여자가 죽기 직전 그에게 보낸 마지막 시선에는 그를 불편하게 하는 무언가가 있었다. 하지만 그는 그것에 대해 더이상 생각하지 않으려 한다.

또다시 경비원들이 보였다. 선글라스들, 모래사장의 비키니들, 점심식사중인 알록달록한 옷들, 보석들. 눈에 보이는 것은 여전히 똑같은 사람들, 이 아침에 무슨 중요한 일이라도 있는 양 서로 몸을 밀쳐대며 걷는 사람들. 거리 곳곳을 뛰어다니며 뭔가 참신한 것을 포착해보겠다고 목을 매는 사진기자들. 영화제 기간 동안 벌어지는 일들을 전하는 무가지며 무료잡지들과 대형 흰색 천막에 초대받지 못한 가련한 중생들에게 언덕 위 식당들을 소개하는 전단지를 돌리는 사람들. 언덕 위, 이 모든 것으로부터 떨어진, 크루아제트 대로에서 벌어지는 일들에 대한 얘기는 거의 들을 수 없는 곳. 스타 지망생들이 임대한 원룸아파트가 밀집해 있는 곳. 그녀들은 그곳에서 인생을 바꿔줄 오디션 연락을 간절히 기다리고 있을 것이다.

이 모든 건 충분히 예상한 것들이다. 너무도 뻔한 풍경이다. 런치 이벤트가 벌어지는 천막에 태연하게 들어가면 무슨 일이 벌어질까. 아마도 그에게 신분증 제시를 요구하지는 않을 것이다. 아직 이른 시간이고, 판촉업자들은 행사장이 한산할까봐 전전긍긍하고 있을 테니까. 하지만 삼십 분쯤 뒤, 사람들이 좀 들고 행사가 순조롭게 진행될 것 같으면 경비요원들은 남자와 동행하지 않은 예쁜 아가씨들만 들이라는 긴급지시를 받게 되겠지.

들어가볼까. 안 될 것도 없으니까.

그는 불쑥 치미는 충동에 따른다. 어차피 수행해야 할 임무가 있으니까. 그는 해변으로 통하는 진입로 중 하나를 택해 걷는다. 길은 모래사장이 아닌, 투명비닐 창문이 달려 있는 흰색 대형 천막 앞으로 그를 이끈다. 창문으로 보이는 천막 안에는 에어콘과 대부분 비어 있는 밝은색 의자, 테이블 등속이 마련되어 있다. 경비원이 초대장이 있는지 묻는다. 그는 그렇다고 대답하고는 주머니를 뒤지는 시늉을 한다. 빨간색 옷을 입은 여자 진행요원이 다가와 도움이 필요한지 묻는다.

그는 자신의 명함을 내민다. 그의 통신회사 로고와 '회장 이고르 말레프'라는 이름이 새겨진 명함이다. 그는 자기 이름이 초청객 명단에 있을 것이라며, 초대장은 호텔에 두고 온 것 같다고, 수많은 미팅이 잡혀 있어서 초대장을 가지고 나오는 걸 잊었다고 말한다. 진행요원은 그를 환대하며 들어오라고 청한다. 그녀는 남자든 여자든 옷차림으로 그들을 판단하는 법을 배웠을 것이다. '회장'이란 직함은 전세계 어디서나 같은 의미를 담고 있다. 게다가 러시아 회사의 회장 아닌가! 러시아 갑부들은 돈 속에서 헤엄치는 제 모습을 보여주지 못해 안달하는 자들이라는 사실 역시 모두가 아는 바 아닌가. 이런 사람이라면 굳이 명단을 확인해볼 필요도 없다.

안으로 들어간 그는 바에 다가가—말이 천막이지 그 안에는 없는 게 없다. 심지어 댄스플로어까지 갖춰져 있다―파인애플 주스 한 잔을 청한다. 그게 이 해변과 이 천막의 분위기에 어울리는 것 같았다. 특히나…… 앙증맞은 파란색 일본양산으로 장식된 유리잔 한가운데에 검은 빨대가 꽂혀 있기 때문이었다.

그는 비어 있는 수많은 테이블 중 하나에 앉는다. 천막 안에 있는 몇 안 되는 사람들 중에 오십대쯤으로 보이는 사내가 보였다. 머리는 마호가니 색조의 갈색으로 물들였고 인공 선탠을 한 탄탄한 몸매는 영원한 젊음을 약속하는 헬스장에서 녹초가 될 때까지 운동하는 습관이 있음을 짐작게 한다. 닳아빠진 낡은 티셔츠를 걸친 그는 다른 두 사내와 함께 앉아 있는데, 이들은 반대로 명품 브랜드 정장 차림이다. 정장 차림의 두 사내가 이고르를 유심히 살피자, 그는 고개를 조금 돌린다. 하지만 검은 선글라스 아래 시선은 그들에게서 떼지 않았다. 정장 차림의 두 사내는 새로 들어온 그를 계속 관찰하다가 이내 흥미를 잃는다.

반면 그들에 대한 이고르의 관심은 커져갔다.

부하로 보이는 정장 차림의 두 사내는 끊임없이 전화를 받는 데 비해, 오십대 사내는 휴대폰을 테이블에 올려놓지도 않았다.

이고르는 알 수 있었다. 저렇게 아무렇게나 옷을 걸치고 그다지 잘생기지도 못한 얼굴에 자신만만한 표정을 짓고 있는 사내가 여기 들어올 수 있었다는 것, 그것도 가장 좋은 테이블에 앉아 휴대폰을 꺼두고 있다는 것, 웨이터가 연신 다가가 필요한 게 없는지를 묻고, 그런 웨이터에게 입을 여는 것조차 귀찮은 듯 그저 손짓만으로 답하는 것으로 봐서 사내는 아주 중요한 인물임이 분명했다.

웨이터가 다가와 음료수를 테이블에 내려놓자, 이고르는 주머니에서 오십 유로짜리 지폐를 꺼내 건넨다.

"저기 색 바랜 티셔츠를 입고 있는 분은 누구지?"

그는 사내가 앉은 테이블로 슬쩍 눈길을 돌리며 묻는다.

"저비츠 와일드 씨입니다. 아주 중요한 분이시죠."

완벽하다. 미미한 존재였던 해변의 처녀에 비하면 저런 사람은 이상적이라 할 수 있다. 유명하지는 않지만 중요한 사람. 스스로는 모습을 드러내지 않지만 무대 위에서 누가 스포트라이트를 받을지를 결정하는 사람. 사람들이 자신의 가치를 너무도 잘 알기에 자신의 외모 따위엔 신경 쓸 필요조차 느끼지 않는 사람. 자신이 세상에서 최고의 특권을 누리고 만인의 선망을 받고 있다고 믿는 꼭두각시들의 줄을 당기는 사람. 그 줄을 어느 날 싹둑 잘라버려 꼭두각시들이 생명과 힘을 잃고 굴러 떨어지게 만드는 사람.

바로 슈퍼클래스에 속한 사람이다. 거짓 친구들과 수많은 적들을 가진 사람.

"질문이 하나 더 있네. 한 세계를 파괴하는 행위가 용납될 수 있을까? 더 큰 사랑을 위해서라면 말일세."

웨이터는 웃는다.

"손님께선 신이신가요, 아님 게이?"

"둘 다 아니네. 어쨌든 대답 고맙네."

이고르는 자신이 실수했음을 깨닫는다. 자신이 하는 일을 정당화하기 위해 다른 사람의 지지를 구할 필요는 없었다. 이미 확신하고 있지 않은가. 인간은 언젠가 죽을 테고 그중 누군가는 더 위대한 존재를 위해 희생되어야 한다. 까마득한 옛날부터 그래 왔다. 사내들은 부족을 먹여 살리기 위해 자신을 희생시켰고, 처녀들은 용과 신들의 진노를 가라앉히기 위해 제 몸을 사제에게 내주었다. 웨이터에게 자신의 존재를 각인시킨 것도 어리석은 짓이었다. 앞쪽 테이블에 앉은 사내에게 관심 갖는 모습을 보인 것도.

물론 웨이터는 잊어버리겠지만 쓸데없이 위험을 자초할 필요는 없었다. 이고르는 영화제 기간에 사람들이 다른 사람에 대해 알고 싶어하는 건 당연한 일이고, 그 정보를 얻은 대가로 팁을 주는 건 더욱 당연한 일이라고 스스로를 안심시킨다. 전세계 숱한 레스토랑에서 수없이 행해지는 일 아닌가. 누군가를 알기 위해, 더 좋은 테이블에 앉기 위해, 누군가에게 은밀한 메시지를 보내기 위해, 사람들은 웨이터에게 돈을 쥐여준다. 웨이터들 역시 그런 일에 익숙할 뿐 아니라, 내심 기대하고 있을 것이다.

그래, 웨이터는 아무것도 기억하지 못할 것이다. 그리고 저 사내는 다음번 희생자가 될 것이다. 내가 계획에 성공하고 웨이터가 경찰의 심문을 받게 된다면, 그는 이날 이상하다고 느낀 유일한 일은 어떤 사람이 "더 큰 사랑을 위해서라면 세계를 파괴해도 괜찮다고 생각하느냐"고 물은 것이었다고 대답할 것이다. 어쩌면 그 질문조차 제대로 기억하지 못할지도 모른다.

"그는 어떤 사람이었소?" "주의 깊게 보지 않았어요. 어쨌든 게이는 아니었죠." 그러면 경찰은 괴상한 프랑스 지식인 중 하나일 거라고 추측할 것이다. 이런 바에 죽치고 앉아 '영화제의 사회학' 따위를 주제로 기이한 이론이나 복잡하기 짝이 없는 분석을 늘어놓는 그런 사람들 말이다. 그리고 더이상 관심을 갖지 않을 것이다.

하지만 다른 무언가가 이고르를 불편하게 한다.

이름이다. 이름들.

그는 이미 살인한 전력이 있다. 국가의 축복을 받으며 무기를 들고 사람을 죽였다. 몇 명이나 죽였는지 알지 못한다. 그들의 얼굴을 본 적도 없었고, 이름은 결코 묻지 않았다. 이름을 안다는 것, 그것은 자기가 죽이는 사람이 한낱 '적'이 아니라 한 인간임을 의미한다. 이름은 그렇다. 이름을 안다는 것, 그것은 그를 한 개인으로 안다는 것이다. 과거와 미래, 조상과 자손을 가진, 성공과 패배를 짊어진 유일하고도 특별한 개인으로. 사람들은 저마다 이름이 있다. 사람들은 자기 이름을 자랑스러워하며, 생애를 통해 수천 번 되뇌고, 자신의 존재를 증명한다. 이름은 '엄마' '아빠' 다음으로 배우는 최초의 말이다.

  올리비아. 저비츠. 이고르. 에바.

  하지만 영靈에는 이름이 없다. 영은 순수하게 존재하고 일정 기간 동안 몸에 깃들어 살다가 이윽고 육신을 떠난다. 영이 최후의 심판대에 올랐을 때 신은 "네 이름이 무엇이냐?"고 묻지 않을 것이다. 다만 이렇게 물을 것이다. "살아 있을 때 너는 사랑했느냐?" 그것이 삶의 본질이니까. 삶의 본질은 우리의 여권이나 명함, 신분증에 적힌 이름이 아니라 사랑의 능력이니까. 위대한 신비주의자들은 자신의 이름을 바꿨고, 때로는 버리기까지 했다. 당신이 누구냐는 질문을 받았을 때, 세례 요한은 다만 이렇게 말했다. "나는 황야에서 부르짖는 목소리요." 또 예수는 자신의 교회를 세우게 될 이를 만났을 때, 그가 평생 동안 시몬이라는 이름에 응답해왔다는 사실을 무시해버리고 베드로라 불렀다. 모세가 하느님에게 이름을 물었을 때, 돌아온 대답은 이러했다. "나는 바로 나다."

어쩌면 다른 사람을 찾는 게 나을지도 모른다는 생각이 들었다. 이름을 아는 희생자는 올리비아 한 사람으로 충분하지 않은가. 하지만 그는 여기서 물러설 수 없음을 느낀다. 앞으로는 파괴하게 될 세계의 이름을 절대 물어보지 않겠다고 마음먹을 뿐이다. 그가 물러설 수 없는 이유는 해변의 그 가련한 처녀, 아무런 저항 능력도 없는 너무도 손쉽고 연약한 그 처녀에게 공정하고 싶기 때문이었다. 그의 새로운 도전 상대는 훨씬 어려울 것이다. 모든 것이 지루하기만 하다는 듯 거만한 표정을 짓고 있는 저 갈색머리 사내는 운동선수처럼 단단한 몸매에 땀을 흘리고 있는 품이 힘깨나 있어 보인다. 정장 차림의 두 사내 역시 단순한 수행원은 아닌 것 같다. 그들은 끊임없이 고개를 돌리며 주위에서 일어나는 모든 일을 살피고 있다.

이고르는 생각했다. 에바에게 어울리는 사람이려면, 그리고 올리비아에게 공정하려면, 이 도전에서 물러설 수 없다고.

그는 빨대를 주스 잔에 내려놓는다. 사람들이 조금씩 들어오기 시작한다. 이제 천막 안이 사람들로 채워지기를 기다려야 한다. 곧 그렇게 될 것이다. 조금 전 아무런 사전 계획 없이 백주대낮의 칸 중심대로 한복판에서 한 세계를 파괴했을 때와 마찬가지로, 그는 여기서도 계획을 실행해야 할지 어떨지 갈피를 잡지 못한다. 하지만 무언가가 말하고 있었다. 지금 너는 완벽한 장소를 찾은 거라고.

 그는 더이상 해변의 가련한 처녀에 대해 생각하지 않는다. 혈관 속에서 아드레날린이 용솟음치기 시작했기 때문이다. 심장이 거세게 고동치기 시작하면서 흥분과 흡족함이 온몸으로 번져나가는 게 느껴졌다.

 저비츠 와일드는 매년 무수히 초대되는 이런 파티에서 공짜로 먹고 마시자고 여기서 시간을 허비하고 있는 건 아닐 터였다. 그가 여기 온 건 분명 어떤 특별한 용무가 있거나 누군가를 만나기 위해서일 것이다.

 그 '어떤 용무', 혹은 '누군가'가 이고르에게 최상의 알리바이가 되어줄 수도 있었다.

pm 12:26

저비츠는 하나둘 도착하는 손님들을 바라보면서 생각에 잠겼다.
'내가 대체 여기서 뭘 하고 있지? 이럴 필요 없잖아. 다른 인간들한테서 뭘 얻을 게 있겠어. 원하는 건 다 가졌는데. 난 영화계의 유명인사야. 얼굴이 잘난 것도 아니고 옷도 되는 대로 입지만, 원하면 어떤 여자든 가질 수 있어. 하긴 나도 정장 한 벌로 지냈던 적이 있었지. 어쩌다 슈퍼클래스로부터 런치 초대장을 하나 얻어내면(그걸 위해 비굴하게 벌벌 기고, 애걸하고, 약속을 내걸어야 했지만), 세상에서 가장 중요한 일이라도 되는 양 심혈을 기울여 준비하던 때가 있었어. 하지만 이제 이런 이벤트는 너무 뻔하고 지루한 일상일 뿐이야. 바뀌는 거라곤 개최되는 도시들일 뿐이지.

다들 내게 와서 떠벌리지. 참 대단한 일을 한다며 영웅 대접하고, 보잘것없는 아웃사이더들에게 기회를 준 것에 감사를 표하기도 하고. 겉모습에 속지 않는 예쁘고 똑똑한 여자들은 내가 앉은 테이블 주위에 감도는 분주한 분위기와 기운을 감지하고 웨이터에게 내가 어떤 사람이냐고 묻곤 하지. 그런 다음 재빨리 내게 접근할 방법을 찾는 거야. 내가 관심 있는 건 오직 하나, 섹스일 거라고 확신하고 말이지. 다들 내게 뭔가 부탁하고 싶어 해. 그것 때문에 나를 찬양하고 떠받들고, 내가 필요로 할 것 같다고 생각하는 것들을 갖다 바치지 못해 난리지. 하지만 내가 원하는 것은 단 하나, 혼자 조용히 있게 내버려둬달라는 거야.

이런 종류의 파티, 수도 없이 와봤어. 지금 여기 이렇게 앉아는 있지만, 달리 무슨 이유가 있어서는 아니야. 굳이 이유를 들자면 잠이 오지 않는다는 것 정도? 그래, 일만 일천 미터 고도를 유지하며 캘리포니아에서 프랑스까지 중간급유 없이 단번에 날아올 수 있는, 한마디로 테크놀로지의 결정체라 할 수 있는 전용제트기를 타고 왔지만, 잠이 오지 않는 데는 어쩔 수가 없어. 전용기의 객실 구조를 변경한 데에도 이유가 있지. 원래는 열여덟 명까지 넉넉하게 태울 수 있었지만 좌석을 여섯 개로 줄이고 승무원 네 명을 위한 선실은 따로 마련했어. 떠나기 전에 꼭 누군가가 이렇게 부탁하거든. "저도 같이 좀 타고 가면 안 될까요?"

하지만 내겐 좋은 핑곗거리가 있지. "자리가 다 찼군요."'

저비츠는 약 4천만 달러에 달하는 그의 이 새 장난감에 침대 두 개, 회의용 대형탁자, 샤워실, 미란다 사운드시스템(뱅 앤드 올룹슨은 디자인이 기가 막히고 광고도 멋지지만 이제 유행이 지났다), 커피머신 두 대, 승무원용 전자레인지와 자신을 위한 전기오븐(그는 데워 먹는 음식은 끔찍이 싫어한다)을 들여놓았다. 그가 마시는 건 샴페인뿐이고, 특히 1961년산 모에 샹동만 들고 오면 누구든 대환영이었다. 하지만 그의 기내 '와인 셀러'에는 손님을 위한 다른 음료들도 종류별로 구비돼 있다. 또한 두 개의 21인치 LCD 화면으로 아직 개봉하지도 않은 최신 영화들을 감상할 수 있다.

이처럼 세계 최고의 제트여객기(프랑스인들은 다소 팔콘 기종이 최고라고 우겨대지만)를 소유하고 엄청난 돈과 힘을 가졌지만, 그 역시도 유럽의 모든 시곗바늘을 돌려놓을 수는 없었다. 지금은 LA 시간으로 새벽 3시 43분이다. 이제야 비로소 노곤함이 느껴지기 시작했다. 지난 밤, 그는 잠이 오지 않아 밤새 이 파티 저 파티를 돌아다니며, 대화를 시작할 때면 어김없이 튀어나오는 바보 같은 질문들에 대답해야 했다.

"비행기 여행은 어떠셨어요?"

이 질문에 저비츠는 항상 되물었다.

"왜요?"

그럼 사람들은 잠시 멍한 표정으로 어색한 미소를 짓다가, 또 다른 뻔한 질문으로 넘어간다.

"여긴 얼마나 머무를 생각이세요?"

서비츠는 다시 되묻는다.

"왜요?"

그러고는 전화가 걸려온 척 휴대폰을 꺼내들고 사과하면서 그림자처럼 따라다니는 두 '징장'과 함께 자리를 피해버리곤 했다.

여기엔 흥미로운 인물이 하나도 없다. 하긴 돈으로 살 수 있는 건 모두 가지고 있는 사람에게 흥미로울 게 뭐가 있겠는가. 그는 친구도 바꿔보았다. 철학자, 작가, 서커스 곡예사, 식품업계의 간부 등 영화계와는 아무 상관 없는 사람들을 사귀기도 했다. 그 만남이 처음에는 꿀맛처럼 재미있었지만, 얼마 지나면 그들의 입에서 어김없이 괴로운 질문이 튀어나왔다. "제가 시나리오 한 편 써봤는데 한번 읽어보실래요?" 아니면 "전부터 꼭 배우가 되고 싶어하는 친구가 하나 있어요. 귀찮으시겠지만, 한번 만나봐 주시겠어요?"

아니, 전혀 그러고 싶지 않았다. 그의 인생에는 영화 일 말고도 다른 할 일들이 있었다. 그는 한 달에 한 번은 비행기를 타고 알래스카에 갔다. 또 아무 술집이나 들어가 취하도록 마시고, 길거리에서 피자도 사먹고, 대자연 속을 거닐며 그곳 작은 마을의 나이 지긋한 주민들과 대화를 나누었다. 하루에 두 시간씩은 전용 헬스클럽에서 운동을 했지만 여전히 과체중이어서, 의사들은 그에게 심장에 언제 문제가 생길지 모른다고 경고했다. 사실 그의 가장 큰 관심사는 건강이 아니었다. 그가 진정으로 원하는 건 매일 매순간 그를 짓누르는 숨 막히는 긴장감에서 벗어나는 것이었다. 그는 명상수련을 통해 영혼의 상처를 치료하는 데 관심을 가지기도 했다. 시골에 내려가 그곳에서 만난 사람들에게 '정상적인 삶'이 뭐라고 생각하느냐고 묻기도 했다. 정상적인 삶, 그건 그가 아주 오래전에 잊어버린 것이니까. 하지만 대답은 사람마다 달랐다. 그는 점차 깨닫게 되었다. 항상 사람들에게 둘러싸여 있지만, 그런 순간에도 결국 세상에서 완전히 혼자라는 사실을.

결국 그는 사람들의 답변이 아니라 그들의 행동에 근거하여 직접 정상적인 삶의 목록을 작성하기로 했다.

저비츠는 주위를 둘러본다. 검은 선글라스를 낀 사내가 눈에 띄었다. 과일주스를 마시고 있는 사내는 주위를 완전히 망각한 모습이다. 몸은 여기 있지만 마음은 먼 곳에 있는 듯, 사내는 무심한 표정으로 바다를 바라보고 있었다. 잘생긴 얼굴, 잿빛 머리칼, 세련된 옷차림. 일찍 도착한 손님들 중 하나인 사내는 분명 이 저비츠가 누구인지 이미 파악하고 있을 텐데도, 다가와 자신을 소개하려는 기미가 조금도 없다. 게다가 그는 혼자 앉아 있다! 그건 용기를 필요로 하는 일이다. 칸에서 혼자라는 건 저주와도 같은 것이니까. 아무도 돌아보지 않는 사람, 중요하지도 않고 아는 사람도 없는 사람이라는 뜻이니까.

저비츠는 사내가 부러웠다. 사내는 그가 항상 호주머니 속에 넣고 다니는 '정상적인 삶의 목록' 범주 안에 들어가지 않는 인물이었다. 독립적이고 자유로워 보였다. 저비츠는 그와 대화를 나눠보고 싶은 마음이 일었다. 하지만 지금은 몸이 너무 노곤하다.

저비츠는 그의 '정장' 중 하나에게 고개를 돌린다.

"자넨 정상적인 삶이 뭐라고 생각하나?"

"아니, 무슨 일 있으십니까? 뭔가 해서는 안 될 일이라도 하신 건가요?"

우문우답이었다. 아마도 이 친구는 그가 지난 삶을 후회하며 새로운 인생을 살고 싶어한다고 여기는 모양이다. 하지만 전혀 그렇지 않다. 설령 후회한다 해도 출발점으로 돌아가기에는 너무 늦었다. 그는 게임의 규칙을 잘 알고 있다.

"정상적으로 산다는 게 뭘 의미하느냐고 물었어."

정장은 당황한다. 또다른 정장은 주위를 둘러보며 사람들의 동태를 살피고 있다.

"아무 야심도 없이 사는 것 아니겠습니까?"

정장이 마침내 대답한다.

저비츠는 목록을 꺼내어 테이블 위에 펼친다.

"난 항상 이걸 가지고 다니면서 뭔가 생각날 때마다 목록에 추가하지."

정장은 지금은 주위를 살펴야 하기 때문에 못 보겠다고 대답한다. 그보다는 훨씬 여유 있고 자신감 있는 다른 정장이 목록을 읽는다.

1. 우리가 누구이고 진정으로 원하는 게 무엇인지를 잊게 하는 모든 것. 그것 때문에 우리는 생산하고 또 생산하며 돈을 벌기 위해 일에만 열중한다.

2. 전쟁을 벌이기 위해 규칙을 만드는 것(이를테면 제네바협정).

3. 대학에서 수년간 힘들여 공부한 다음 백수가 되는 것.

4. 30년 후에 은퇴하기 위해, 아무 재미도 없는 일을 아침 9시부터 오후 5시까지 하는 것.

5. 은퇴한 다음 여생을 즐길 힘이 남아 있지 않다는 사실을 깨닫고 몇 년 후에 권태 속에 죽어가는 것.

6. 보톡스 주사를 맞는 것.

7. 행복보다 돈이, 돈보다 권력이 훨씬 더 중요하다는 사실을 깨닫는 것.

8. 돈보다는 행복을 추구하는 사람을 '야망 없는 인간'으로 취급하며 비웃는 것.

9. 자동차, 집, 복장 따위를 서로 비교하는 것. 산다는 것의 진정한 의미를 깨달으려 하지 않고, 이런 비교의 결과로 생을 규정하는 것.

10. 낯선 사람에게 절대로 말을 걸지 않는 것. 이웃에 대해 험담하는 것.

11. 부모는 항상 옳다고 생각하는 것.

12. 결혼하고 아이를 갖는 것. 그리고 아이들을 핑계로 사랑하지도 않으면서 같이 사는 것(부부가 지겹도록 싸울 때는 아이들이 옆에 있지도 않다는 듯이).

13. 다르게 살아보려 하는 사람을 무조건 비판하는 것.

14. 침대 옆 신경질적인 알람시계에 맞춰 잠에서 깨어나는 것.

15. 인쇄된 것이라면 무조건 믿는 것.

16. 실제 기능은 전혀 없지만 '넥타이'라는 엄숙한 이름을 가진 색깔 있는 직물 띠를 목에 걸고 다니는 것.

17. 직설적인 질문은 절대 하지 않는 것. 내가 정작 알고 싶어

하는 게 뭔지 상대가 뻔히 짐작하고 있다 해도.

18. 눈물이 쏟아질 것 같은 순간에도 미소를 잃지 않는 것. 감정을 솔직히 드러내는 사람들을 딱하게 여기는 것.

19. 예술이란 부의 가치가 있거나 아니면 아무 가치도 없거나 둘 중 하나라고 생각하는 것.

20. 쉽게 얻어진 거라면 모두 경시하는 것. 희생 없이 얻어진 것이기 때문에 가치도 없을 거라고 생각하는 것.

21. 우스꽝스럽고 불편해두 유행을 따르는 것.

22. 유명한 사람은 모두 집에다 억만금을 쌓아놓고 있으리라 믿는 것.

23. 외적인 아름다움을 위해서는 돈과 시간을 투자하면서도, 내면의 아름다움에는 거의 신경을 쓰지 않는 것.

24. 지극히 평범하면서도, 다른 사람들보다 훨씬 뛰어난 척하기 위해 가능한 모든 방법을 동원하는 것.

25. 대중교통을 이용할 때, 행여 유혹하려 한다고 오해받을까 봐 다른 사람의 눈을 똑바로 보지 않는 것.

26. 엘리베이터에 탔을 때 문을 향해 서 있는 것. 그 안에 사람이 꽉 차 있더라도 마치 혼자인 것처럼 느끼면서.

27. 아무리 재미있는 이야기라도 레스토랑에서는 절대 큰소리로 웃지 않는 것.

28. 북반구에서 항상 계절에 맞는 옷을 입는 것. 봄에는 팔을 드러내는 옷을 입어야 하고(추워도 할 수 없지), 가을에는 모직 조끼를 입고(더워도 어쩔 수 없고).

29. 남반구에서 크리스마스트리를 흰 솜뭉치로 장식하는 것. 예수의 탄생과 겨울은 아무런 상관이 없음에도.

30. 나이를 먹으면서 자기가 세상의 모든 지혜를 알게 됐다고 믿는 것. 옳고 그름을 분별할 수 있을 만큼 깊이 있는 삶을 살지도 못했으면서도.

31. 자선파티에 한 번 나간 다음, 세상의 사회적 불평등을 해소하기 위해 자기는 할 만큼 했다고 생각하는 것.

32. 배가 고프든 안 고프든 하루 세 끼를 꼭 챙겨먹는 것.

33. 다른 사람이 모든 점에서 나보다 낫다고, 더 잘생겼고, 더 유능하고, 더 부유하고, 더 똑똑하다고 믿는 것. 자신의 한계를 넘어서는 것은 매우 위험하고, 아무것도 하지 않는 게 뭔가 시도하는 것보다 낫다고 생각하는 것.

34. 자동차를 마치 무적의 갑옷이나 무기인 양 사용하는 것.

35. 운전하면서 욕설을 퍼붓는 것.

36. 제 자식이 잘못을 저지른 이유는 모두 아이가 사귀는 친구 탓이라 생각하는 것.

37. 사회적 지위와 명망을 얻을 수만 있다면 그 누구와도 결혼

하는 것. 사랑은 그 다음 문제.

38. 아무것도 시도해본 게 없으면서 항상 '시도해봤다'고 말하는 것.

39. 인생의 가장 흥미로운 것을 아무 기력도 남지 않을 먼 훗날로 미루는 것.

40. TV라는 마약을 매일 엄청나게 복용하면서 우울함을 잊으려 하는 것.

41. 자기가 얻은 모든 깃들에 대해 자신할 수 있다고 믿는 것.

42. 여자들은 축구를 싫어하고 남자들은 장식과 요리를 싫어한다고 믿는 것.

43. 모든 문제를 정부 탓으로 돌리는 것.

44. 선하고 점잖고 존경할 만할 사람이 되는 것이란, 다른 사람들에게 힘없고 나약하고 만만한 사람으로 보이는 것이라고 믿는 것.

45. 타인에 대한 공격성과 무례함을 '강한 개성'의 동의어라고 믿는 것.

46. 내시경 검사(남자들)와 출산(여자들)을 무서워하는 것.

'정장'이 웃으며 말했다.

"회장님, 이걸 주제로 영화 한 편 만드셔야겠습니다."

"또 헛소리군! 정말 다들 그 생각뿐이라니까. 아니, 나하고 늘 같이 다니면서도 내가 하는 일을 아직도 모르나? 난 영화 만드는 사람이 아니란 말이야."

모든 영화는 이른바 '프로듀서'라는 사람의 머릿속에서 시작된다. 책을 읽다가, 혹은 LA(도시라기보다는 차라리 도시를 지향하는 거대한 교외라 할 수 있는 곳)의 고속도로에서 운전중에 홀연 아이디어가 떠오르는 것이다. 하지만 그 순간 그는 혼자다. 차 안에서도 혼자고, 그 반짝이는 아이디어를 스크린에 담고자 하는 그의 욕망도 아직은 혼자다.

그는 우선 책의 영화 판권이 아직 살아 있는지 알아본다. 이미 판권이 팔렸다면 다른 책을 뒤적이기 시작한다. 미국에서만도 한 해 6만 권이 넘는 신간이 쏟아져나오는데 뭐가 걱정이랴! 반대로 판권이 아직 살아 있다면, 그는 작가에게 직접 전화를 걸어 가능한 가장 낮은 가격을 제시하며 영화 판권을 사고 싶다고 말한다. 작가들은 대부분 이 제안을 받아들인다. 꿈의 산업과 연결되지 못해 안달하는 것은 비단 배우들뿐만이 아니니까. 작가들 또한 자신의 책이 영화로 만들어지면 자신이 더 중요한 존재가 되리라 믿는다.

그들은 점심 약속을 잡는다. 프로듀서는 "이 책은 영화적 성격이 아주 강한 예술작품"이고, "당신은 만인의 인정을 받아 마땅한 천재"라고 띄워준다. 작가는 이 책을 집필하는 데 오 년이나 걸렸다고 말하면서, 자기도 시나리오 작업에 참여하게 해달라고 요구한다.

"좋은 생각은 아닌 것 같습니다. 영상언어는 문학언어와 다르거든요." 프로듀서는 대답한다. "하지만 결과물을 보면 만족하실 겁니다." 그리고 이렇게 말을 맺는다. "영화는 원작에 충실하게 만들어질 겁니다."

두 사람 모두 알고 있는 사실이지만, 이는 새빨간 거짓말이다.

작가는 생각한다.

'이번에는 이 조건을 받아들이는 수밖에 없겠군. 하지만 다음번엔 그렇게 못 해.' 그는 동의한다. 이제 프로듀서는 프로젝트의 자금조달을 위해 반드시 대형 영화사를 끌어들여야 한다고 말한다. 또 주요배역으로는 어느 스타가 좋겠다고 말한다. 이 역시 새빨간 거짓말인데, 이런 상황에서 상대를 유혹하는 데 너무도 효과적이기 때문에 프로듀서들이 매번 사용하는 테크닉이다. 그는 일단 '옵션'을 산다. 다시 말해 향후 삼 년간 작품에 대한 각종 권리를 보유하는 조건으로 약 1만 달러를 지불한다. 그리고 그 다음에는?

"정식으로 계약할 때는 지금 이 금액의 열 배를 지불하고, 순

수익의 2퍼센트에 대한 권리를 드리겠습니다."

프로듀서의 말에 작가는 벌써부터 거금을 벌게 될 자신의 모습을 상상하기 시작하고, 돈과 관련된 대화는 여기서 끝난다.

만일 작가가 사전에 친구들을 통해 사정을 알아봤다면 결코 그런 환상은 품지 않았을 것이다. 할리우드의 회계사들은 마술 같은 솜씨를 발휘하여, 수익을 내는 영화는 한 편도 없도록 만들어놓으니까.

점심식사가 끝나갈 즈음, 프로듀서는 이른바 '대형 계약'의 계약서를 작가에게 내민다. 정식 계약은 영화사 섭외 이후에 하겠지만, 자신이 분명히 제작권을 확보했다는 사실을 영화사들에게 보일 수 있게끔 지금 당장 서명해줄 수 있겠느냐고 묻는다. 자신에게 떨어질 (사실은 존재하지 않는) 몫과, 자기의 이름이 널리 알려질 가능성(역시 존재하지 않는다. 그가 보게 될 것은 기껏해야 엔딩크레디트의 '원작자 ○○○'라는 한 줄뿐일 테니까)에 들뜬 작가는 깊이 생각하지도 않고 서명해버린다.

헛되고 헛되니, 모든 것이 헛되도다. 태양 아래 새로운 것은 하나도 없나니…… 삼천 년 전, 솔로몬이 한 말이다.

프로듀서는 영화사들의 문을 두드리기 시작한다. 그는 이미 프로듀서로서 어느 정도 이름이 알려져 있어서 문을 열어주는 회사들도 있지만, 그의 제안이 언제나 받아들여지는 것은 아니다. 일이 잘 안 되면, 그는 작가에게 전화를 걸어 다시 점심식사를 하자고 말하는 수고조차 생략해버린다. 그냥 달랑 이메일 한 통으로 해결한다. 자신은 이 책에 열광하고 있지만 영화계는 아직 이런 스토리를 이해하지 못하는 것 같다. 그래서 계약서(물론 그는 아직 서명을 하지 않았다)를 돌려보낸다, 는 내용으로.

 만일 영화사가 제안을 받아들이면, 프로듀서는 힘의 사다리에서 가장 낮은 곳에 위치하고 수입도 가장 적은 사람, 즉 시나리오 작가를 구한다. 시나리오 작가는 원작에 자신의 독창적인 아이디어를 가미해서 시나리오로 만들어내기 위해 몇 날, 몇 주, 몇 달을 쓰고 수정하기를 반복한다. 마침내 완성된 시나리오를 프로듀서에게 보내면(원작자에게 보내는 일은 결코 없다), 프로듀서는 그것을 거들떠보지도 않고 그냥 돌려보낸다. 다시 쓰면 더 좋은 게 나온다는 사실을 잘 알고 있기 때문이다. 그리하여 재능 있는 젊은 작가들(혹은 늙은 전업 작가들. 이 분야에 그 중간은 없다)은 다시 몇 주 몇 달을 커피와 불면과 꿈으로 채워야 한다. 그렇게 각 장면을 일일이 수정해서 보내면 프로듀서는 다시 돌려보내거나 아니면 자기가 직접 고치거나 한다. 시나리오 작가는 "나보다 더 잘할 것 같으면 자기가 직접 할 일이지 왜 나한테 맡기는 거야?"라고 투덜대면서도 보수를 떠올리고는 군소리 없이 다시 컴퓨터 앞에 앉는다.

드디어 시나리오가 거의 완성된다. 그 단계에서 프로듀서는 극히 보수적인 성향을 지닌 대중을 거스를 염려가 있는 정치적인 암시는 삭제하라고 요구한다. 또 여자들이 좋아할 로맨틱한 장면들을 추가하되, 스토리는 시작과 중간과 끝이 확실해야 하고, 희생적이고 헌신적인 모습으로 관객의 눈물을 짜낼 수 있는 주인공이 있어야 한다고 요구한다. 영화의 시작 부분에서 누군가가 사랑하는 사람을 잃었다가 결말 부분에서 다시 찾는 것이다. 사실 대부분의 시나리오는 다음의 한 줄로 요약될 수 있다. 한 남자가 한 여자를 사랑한다. 남자는 여자를 잃는다. 남자는 여자를 되찾게 된다. 영화의 90퍼센트는 이 주제를 조금씩 변형시킨 것에 지나지 않는다.

이 규칙에서 벗어나고 싶다면 이를 보상할 수 있는 극도의 폭력, 혹은 관객을 사로잡을 수 있는 특수효과들로 무장해야 한다. 이것은 이미 수천 번 검증된 바 있는 성공 공식이므로 쓸데없는 모험을 할 필요가 없다.

제법 괜찮게 만들어졌다고 생각되는 시나리오를 손에 쥔 프로듀서가 다음으로 향하는 곳은 어디일까?

프로젝트의 자금을 댈 영화사다. 하지만 영화사에는 갈수록 줄어가는 전세계 영화관에 배정되기를 기다리며 대기중인 영화가 한두 편이 아니다. 영화사는 프로듀서에게 조금 기다리든지,

아니면 독립 배급사를 찾아보라고 말한다. 물론 이에 앞서 그로 하여금 또다른 엄청난 계약서(심지어 '지구 바깥'에서까지 효력을 발휘하는 독점권을 규정한)에 서명하게 하는데, 여태껏 들어간 경비를 프로듀서가 책임진다는 점을 못박아놓기 위함이다.

'이 대목에서 나 같은 사람이 등장하는 거지.' 바로 독립 배급업자, 길거리에서는 아무도 알아보지 못하지만 이런 영화제에서는 모두가 알아보는 사람. 그는 영화의 아이디어를 찾지도 않았고, 시나리오를 쓰지도, 영화제작에 한 푼도 두사하지 않았다.

저비츠는 중개하는 사람, 즉 배급업자다!

그는 코딱지만한 사무실에서 프로듀서를 맞는다. 그에게는 대단한 전용기도, 풀장이 갖춰진 저택도, 세계 각지의 화려한 행사에 참석할 수 있는 초대장들도 있지만, 이 모든 것은 오직 그를 위한 것일 뿐이다. 그의 눈에 프로듀서는 생수 한 컵 대접할 필요도 없는 존재다. 그는 프로듀서에게서 건네받은 영화 DVD를 집으로 가져가 앞부분 오 분 정도만 들여다본다. 그게 재미있으면 끝까지 본다(하지만 그런 경우는 백 번에 한 번 있을까 말까다). 그럴 경우 그는 10센트 정도를 투자한다. 프로듀서에게 몇 날 몇 시에 자기 사무실로 찾아오라고 전화 거는 데 드는 비용이다.

"계약서에 사인합시다."

그는 마치 큰 특혜나 베푸는 듯이 말한다.

"내가 배급해주겠소."

프로듀서는 협상해보려 한다. 상영관은 몇 개고, 몇 개국에 배급되는지, 조건은 어떤지 알아보려 한다. 하지만 모두 쓸데없는 질문들이다. 사실 그 역시 배급업자에게서 어떤 대답이 나올지 뻔히 알고 있다. "모든 건 시사회의 반응에 달려 있어요." 영화는 사회 각계각층에서 선별한 관객들, 시장조사 회사들이 특별히 고른 사람들을 대상으로 상영된다. 그 결과는 전문가들에 의해 분석되고, 그 결과가 긍정적이면 저비츠는 다시 10센트를 들여 전화를 건다. 그리고 다음날 또다른 엄청난 계약서 세 부를 준비하고 프로듀서를 맞는다. 프로듀서는 자기 변호사가 계약서를 검토할 시간을 좀 줄 수 없겠느냐고 요청한다. 저비츠는 고개를 끄덕이며 대답한다. 그건 아무 문제 없다, 다만 이번 시즌에 상영할 프로그램을 마감해야 하기 때문에 당신이 꾸물거릴 동안 다른 영화를 선택하게 될지도 모른다고.

프로듀서는 자신에게 떨어질 몫이 규정되어 있는 항목만 들여다본다. 거기 적힌 것에 만족한 그는 서명을 한다. 이 기회를 놓치고 싶지 않은 것이다.

그가 원작자인 작가와 마주앉아 협상하던 시절로부터 벌써 몇 년이 흘렀다. 그는 지금 자신이 과거의 작가와 똑같은 처지가 되어 있다는 사실을 인식하지 못한다.

헛되고 헛되니, 모든 것이 헛되도다. 태양 아래 새로운 것은 하나도 없나니…… 삼천 년 전, 솔로몬이 이미 말하지 않았던가.

저비츠는 손님들로 가득해지는 홀을 바라보면서 지금 자기가 이런 곳에서 대체 뭘 하고 있는지 다시 자문한다. 그는 미국 내에 오백여 개가 넘는 영화관을 장악하고 있고, 전세계 오천여 개 영화관들과 독점계약을 맺고 있는 귀하신 몸이다. 극장주들은 그가 제공하는 것이라면 별 볼일 없는 물건이라도 군말 없이 사지 않을 수 없다. 다섯 편이 실패하더라도 한 편만 대박을 터뜨리면 모든 걸 보상하고도 남는다는 사실을 잘 알기 때문이다. 그들이 의지하고 있는 저비츠가 어떤 인물인가. 거물급 독립 배급업자이자 메이저 영화사들의 독과점을 부수는 데 성공한 영화계의 전설 아닌가.

그가 이런 위업을 달성하기 위해 과연 무슨 수를 썼는지, 그들은 구태여 묻지 않는다. 다섯 번에 한 번꼴로 대박을 가져다주는 그에게 그런 의문은 그다지 중요하지 않다(메이저 영화사들의 대박 비율은 아홉에 한 번꼴이다).

하지만 저비츠는 자신이 어떻게 성공할 수 있었는지 잘 알고 있다. 그리고 그것은 바로 지금 이 순간에도 분주히 전화를 받고, 미팅 약속을 정하고, 누군가의 초대를 조율하고 있는 두 '정장' 없이는 절대 외출하지 않는 이유이기도 하다. 그들은 파티장 입구를 지키는 덩치들에 비하면 오히려 보통 체격의 소유자이지만, 군대 하나와 맞먹는 힘을 가진 사내들이다. 그들은 이스라엘에서 특수훈련을 받았고, 우간다, 아르헨티나, 파나마에서 복무했다. 지금 한 사내는 휴대폰 통화에 집중하고 있고, 다른 사내는 끊임없이 주변을 살피며 사람들의 움직임과 몸짓들을 일일이 체크하고 있다. 그들은 그 일을 서로 교대하며 한다. 마치 고도의 전문직인 동시통역사나 항공 관제관들이 15분마다 휴식을 필요로 하듯이.

 차라리 호텔방에 처박혀 잠이나 자는 게 낫지 않을까. 저비츠는 쏟아지는 아첨과 찬사들이 지겨울 뿐이다. 거의 일 분마다 미소를 지으며, 어차피 잃어버릴 테니 명함은 안 주셔도 된다고 말해야 하는 것도 고역이고. 그래도 인간들이 달라붙으면, 그의 비서들 중 하나와 말해보라고 점잖게 말한다. (그의 비서들은 크루아제트 대로에 있는 최고급 호텔의 번듯한 방에 묵고 있지만 거기서 잠잘 틈은 없다. 쉴새없이 울려대는 전화를 받고, 스팸 차단기를 용케 뚫고 음경 사이즈 확대와 멀티 오르가슴을 약속하는 스팸메일들 사이로 쏟아져들어오는 전세계 영화관들의 이메일에 답장해야 한다.) 그가 머리를 움직이는 각도에 따라, 두 정장 중 하나는 그의 여비서의 주소와 전화번호를 건넬지, 아니면 명함이 다 떨어졌다고 말할지를 결정한다.

LA였다면 지금쯤 자고 있을 것이다. 파티에서 아무리 늦게 들어온 날이라 해도 그렇다. 그런데 지금 이 '런치파티'에서 그는 뭘 하고 있는 걸까. 그 답을 저비츠는 알고 있다. 인정하고 싶지는 않지만. 그는 혼자 있는 게 두려운 것이다. 저 사내, 일찍 도착해서 여유 있는 표정으로 주스를 마시고 있는, 바쁘게 보이거나 중요한 사람으로 보이려고 안달하기는커녕 무심한 듯 초연하게 혼자 앉아 있는 저 사내가 그래서 부러운지도 모른다. 저비츠는 그를 자기 테이블에 초대해 얘기나 나누리라 마음먹는다. 하지만 그는 이미 어디론가 사라지고 없었다.

바로 그 순간, 그는 등에 따끔함을 느낀다.

'모기인가. 이래서 바닷가에서 열리는 파티가 싫다니까.'

그는 따끔했던 곳을 긁으려다가, 몸에 박힌 미세한 침 하나를 빼낸다. 할 일 없는 누군가의 장난질이리라. 뒤를 돌아보니, 이 미터쯤 떨어진 곳에, 지나가는 초대객들 사이로 흑인 하나가 보인다. 요즘 유행하는 레게머리를 한 흑인은 요란한 웃음을 터뜨리고 있고, 한 무리의 여자들이 존경과 욕망이 뒤섞인 눈으로 그자를 쳐다보고 있다.

불쾌한 도발이었지만 반응하기에는 몸이 너무 피곤했다. 그래. 장난치고 싶으면 치라지. 이런 바보짓이 저치에겐 사람들의 눈길을 끌 유일한 방법인가보군.

'멍청한 놈.'

저비츠와 함께 앉아 있던 두 정장은 하루 435달러에 달하는 보수를 받고 경호하는 그의 자세에 갑작스런 변화가 오자 즉각 반응한다. 한 사람은 오른쪽 겨드랑이 쪽으로 손을 올린다. 그의 재킷 속에는 케이스에 든 자동 권총이 숨겨져 있다. 다른 사내는 조용히 몸을 일으켜(어쨌든 이곳은 파티장 아닌가) 저비츠와 흑인 사이를 막아선다.

"괜찮아." 저비츠가 말한다. "그냥 시시한 장난질일 뿐이야."

그는 침을 보여준다.

이 두 바보는 무기를 사용한 공격이나 맨손 공격 등 저비츠의 생명을 위협할 만한 모든 상황에 대비하고 있다. 언제든 필요하다면 총을 쏠 준비를 하고서 유사시 그의 호텔방에 맨 먼저 뛰어들어오는 사람이 바로 그들이다. 또한 그들은 누군가가 무기를 지니고 있으면 귀신같이 알아보고(총을 지니고 다니는 사람들은 의외로 많다), 그자가 저비츠에게 위험인물이 아니라는 게 확실해질 때까지 눈을 떼지 않는다. 엘리베이터에 타면 저비츠의 양쪽에 바짝 붙어서서 일종의 방벽을 만든다. 저비츠는 그들이 권총을 빼드는 모습을 한 번도 본 적이 없다. 어찌 보면 당연한 일이다. 일단 빼들었다면 반드시 사용했을 테니까. 대부분의 경우, 그들은 눈빛이나 몇 마디 말로 조용히 문제를 해결한다.

'문제'라고 했던가? 하지만 저비츠는 이 두 '정장'을 고용한 이후로 그런 종류의 어떤 문제도 만나본 적이 없었다. 마치 그들의 존재만으로도 악령과 악의가 접근하지 못하는 것처럼.

"아까 그 남자 말이야. 일찌감치 들어온 사람들 중에, 저쪽 테이블에 혼자 앉아 있던 남자. 무기를 갖고 있었던 것 같았지?"

다른 정장은 "음, 그랬을지두" 하고 중얼거린다. 그럴지도…… 하지만 그는 이미 파티장에서 사라지고 없다. 검은 선글라스 아래로 누굴 쳐다보고 있는지 몰라서 그들은 줄곧 남자를 신경쓰고 있었다.

그들은 긴장을 푼다. 한 사람은 다시 걸려온 전화를 받는다. 다른 사람은 흑인을 지켜보는데, 자메이카 출신으로 보이는 그 흑인은 두려워하는 기색도 없이 그를 빤히 마주본다. 확실히 뭔가 석연치 않은 구석이 있어 뵈는 사내다. 하지만 또 한번 이상한 짓을 했다가는 앞으로 평생 의치를 하고 다니게 될 것이다. 그런 일은 사람들이 보지 않는 모래사장에서 최대한 은밀하게 처리되는데, 그렇게 손을 봐주는 데는 한 사람으로 족하다. 나머지 하나는 방아쇠에 손가락을 걸고 저비츠의 곁을 지킬 것이다. 이런 종류의 도발은 타깃으로부터 경호원들을 떼어놓기 위한 계책일 수도 있으니까. 그들이 익히 아는 트릭이다.
 "괜찮으십니까, 회장님?"
 "아니, 괜찮지 않아. 구급차를 불러. 손을 움직일 수가 없어."

PM 12:44

 이게 웬 기막힌 기회인가?
 그녀는 꿈에도 생각지 못했다. 자신의 인생을 바꿔줄 사람을—그녀는 그렇게 확신했다—이렇게 만나게 될 줄은. 하지만 그는 분명히 거기에 앉아 있었다. 친구로 보이는 두 남자와 함께. 아무거나 대충 걸친 것 같은 차림으로. 하기야 힘 있는 사람들은 구태여 힘을 과시할 필요가 없다. 그래서 경호원조차 필요하지 않은 거겠지.
 모린은 지금 칸에 와 있는 사람들을 두 부류로 나눴다.

 1. 피부가 그을린 사람들. 이들은 영화제에서 가장 접근하기 힘든 장소의 출입 배지를 달고 있지만, 온종일 태양 아래서 지낸

다. 이미 승자이기 때문이다. 그들의 호텔 방에는 각종 초대장들이 기다리고 있지만, 대부분 휴지통에 던져버린다.

2. 피부가 창백한 사람들. 이들은 어둑한 사무실에서 다음 사무실로 뛰어다니며 심사를 받거나, 너무나 뛰어나지만 결국 수많은 다른 경쟁작들과 함께 버려질 작품들을 감상하거나, 정말 끔찍하지만 인맥 덕분에 태양 아래 한 자리를 차지하게 될 (피부가 그을린 이들이 선택할) 작품들을 견뎌내야 한다.

저비츠의 피부는 부러우리만큼 멋지게 그을려 있다.

남프랑스의 이 작은 도시는 영화제가 진행되는 십이 일 동안 물가는 치솟고, 도로에는 허가된 차량만 다닐 수 있고, 공항은 제트전용기로, 해변은 슈퍼모델로 가득 차게 된다. 영화제는 단지 사진기자들의 플래시 속에 '팔레 데 페스티발'* 의 입구로 향하는 대스타들이 밟고 지나가는 레드카펫이 다가 아니다. 칸, 그것은 패션쇼가 아니다. 그것은 영화다!

물론 '칸 영화제' 할 때 가장 먼저 떠오르는 이미지는 이런 선정적이고 화려한 측면이리라. 하지만 이 영화제의 진정한 핵심

---

* 칸의 크루아제트 대로에 위치한 건물로 개막작 시사회, 시상식 등 칸 영화제의 주요행사들이 열린다.

은 그게 아니다. 그것은 영화제와 병행하여 벌어지는 필름마켓, 세계 각지에서 온 판매자들이 구매자들과 만나 완성된 영화, 투자, 아이디어 등을 거래하는 거대한 시장이다. 영화제 기간 동안 도시 곳곳에서 하루 약 4백여 편의 시사회가 열리는데, 그 장소는 대부분 임시로 빌린 원룸들이다. 관람객들은 침대 주위에 대충 자리를 잡고 앉아 끊임없이 불평해대며 주최측의 신경을 긁는다. 실내가 너무 덥다, 생수가 떨어졌다…… 그 모든 짜증과 변덕을 주최측은 다 참고 들어줘야 한다. 중요한 것은 수년 동안 흘린 피와 땀의 결실인 작품을 대중에게 선보일 기회를 잡는 것이므로.

그러나 이처럼 4천 8백여 편의 새로운 작품들이 원룸이나 호텔방을 벗어나 영화관에서 상영될 기회를 얻기 위해 치열하게 투쟁하고 있을 때, 정작 꿈의 세계는 거꾸로 돌기 시작한다. 각종 첨단기술이 시장을 잠식한 것이다. 사람들은 이제 집에서 나오려 하지 않는다. 거리는 위험하고, 과중한 업무에 시간도 나지 않고, 무엇보다도 케이블TV 채널들이 너무 많아졌다. 채널만 돌리면 하루 평균 5백여 편의 영화를, 그것도 거의 공짜로 마음껏 볼 수 있는데 누가 힘들여 영화관을 찾겠는가.

그뿐만이 아니다. 요즘은 인터넷이 모든 사람을 영화제작자로 만들었다. 누구나 영상을 찍어 올릴 수 있게 된 것이다. 전문 포털사이트에 들어가면 별의별 영상을 다 볼 수 있다. 아장아장 걷는 아기들, 전쟁에서 목이 잘려나가는 남자들, 컴퓨터 저편의 어떤 남자가 한순간 고독한 쾌락을 맛보리라는 짜릿한 생각에 자기 알몸을 보여주는 여자들, '얼어붙어 있는' 사람들,* 실제상황으로 벌어지는 사건들, 스포츠, 패션쇼, 그리고 아무것도 모르고 지나가는 사람들을 당황하게 만들어놓고는 낄낄대는 몰래카메라……

물론 사람들은 외출을 한다. 하지만 이제 그들은 레스토랑에서 멋진 식사를 하거나 유명 브랜드의 옷을 사는 데 돈을 쓰려한다. 영화는 집에 있는 HD 텔레비전 화면이나 컴퓨터 안에 다 들어 있기 때문이다.

'황금종려상' 역대수상작들을 모든 사람이 줄줄 꿰던 시대는 이미 먼 옛날이 되었다. 이제는 "작년 수상작이 뭐였더라?" 하고 자문한다. 심지어 칸 영화제에 매년 참가하는 사람들조차 기억하지 못한다. "어떤 루마니아 영화였어" 하고 누군가 말하면, "아니야. 분명히 독일 영화였어" 하고 다른 사람이 반박한다. 그들은 각자 영화제 카탈로그를 슬쩍 들춰보고는, 작년 수상작이 예술영화관에서나 소개되는 어느 이탈리아 영화였다는 사실을

---

* 정해진 시간과 장소에서 일제히 동작을 멈추고 꼼짝하지 않는 '플래시 몹' 퍼포먼스를 가리킴.

알게 된다.

비디오 대여점들과 힘든 경쟁의 시기를 보낸 후, 영화관들은 한때 부흥하는 듯하더니 또다시 쇠락의 길을 걷고 있다. 이제는 인터넷을 통한 대여, 전세계적인 불법복제, 그리고 잡지를 구매하면 거의 공짜로 따라오는 철 지난 영화 DVD 등 한층 복잡하고 힘겨운 상황과 싸워야 한다. 이로 인해 영화 배급시장은 한층 야만적인 양상을 띠어가고 있다. 메이저 영화사가 어떤 작품에 대규모 투자를 결정하면, 그들은 모든 수단과 방법을 동원하여 동시개봉관 수를 최대한 늘려 잡아야 한다. 이 때문에 같은 시기에 시장에 진입하려는 다른 영화사들에게는 돌아갈 자리가 거의 없다.

이처럼 모든 것이 어렵기만 한 여건에서도 모험을 감행하는 용감한 영혼들이 있다. 하지만 이들은 곧—하지만 너무 늦게—깨닫게 될 뿐이다. 좋은 작품만으로는 이 바닥에서 성공하기 충분치 않다는 사실을. 한 작품이 세계 각국의 대도시 영화관에서 상영되기까지 드는 비용은 상상을 초월할 만큼 어마어마하다. 신문과 잡지에 전면광고를 실어야 하고, 리셉션을 개최해야 하고, 미디어 홍보를 위한 기자들 초청과 프로모션 연회, 프로모션 투어를 해야 한다. 전문 인력과 첨단기기를 확보하기 위한 비용은 갈수록 높아만 가고, 그마저도 쓸 만한 사람들은 점점 찾기 힘들어지는 실정이다. 그리고 무엇보다도 어려운 문제가 있다. 영화를 배급해줄 사람을 찾는 일이다.

그럼에도 매년 똑같은 일들이 계속되고 있다. 배급업자를 찾아 이리저리 뛰어다니는 사람들, 무수한 미팅 약속들, 모든 것에 관심을 보이지만 정작 스크린에 영사되는 것에는 도통 관심이 없는 슈퍼클래스들, 작품이 텔레비전에 방영되는 '영예'를 누리게 해주겠다는 조건으로 정상가격의 10분의 1을 제의하는 뻔뻔스러운 배급사들, 게다가 온 가족이 볼 수 있게끔 작품을 수정해달라는 요구, 작품을 다시 손봐달라는 요청들, 그리고 시나리오를 완전히 바꿔서 다른 주제에 초점을 맞춰주면 다음해에는 계약해주겠다는―그렇다고 반드시 지켜지는 것도 아닌―약속들……

다 이해하고 받아들여야 한다. 다른 선택이 없기 때문이다. 슈퍼클래스가 세상을 지배한다. 아무것도 강요하지 않는 그들의 목소리는 부드럽고, 미소는 우아하다. 하지만 그들의 결정은 절대적이다. 그것으로 끝이다. 세상의 진실을 쥐고 있는 건 바로 그들이다. 받아들이느냐, 거부하느냐를 결정하는 것도 그들이다. 그들은 힘을 갖고 있다. 힘은 그 누구와도 협상하지 않는다. 오직 자기 자신과 협상할 뿐. 하지만 그렇다고 해서 모든 게 끝난 건 아니다. 픽션의 세계에서만이 아니라 현실 세계에서도 영웅은 언제나 존재하는 법이니까.

지금 모린이 자랑스럽게 쳐다보는 사람, 그가 바로 그 영웅이다. 드디어 이틀 후에, 저 사람과 일생일대의 만남이 있을 것이다. 이를 위해 거의 삼 년의 세월이 필요했다. 일과 꿈과 무수한 전화 통화, LA 여행과 선물들로 채워진 세월이. 그뿐만이 아니다. 그녀의 '인맥 은행'에 속한 친구들에게도 수없이 부탁해야 했다. 그중에는 그녀의 전 남자친구도 있었다. 그 친구는 그녀와 함께 영화학교에 다녔지만, 정신적 경제적으로 너무 많은 것을 잃을 수 있는 모험보다는 안전한 유명 영화잡지사에 취직하는 것을 선택했다. 그가 말했다.

"그래, 내가 저비츠에게 말은 한번 해볼게. 하지만 그는 아무도, 심지어 자기가 배급하는 작품들을 띄워주거나 쓰레기라고 매도할지도 모를 기자들조차도 무서워하지 않는 사람이야. 그는 그 모든 것 위에 있거든. 한번은 우리 잡지사에서 그가 어떻게 그 많은 영화관들을 장악할 수 있었는지 알아내려고 심층 기사를 기획한 적이 있었어. 그런데 그와 함께 일했거나 일하는 사람 누구도 입을 열지 않았지. 어쨌든 얘기는 해볼게. 하지만 그에게 압력을 넣는 건 불가능해."

그는 저비츠에게 얘기했고, 모린의 작품 〈지하실의 비밀〉을 한번 검토해보겠다는 약속을 얻어냈다. 다음날 모린은 전화 한

통을 받았고, 칸에서 만나자는 말을 들었다.

그 순간, 그녀는 자기가 그의 사무실에서 택시로 10분 거리에 있다는 소리를 감히 입 밖에 내지 못한 채, 이 멀고 먼 프랑스의 도시로 덜컥 약속을 잡아버린 것이다.

그녀는 파리 행 비행기 표를 샀다. 그리고 파리에서 기차로 꼬박 하루를 달린 끝에 칸에 도착했고, 못마땅한 얼굴을 한 싸구려 호텔 매니저에게 호텔 이용쿠폰을 내밀었고, 화장실에 갈 때마다 바닥에 널린 짐들을 뛰어넘어야 하는 비좁은 싱글룸에 여장을 풀었다. 그리고 새 보드카 브랜드 판촉행사나 최신 스타일의 티셔츠 출시행사 같은 이류행사 초대장 몇 개를―이번에도 전 애인의 도움으로―간신히 구할 수 있었다. 너무 늦게 도착하는 바람에 정작 칸 영화제의 하이라이트라 할 수 있는 팔레 데 페스티발의 입장권은 구할 수 없었다.

예상보다 비용이 많이 들었고, 칸까지 스무 시간이 넘는 여행으로 몸은 녹초가 되었다. 하지만 그녀는 그와 최소한 십 분은 얘기할 수 있는 기회를 잡았다. 한 장의 계약서와 확실한 미래를 거머쥐게 될 거라고 그녀는 스스로를 위로했다. 그래, 영화산업은 위기에 처했다. 하지만 그래서 뭐? (그 수가 전보다 확실히 줄어들긴 했지만) 영화는 여전히 돈을 벌어들이고 있다. 대도시마다 새 영화를 광고하는 포스터들로 도배가 되어 있고, 또 대중

잡지들은 어떤가. 스타 배우들의 인터뷰나 가십으로 채워진다. '영화의 죽음'은 예전에도 여러 번 선언된 바 있었다. 하지만 영화는 여전히 살아남아 건재하다고 모린은 생각했다. 아니, 그렇게 확신하고 있었다. 텔레비전이 출현했을 때 '영화는 죽었다.' 비디오 대여점이 등장했을 때 '영화는 끝났다.' 그리고 인터넷에 불법복제 영화 사이트들이 활개 치기 시작했을 때도 '영화는 끝장났다.' 하지만 영화는 여전히 살아 있다. 지금 지중해 연안의 이 소도시 거리 곳곳에도 생생하게 살아 있지 않은가. 물론 영화제 때문이지만.

이제 하늘이 보내준 이 기회를 붙잡아야 한다. 그리고 다 받아들여야 한다. 정말로 무엇이든지. 저비츠 와일드가 저기 앉아 있다. 저비츠는 그녀의 영화를 보았다. 그녀의 영화는 성공의 모든 조건을 갖추고 있다. 영화의 주제는 성적 착취에 관한 것인데, 희생자의 자의에 의한 것이든 강요된 것이든 간에 성적 착취라는 주제는 최근 전세계에 물의를 일으킨 일련의 사건들 덕분에 미디어의 관심을 받고 있다. 이런 때 저비츠의 배급망을 통해 그녀의 영화 〈지하실의 비밀〉을 시장에 내놓는다면 그야말로 기막힌 타이밍일 것이다.

영화계의 의식 있는 반항아, 그리고 영화가 대중에게 전달되는 방식에 혁명을 가져온 인물, 저비츠 와일드. 이전에도 그와 비슷한 시도를 했던 사람이 딱 한 명 있었다. 독립영화제작자들을 위해 선댄스 영화제를 만든 로버트 레드퍼드. 그러나 수십 년간의 노력에도 불구하고 그는 미국, 유럽, 인도에서 천문학적 달러를 움직이는 커다란 벽을 허물지 못했다. 하지만 저비츠는 승자였다.

저비츠 와일드, 영화제작자들의 구세주이자 위대한 전설, 소수자들의 동맹군, 예술가들의 친구이자 새로운 후원자. 그는 매우 지능적인 시스템(그게 뭔지 그녀는 전혀 모르지만, 아주 효율적이라는 사실만큼은 알고 있다)으로 지금 전세계 영화관들을 통제하고 있다.

그 저비츠 와일드가 그녀를 십 분간 만나주겠다고 약속했다. 이것이 의미하는 바는 오직 하나다. 그는 그녀의 프로젝트를 받아들일 것이며, 남은 문제는 세부적인 사항에 불과하다는 사실이다.

"난 다 받아들이겠어. 정말 무엇이든지."

그녀는 속으로 되뇐다.

물론 십 분은 짧은 시간이다. 그녀가 영화 한 편을 만들기 위해 겪어야 했던 지난 팔 년(그녀 인생의 4분의 1이다) 세월을 얘기하기엔. 하지만 영화학교에 다녔고, 텔레비전 광고 몇 개를 찍었고, 단편영화 두 편을 만들어 소도시 극장들이며 뉴욕의 영화

상영 바에서 좋은 반응을 얻었다는 따위를 그에게 얘기하는 게 무슨 의미가 있겠는가. 그녀는 말하지 않을 것이다. 이번 영화제작에 필요한 수백만 달러를 만들기 위해 부모에게 물려받은 집까지 저당 잡혀야 했다는 사실도. 저당 잡힐 재산이래야 그것밖에 없기에 그녀에겐 이것이 마지막 기회라는 사실도.

그녀는 영화학교를 같이 다닌 친구들의 행로를 알고 있다. 그들 역시 나름대로 애써보다가 결국엔 광고영상물—이쪽의 수요는 점점 더 많아지고 있다—제작의 세계를 선택하는 것을. 또 TV 시리즈물을 제작하는 수많은 회사에서 더 안전한, 그러나 그다지 영광스럽지는 못한 일을 하게 되는 것을. 하지만 그녀는 달랐다. 단편영화 두 편으로 얻은 성공에 고무된 그녀는 더 높은 곳을 꿈꾸었고, 이제는 어떤 것도 그 꿈을 향한 발걸음을 멈추게 할 수 없었다.

그녀는 자신에게 하나의 사명이 있다고 확신했다. 미래세대를 위해 더 나은 세계를 만드는 데 일조해야 한다는 것. 같은 뜻을 가진 사람들과 힘을 합쳐, 예술이 단지 이 길 잃은 세계에 무의미한 소일거리나 여흥거리를 제공하는 수단만은 아니라는 걸 보여주는 것이었다. 영화의 의무는 지도자들의 잘못을 폭로하고, 지금 이 순간 아프리카에서 굶주려 죽어가는 아이들을 구하고, 환경문제를 소리 높여 고발하고, 사회적 불의를 끝장내는 것이다.

　물론 야심찬 계획이었다. 하지만 그녀는 의지를 갖고 노력하면 이룰 수 있다고 확신했다. 이를 위해 자신의 영혼을 정화해야 했다. 그녀를 인도해온 네 가지 힘, 사랑과 죽음과 힘과 시간을 늘 의식하고 되새겼다. 우선 사랑해야 한다. 우리는 신의 사랑 안에 존재하기 때문이다. 또한 죽음을 의식해야 한다. 생을 이해하기 위해서다. 나아가기 위해 분투해야 한다. 그렇지만 이를 통해 우리가 얻게 되는 힘의 함정에 빠져서는 안 된다. 그런 힘은 아무런 가치가 없다는 걸 우리는 잘 알고 있기 때문이다. 마지막으로 우리의 영혼은 영원하지만, 지금 이 순간엔 시간의 거미줄에 갇혀 있다는 사실을 받아들이고, 그것이 제공하는 기회와 부과하는 한계들을 인식해야 한다.

　이렇듯 그녀는 시간의 거미줄에 갇혀 있지만, 일 속에서 즐거움과 열정을 찾아낼 수 있었다. 그리고 믿었다. 자신의 작품들을 통해 허물어져가는 듯 보이는 세계에 자기 몫의 기여를 하고, 현실을 바꾸고, 인간들을 변화시킬 수 있으리라고.

　당신이 꿈꿔온 것을 시도할 기회조차 가져보지 못했다고 늘 불평하던 아버지가 돌아가셨을 때, 그녀는 중요한 사실을 깨달았다. 변화는 바로 위기의 순간에 찾아온다는 것이었다.

　모린은 아버지처럼 인생을 끝내고 싶지 않았다. 훗날 자신의 딸에게 이렇게 말하고 싶지 않았다. "난 하고 싶었던 일이 있었어. 그것을 시도할 수 있었던 순간도 있었고. 하지만 위험을 무릅쓸 용기가 없었어." 유산을 받았을 때, 그녀는 깨달았다. 아버지의 유산에는 어떤 목적이 있다고, 자신의 운명을 이루라고 주어진 것이라고.

그녀는 도전을 받아들였다. 유명 연예인이 되고 싶어하는 다른 십대들과는 달리 그녀는 이야기하는 사람이 되고 싶었다. 뒤이어 올 세대들도 보고 미소 짓고 꿈꾸게 하는 이야기를 만들고 싶었다. 그녀가 꿈꾸는 위대한 모델은 〈시민 케인〉이었다. 미국의 한 거물 언론인의 삶을 그린 작품. 한 라디오 프로듀서의 첫 번째 영화. 그 탁월한 스토리뿐만 아니라, 당대의 윤리적 기술적 문제에 접근하는 방식에서 일대 혁명을 가져왔다는 평가를 받으며 고전의 반열에 오른 작품. 이 한 작품으로 오슨 웰스는 영원히 잊히지 않는 존재가 되었다.

'첫 작품.'

첫 작품으로 그런 성공을 거둘 수 있다. 물론 오슨 웰스는 다시는 이에 필적할 작품을 만들어내지 못했다. 그는 곧 무대 전면에서 사라졌고, 지금 그의 작품은 영화학교 강의주제로 연구되고 있을 뿐이다. 하지만 언젠가는 누군가가 또다시 그의 천재성을 '재발견'하게 될 테고, 그는 다시 조명을 받게 될 것이다. 오슨 웰스가 남긴 유산은 〈시민 케인〉만이 아니었다. 그는 '첫걸음만 훌륭하게 내딛는다면, 남은 일생 동안 수많은 제안을 받게 될 것'이라는 교훈을 남겨주었다. 그녀는 자신도 기꺼이 그 제안들을 받는 사람이 되리라고 생각했다. 그리고 스스로 약속했다. 자신이 거쳐온 그 어려웠던 길을 결코 잊지 않겠노라고, 인간을 더욱 존엄한 존재로 만들기 위해 자신의 생을 바치겠노라고.

그런데 첫 작품은 오직 하나뿐이므로, 그녀는 단 하나의 프로젝트에 자신의 모든 육체적 노력과 간구와 정서적 에너지를 쏟아부었다. 그녀의 친구들은 대부분 잡다한 시나리오들과 제안서와 아이디어들을 여기저기 보내면서, 여러 작업을 동시에 진행해나가다가 결국 아무 성과도 얻지 못하고 끝장났지만, 그녀는 달랐다. 모린은 〈지하실의 비밀〉 한 작품에 온몸과 마음을 바쳤다. 영화는 한 섹스 중독자의 방문을 받은 다섯 수녀의 이야기다. 수녀들은 그와 소통할 유일한 방법은 자신들이 그의 비정상적인 세계의 규범을 받아들이는 것임을 깨닫고, 그를 회개시켜 기독교적 구원을 얻게 하려는 길을 포기한다. 결국 그녀들은 그가 사랑을 통해 신의 영광을 이해하도록 만들기 위해 자신의 육체를 그에게 내어주기로 결심한다.

모린의 계획은 간단했다. 한물간 배우들을 활용하는 거였다. 할리우드 여배우들은 아무리 유명하다 해도 나이 서른다섯이 되면 캐스팅 리스트에서 사라진다. 한동안은 대중지에도 계속 등장하고, 자선 경매행사, 파티 등에서도 볼 수 있고, 이런저런 인도주의적 활동에도 참여한다. 하지만 자신에게 비춰지던 스포트라이트가 정말로 사라지고 있다고 느끼게 되면, 결혼을 한다거나 시끄러운 이혼 소동을 벌이거나, 그도 아니면 요란한 스캔들을 일으킨다. 그렇게나마 몇 달, 몇 주, 혹은 며칠 동안 스포트라이트를 연장시키는 것이다. 잠정적 실업상태와 완전한 망각 사이의 이 기간에 그녀들에게 돈은 더이상 중요하지 않다. 그녀들은 스크린으로 돌아갈 수만 있다면 어떤 제안이라도 받아들일 준비가 되어 있다.

모린은 바로 이런 여배우들에게 접근했다. 십여 년 전만 하더라도 정상의 자리에 서 있었지만, 지금은 발밑이 스르르 무너져 내리는 걸 느끼고 있는 사람들, 예전 상태로 돌아가기를 너무도 간절히 바라는 사람들이었다. 모린이 그들에게 내민 것은 훌륭한 시나리오였다. 모린은 이것을 여배우들의 에이전트들에게 보냈다. 그들은 터무니없이 비싼 개런티를 요구했고, 모린은 거절했다. 다음 단계는 여배우들을 직접 하나하나 찾아가는 거였다. 프로젝트의 자금이 이미 확보되었음을 밝히고, 그녀들이 받는 형편없이 낮은 개런티는 비밀에 부쳐질 거라고 설득했다. 그녀들은 모두 수락했다.

영화산업 같은 분야에서 겸손이란 불필요한 미덕이다. 이따금 오슨 웰스의 유령이 꿈에 나타나 그녀에게 말했다. "불가능한 목표를 겨냥해라. 낮은 곳에서부터 시작하려고 하지 마라. 그곳은 네가 이미 있었던 곳이니까. 그들이 사다리를 치워버리기 전에 얼른 올라가라. 두려우면 기도하라. 절대로 멈추지 말고 나아가라." 기막힌 시나리오와 최고의 캐스팅을 거머쥔 그녀는 이제 자신이 무엇을 해야 할지 잘 알고 있었다. 그것은 대형 영화사와 배급사들이 혹할 만한 무언가, 그러면서도 작품 수준도 뛰어난 무언가를 만들어내는 거였다. 예술성과 대중성이 손을 잡는 것은 가능한 일일 뿐더러 반드시 그래야만 한다고 모린은 생각했다. 그 외의 것들, 아무도 이해하지 못하는 작품들만 숭배하는 정신적 자위행위자에 불과한 비평가들, 주기적으로 혹은 매일 밤 열리는 자질구레한 모임들, 소규모 얼터너티브 흥행체인에서 열리는 시사회가 끝난 후 새벽까지 카페에 죽치고 앉아 담배연기를 뿜어대며 특정 장면을 가지고 밤새도록 열띤 토론을 벌이는 여남은 명의 사람들(그들이 주장하는 장면의 의미는 제작자의 의도와는 영 딴판일 가능성이 크다), 강연을 통해 아리송한 자기 작품의 의미를 설명하는 영화감독들, 국내 영화에 대한 정부 지원이 부족하다고 불평하는 영화노조 사람들, 예술가들을 지원해주지 않는 정부를 비판하며 끝없이 이어진 회의의 결과로 지적인 잡지에 실리는 성명서들, 이따금 권위지에 실리긴 하지만 관련자나 관련자 가족 외에는 아무도 읽지 않는 글들, 그것들은 그야말로 무의미한 찌꺼기일 따름이라고 그녀는 생각했다.

누가 세상을 변화시키는가? 슈퍼클래스다. 그들이 세상을 움직인다. 그들은 대다수 사람들의 행동과 마음, 정신까지도 변화시킨다.

모린은 그래서 저비츠를 만나기를 원했다. 그녀는 아카데미를 원했고, 칸을 원했다.

이 모든 것을 '민주적인' 방법으로 얻는다는 것은 불가능한 노릇이었으므로, 그녀는 모든 것을 걸고 도박을 했다(다른 사람들은 이러저러해야 한다는 말만 많을 뿐, 결코 모험을 하려들지 않는다). 그녀는 제작팀을 섭외했고, 몇 개월에 걸쳐 시나리오를 수정했고, 아직 무명이지만 실력 있는 미술감독, 의상디자이너, 조연급 배우들에게 프로젝트에 참여해달라고 설득했다. 그녀가 약속한 것은 돈이 아니었다. 아니, 돈은 거의 약속할 수 없다고 분명히 말했다. 대신 영화가 성공하면 큰 인지도를 얻게 될 거라고 설득했다. 다들 다섯 명의 여배우가 포함된 캐스팅을 보고 입을 딱 벌렸다. "예산이 엄청나겠는데요!" 그들은 처음에는 높은 몸값을 요구했지만, 결국 프로젝트 참여가 자신들의 이력을 빛나게 해줄 중요한 기회라고 자위하며 입을 다물었다. 모린 스스로 자신의 구상에 열광하고 있었고, 그 열광 앞에 모든 문들이 열리는 것 같았다.

이제 마지막 도약이 남았다. 모든 것을 바꿔놓을 마지막 도약. 어떤 작가, 어떤 음악가가 뛰어난 작품을 창작하는 것만으로는 충분치 않다. 그들의 작품이 선반 위나 서랍 속에서 먼지를 뒤집어쓰고 파묻혀버리지 않는다는 확신이 필요하다.

가장 중요한 것, 그것은 많은 사람들에게 보.여.지.는. 것이다.

그녀는 단 한 사람, 저비츠에게만 작품의 복사본을 보냈다. 그녀는 모든 인맥을 동원했다. 굴욕적인 일들을 당했지만, 포기하지 않았다. 무시당했지만 용기를 잃지 않았다. 무례한 대접을 받고 비웃음을 받으며 쫓겨났지만 그녀는 할 수 있다는 믿음을 잃지 않았다. 왜냐하면 이 프로젝트에 그녀의 마지막 피 한 방울까지 쏟아부었으니까. 그리고 그녀의 전 남자친구가 나타났고, 그 친구로 인해 저비츠 와일드가 작품을 보고 약속을 잡아준 것이다.

점심식사 내내 모린은 그에게서 눈을 떼지 못한다. 이틀 후에 그와 함께 보내게 될 달콤한 순간을 미리 음미하면서. 그런데 갑자기, 저비츠의 행동이 이상했다. 몸이 경직되고 시선은 허공에 고정된 듯 보였다. 곁에 있던 사내 중 하나는 한 손을 재킷 속에

찔러넣은 채 양 옆과 뒤를 살피고, 다른 사내는 휴대폰을 꺼내 미친 듯이 버튼을 눌러대기 시작했다.

　무슨 일이 일어난 걸까? 그럴 리가 없다. 그의 바로 옆 테이블의 다른 손님들은 계속 얘기를 나누고 음료를 마시며 영화제와 파티와 태양과 아름다운 육체들로 채워질 하루를 마음껏 즐기고 있었다.

　사내 중 하나가 그를 일으켜 세워 걷게 하려고 시도한다. 하지만 저비츠는 움직일 수 없는 것 같았다. 별일 아니겠지. 술을 너무 마셨거나 피곤해서일 거야. 아니면 스트레스가 쌓인 탓이겠지. 분명 괜찮을 거야. 이렇게 먼 길을 헤쳐왔는데, 이제야 목적지에 거의 다 왔는데, 그런데……

　멀리 사이렌 소리가 들리기 시작했다. 경찰이리라. 어떤 중요한 누군가를 위해, 교통체증으로 언제나 꽉 막혀 있는 길을 뚫고 달려오고 있는 것이리라.

　사내는 저비츠의 팔을 자기 어깨에 올려놓고 한 손으로는 그의 허리를 껴안고 출입구 쪽으로 향한다. 사이렌 소리가 점점 가까워진다. 다른 사내는 여전히 재킷에 손을 찌른 채 고개를 돌려 사방을 살핀다. 한순간 그 사내와 모린의 시선이 부딪친다.

　사내가 저비츠를 부축해가는 모습을 보면서 모린은 놀랐다. 저렇게 호리호리한 사람이 어떻게 저 큰 체구를 가뿐히 옮길 수 있는지.

　사이렌 소리는 정확히 흰색 대형 천막 앞에서 멈췄다. 저비츠는 그의 친구 중 하나와 함께 천막을 떠났다. 하지만 두번째 사내는 여전히 재킷 속에 손을 찌른 채 그녀에게 다가왔다.

"무슨 일이죠?"

　모린은 몸이 오싹해지는 걸 느끼며 물었다. 배우들의 연기를 감독하며 보낸 수년의 세월은 그녀에게 사람 보는 눈을 주었다. 지금 앞에 서 있는 사내의 석상 같은 얼굴은 바로 전문킬러의 얼굴이었다.

"무슨 일인지 알잖소."

　사내는 따라하기 힘든 낯선 억양으로 말했다.

"그 사람 아파 보이던데, 대체 무슨 일이죠?"

　사내는 여전히 재킷 속에 손을 감추고 있었다. 그 순간, 그녀의 머릿속에 어떤 생각이 스쳤다. 이 작은 사건을 엄청난 기회로 바꿀 수도 있겠다는.

"제가 도울 일이라도 있나요? 그분을 뵐 수 있을까요?"

　재킷 속의 손이 약간 이완되는 것처럼 느껴졌다. 하지만 그의 두 눈은 여전히 그녀의 동작 하나하나를 지켜보고 있다.

"저도 같이 갈게요. 저비츠 와일드 씨를 알아요. 그분은 제 친구라고요."

영원처럼 느껴진, 하지만 실제로는 촌각도 되지 않을 짧은 순간이 흐른 후, 사내는 말없이 몸을 돌려 크루아제트 대로를 향해 잰걸음을 옮겼다.

모린의 두뇌가 빠르게 회전한다. '무슨 일인지 알잖소'라니. 그게 무슨 말일까? 그리고 왜 갑자기 내게서 관심을 거둔 것일까?

다른 손님들은 사이렌 소리 외에는 아무것도 알아채지 못한 것 같았다. 그 소리마저 거리에서 일어난 다른 사건 탓으로 여기는 듯했다. 사이렌은 즐거움, 태양, 술, 사람들과의 만남, 아름다운 여인들, 멋진 남자들, 창백한 혹은 태닝한 피부의 사람들과는 아무 관계가 없는 것이니까. 이들과는 다른 세계, 사고와 심장마비와 질병과 범죄의 세계에 속한 것이니까. 여기 앉아 있는 사람들은 그런 데는 눈곱만큼도 관심을 보이지 않았다.

모린은 다시 정신을 차렸다. 저비츠에게 무슨 일이 일어난 것이다. 하늘이 그녀에게 내린 선물인 그에게! 황급히 출입구로 달려나간 그녀는 구급차 한 대가 사이렌을 요란하게 울리며 통행 제한 도로를 따라 빠르게 사라지는 것을 보았다.

"저분은 내 친구예요!"

그녀는 입구에 서 있는 경비원에게 물었다.

"어디로 데려가는 거죠?"

경비원은 병원 이름을 알려주었다. 모린은 생각할 틈도 없이 그대로 택시를 찾기 위해 거리로 달려나갔다. 십 분쯤 후에야 그녀는 칸의 거리에는 택시가 없다는 사실을 깨달았다. 호텔 리셉션에 팁을 두둑이 집어줘야만 불러주는 택시만 있을 뿐. 그런데 주머니 안에는 돈이 한 푼도 없었다. 그녀는 근처 피자가게에 들어가 가지고 있던 지도를 펼쳐놓고 길을 물었다. 그리고 목적지까지는 적어도 삼십 분은 달려야 한다는 사실을 알게 되었다.

평생을 달려온 그녀였다. 오늘도 분명 예외는 아니었다.

pm 12:53

"굿 모닝!"
"굿 애프터눈."
한 여자가 대꾸했다.
"정오가 지났어요."
가브리엘라가 예상한 대로였다. 그녀와 비슷한 외모의 여자 다섯이 하나같이 진한 화장에, 다리를 드러내고 가슴 깊이 파인 옷차림으로 휴대폰을 들고 통화나 문자 메시지에 열중하고 있었다.

그들 사이엔 대화 한마디 오가지 않는다. 말이 필요치 않았다. 분신처럼 서로를 잘 알고 있으니까. 저마다 같은 어려움을 겪었고, 같은 도전을 마주해왔고, 고통스러운 일을 당해도 불평 없이 감수해왔으니까. 또 같은 믿음을 애써 간직하고 있다. 꿈에는 유효기간이 없다고. 인생은 한순간에 뒤바뀔 수 있다고. 어딘가에서 행운이 불쑥 튀어나올 것이고, 지금은 단지 자신의 의지를 시험당하고 있을 뿐이라고.

이들 대부분은 가족과 사이가 좋지 않을 것이다. 이들의 가족은 딸이 결국엔 매춘부로 인생을 종치리라 확신하고 있을 테니까.

그들은 모두 무대에 오른 경험이 있고, 관객들의 눈이 자신에게 집중될 때 엄습해오는 그 고통과 황홀을 맛보았다. 무대 위에 흐르는 전류를 느꼈고, 막이 내릴 때 쏟아지는 갈채를 들었다. 그들은 수백 번씩 상상했다. 슈퍼클래스가 객석에 앉아 있을 거라고. 공연이 끝난 후, 그가 분장실로 나를 찾아올 거라고. 그리고 무언가 제안할 거라고. 저녁식사 초대, 나중에 전화하겠다는 말, 연기에 대한 칭찬, 그런 것들 따위가 아닌 보다 구체적인 무언가를.

사실 그들은 그럴듯한 신사들에게 서너 차례 초대를 받기도 했다. 하지만 그런 초대의 귀결은 영향력 있고 나이든—또 괜찮은 남자가 대개 그렇듯이 유부남인—남자의 침대라는 걸 경험했다. 그 남자들은 오직 그녀들을 침대에 끌어들이는 데에만 관심이 있었던 것이다.

그들 모두 또래의 남자친구가 있었다. 하지만 누군가 물으면

늘 이렇게 대답했다. "미혼이고 간섭하는 사람도 없어요." 그들은 자신이 상황을 완전히 통제하고 있다고 믿었다. 그리고 "넌 재능이 있어. 단지 기회가 없었을 뿐이야. 저기 앉아 있는 저 남자가 네 인생을 완전히 바꿔줄 거야"라는 말을 귀에 못이 박이도록 들었다. 그들은 때로 그 말을 믿었다. 지나친 자신감의 함정에 빠져 자신은 충분히 그럴 만하다고 생각했다. 다음날, 그들이 받은 전화번호가 절대로 사장 방으로 돌려주지 않는 퉁명스러운 여비서의 번호라는 사실을 알게 될 때까지는.

그들은 자기가 속았다는 사실을 세상에 알리겠다고, 이 기막힌 이야기를 대중지에 팔아버리겠다고 협박도 해봤다. 하지만 아무도 그렇게 하지 못했다. '이런 식으로 내 배우 경력을 끝낼 순 없어'라고 생각했기 때문이다.

그들 중에는 가브리엘라가 어린 시절에 입은 〈이상한 나라의 앨리스〉 같은 상처를 안고 있는 사람도 있을 것이다. 그래서 가족에게 그녀들이 생각하는 것 이상의 능력을 갖고 있음을 증명하고 싶어하는 이들이. 가족 역시 TV 광고, 혹은 도시 곳곳에 나붙은 포스터나 대형 광고판에서 딸의 모습을 보았을 것이다. 그리하여 처음에는 딸과 몇 차례 충돌했던 그들도 오래지 않아 자기 딸이 '럭셔리하고 화려한' 세계에 입성할 거라고 굳게 믿게 되었을 것이다.

그들은 그 꿈이 실현 가능하고, 언젠가는 사람들이 자신의 재능을 알아줄 거라고 생각했다. 그러다가 기다림에 지칠 때쯤, 그들은 아주 중요한 사실을 깨달았다. 이 분야에는 마법의 주문이 있다는 사실을. 바로 인맥이었다. 그들 모두 칸에 도착하자마자 자신의 '북'을 돌렸다. 그러고는 연신 휴대폰을 체크하면서 초대받은 런치와 이벤트에 모두 참석했고, 초대받지 못한 파티나 이벤트에도 뚫고 들어가려 애썼다. 누군가 그녀를 발견해서 이브닝 파티에 초대해주거나 최고의 보상인 팔레 데 페스티발의 레드카펫을 밟는 꿈을 꾸면서. 하지만 그것은 정말이지 현실이 되기엔 너무 먼 꿈이라서 떠올리기조차 고통스럽다. 거부당한 느낌과 좌절감 때문에, 마음속과 상관없이 언제나 내보여야 하는 행복한 표정이 망가질 수도 있으니까.

인맥.

그녀들이 겪어야 했던 수많은 고약한 만남들 중에, 그래도 쓸 만한 것이 한두 번쯤은 있었다. 지금 그들이 여기 앉아 있는 것도 바로 그 덕분이었다. 그런 인맥 하나가 한 뉴질랜드 프로듀서에 닿았고, 그래서 그녀들은 전화를 받을 수 있었다. 그녀들은 무슨 일 때문이냐고 묻지 않았다. 오로지 시간을 정확히 지켜야 한다는 사실만 명심했다. 사람들은 시간을 허비하고 싶어하지 않고, 특히 영화계 사람들은 더욱 그렇다. 시간이 남아도는 건 오직 이 대기실에 앉아 있는 그들뿐이다. 저마다 휴대폰과 잡지 때문에 너무나 분주한 그들, 오늘 어떤 파티에 초대받을 수 있는지 알아보는 문자를 넣 나간 듯이 찍어대느라 바쁘고, 친구와 통화하면서 지금 자기가 영화 프로듀서와 아주 중요한 미팅중이라 몹시 바쁘다는 말을 잊지 않는 이 다섯 여자들뿐이다.

가브리엘라의 순서는 네번째였다. 그녀는 말없이 방에서 나오는 앞선 세 여자의 눈에서 뭔가를 읽어내려 했다. 하지만 그들 역시…… 배우였다. 기쁨이나 슬픔의 감정을 모두 감출 줄 아는 배우. 그들은 하나같이 씩씩하게 출구 쪽으로 향하면서 자신감 넘치는 목소리로 인사를 건넸다. "굿 럭!" 마치 '그렇게 긴장할 필요 없어! 그래봤자 너흰 잃을 것도 없잖아? 이 배역은 이미 내 거야'라고 말하듯이.

오디션 장소인 아파트의 벽 한쪽은 온통 검은 천으로 뒤덮여 있었다. 바닥에는 각종 케이블이 어지럽게 얽혀 있고, 금속받침대 위에 세운 조명기도 여러 대 있는데, 그 위에 빛을 부드럽게 투과시키기 위해 흰 천을 팽팽하게 댄 우산 같은 것을 씌워놓았다. 음향장치와 여러 대의 모니터, 그리고 비디오카메라 한 대도 세워져 있었다. 한쪽 구석에는 생수병들과 금속 케이스들, 카메라 삼각대와 함께 종이가 여기저기 흩어져 있고, 컴퓨터 한 대가 놓여 있었다. 그리고 코끝에 안경을 걸친, 서른다섯 살 정도로 보이는 한 여자가 마룻바닥에 앉아 그녀의 북을 설렁설렁 넘겨보고 있었다.

"끔찍하군!"

그녀는 가브리엘라를 쳐다보지도 않고 내뱉었다.

"정말 끔찍해!"

가브리엘라는 어떻게 반응해야 할지 알 수 없었다. 그냥 못 들은 척해야 하나. 아니면 기술 스태프로 보이는 사람들이 줄담배를 피우면서 쾌활하게 떠들고 있는 쪽으로 가 있어야 할까. 아니면 그냥 꼼짝 않고 여기 서 있어?

"정말 마음에 안 들어."

여자는 계속 혼잣말을 내뱉었다.

"그게 저예요."

더이상 참을 수 없었다. 그녀는 이곳에 오기 위해 칸의 절반을 가로질러야 했고, 대기실에 앉아 거의 두 시간을 기다렸고, 자신의 인생이 이제 완전히 바뀌게 될 거라고 또다시 꿈꾸었다(물론 그녀는 이제 그런 망상에서 어느 정도는 벗어나 있고, 예전처럼 흥분하지는 않지만). 지금 이런 소리를 듣는다고 좌절하거나 의기소침할 것도 없었다.

"알아."

여자는 북에서 눈을 떼지도 않은 채 말했다.

"이거 만드느라고 돈깨나 들었겠어. 하긴 그래야 먹고사는 사람들도 있겠지. 화보집을 만들어주고, 이력서를 작성해주고, 연기학원을 운영해가면서 말이야. 한마디로 당신 같은 사람들의 허영심 덕분에 돈을 버는 사람들이지."

"그렇게 끔찍하다면 왜 절 불렀죠?"

"끔찍한 역할이 하나 필요하거든."

가브리엘라는 웃었다. 여자는 비로소 눈을 들어 그녀를 위아래로 훑어보았다.

"옷차림은 마음에 드네. 천박한 건 딱 질색이야."

가브리엘라는 다시 꿈꾸기 시작했다. 심장이 거세게 고동쳤다.

안경 낀 여자는 그녀에게 종이 한 장을 내밀었다.

"저쪽에 표시한 데로 가봐."

그리고 기술팀에게 몸을 돌리며 말했다.

"그 담배 좀 꺼! 잡음 섞이지 않게 창문 좀 닫고!"

그녀가 말한 '표시'는 바닥에 십자형으로 붙여놓은 노랑색 테이프였다. 스태프가 미리 지정해둔 자리, 그곳에 배우가 서면 매번 조명을 조정하거나 카메라를 움직일 필요가 없다.

"더워서 땀이 나네요. 잠시 화장실에 가서 메이크업 좀 고치고 와도 되나요?"

"물론 안 될 건 없지. 하지만 그러면 녹화할 시간은 없어. 장비들을 오늘 오후 안으로 반납해야 하니까."

앞서 들어온 다른 여자들도 똑같은 질문을 하고 똑같은 대답을 들었을 것이다. 허비할 시간이 없다는 대답을. 그녀는 핸드백에서 티슈를 꺼내 얼굴을 가볍게 두드리며 표시된 자리로 갔다.

"테스트 넘버 25. 가브리엘라 셰리. 톰슨 에이전시."

보조스태프가 카메라 앞에 자리를 잡는 그 짧은 사이, 가브리엘라는 반 페이지 분량의 대본을 한 번이라도 읽어보려고 씨름했다.

'뭐, 스물다섯 명이나?'

가브리엘라는 대본을 눈으로 읽으며 생각했다.

"자, 액션!"

안경 낀 여자가 말했다.

방 안이 일순 조용해졌다.

"말도 안 돼, 네 말을 믿을 수가 없어. 아무 이유 없이 범죄를 저지르는 사람은 없어."

"다시 해봐. 지금 당신은 애인한테 말하고 있는 거야."

"말도 안 돼, 네 말을 믿을 수 없어. 아무 이유 없이 그런 식으로 범죄를 저지르는 사람은 없어."

"이봐, '그런 식으로'라는 말은 대본에 없어. 시나리오 작가가 몇 개월을 끙끙대고 작업하면서 '그런 식으로'를 넣을지 말지 생각 안 해봤을 것 같아? 그게 피상적이고 불필요하다고 판단해서 빼버린 거라는 생각은 안 해봤냐고."

　가브리엘라는 숨을 깊이 들이마셨다. 인내심 말고는 이제 잃을 것도 없잖아. 욕심내지 말고 그저 내가 잘할 수 있는 것만 보여주자. 그렇게 끝내고, 나가서 하고 싶은 일을 하자. 해변에 가든지, 아니면 집에 들어가 잠을 좀 자자. 저녁에 있을 칵테일파티에 가려면 좋은 컨디션을 유지해야 하니까.

　홀연 기이하고 달콤한 평온함이 그녀에게 밀려들었다. 자신이 보호받고 사랑받고 있다는 느낌, 살아 있다는 것 자체가 감사하다는 느낌이었다. 여기 이렇게 서서, 또다시 이런 굴욕을 견디는 것도 그녀 자신의 의지였다. 아무도 강요하지 않았다. 그녀는 세상에 태어나 처음으로 자신의 힘을 의식했다. 자신 안에 있으리라고는 상상도 할 수 없었던 그런 힘을.

　"말도 안 돼, 네 말을 믿을 수 없어. 아무 이유 없이 범죄를 저지르는 사람은 없어."

　"다음 대사."

　불필요한 지시였다. 어쨌든 가브리엘라는 계속할 생각이었으니까.

　"의사한테 가보는 게 좋겠어. 지금 넌 도움이 필요해."

　"싫어."

안경 낀 여자가 애인의 대사를 읊었다.

"좋아, 그럼 의사한테 가는 건 집어치우고 대신 잠깐 산책하면서 너한테 무슨 일이 일어나고 있는지 얘기해줘. 난 널 사랑해. 세상 누구도 널 걱정하지 않을지 모르지만, 난 아냐."

대본은 거기까지였다. 방 안에 정적이 감돌았다. 알 수 없는 기운이 방 안을 가득 메우고 흐르는 것 같았다.

"…… 밖에서 기다리는 애들, 그냥 돌아가라고 해."

안경 낀 여자가 스태프 중 한 명에게 지시했다.

그 말은…… 내가 생각하고 있는 것과 같은 뜻일까?

"나가서 해변을 따라 왼쪽으로 끝까지 쭉 가. 크루아제트 대로 끝에 가면, 팔미에 소로小路가 있어. 그 맞은편에 배가 한 척 있을 거야. 그 배가 정확히 오후 1시 55분까지 기다렸다가 당신을 깁슨 씨에게 데려다줄 거야. 지금 이 녹화테이프를 보내긴 할 거지만, 깁슨 씨는 함께 일할 가능성이 있는 사람을 직접 만나보고 싶어하거든."

가브리엘라의 얼굴에 금방이라도 터질 것 같은 환한 미소가 떠올랐다.

"난 '가능성이 있다'고 했지, '일하게 될 거다'라곤 말하지 않았어!"

하지만 미소는 사라지지 않았다. 아아, 깁슨이라니!

pm 01:19

 사부아 형사와 법의학자 사이에 스테인리스 침대가 놓여 있고, 그 위에는 스무 살쯤 되는 아름다운 젊은 여자가 실오라기 하나 걸치지 않은 알몸으로 누워 있다. 그녀는 죽어 있다.

 "확실합니까?"

 법의학자는 스테인리스 재질의 개수대로 다가갔다. 그는 고무장갑을 벗어 쓰레기통에 던져넣고, 수도꼭지를 틀었다.

 "확실해요. 마약을 한 흔적은 전혀 없어요."

 "그렇다면 무슨 일이 있었던 거죠? 이렇게 젊은 처녀가 심근경색이라도 일으킨 건가?"

 실내에는 수돗물 쏟아지는 소리뿐이다.

 "사람들은 늘 당연한 것만 생각하죠. 마약, 심근경색 뭐 그런 것들……"

 법의학자는 손을 씻으면서 일부러 뜸을 들인다. 이런 상황에는 서스펜스를 약간 곁들이는 게 효과적이라는 것을 알기 때문이다. 그는 양팔에 소독약을 뿌리고 부검에 사용된 일회용 기구들을 쓰레기통에 버린다. 그런 다음 몸을 돌려 형사에게 여자의 알몸을 머리부터 발끝까지 자세히 들여다보라고 말한다.

 "괜히 체면 차리지 말고 샅샅이 살펴보세요. 작은 것 하나라도 물고 늘어지는 거, 형사님 일이 그거 아닙니까?"

 사부아는 시체를 면밀히 관찰한다. 한순간, 그가 시체의 한쪽 팔을 들어올리려고 손을 내밀자 법의학자가 제지했다.

 "손댈 필요까진 없어요."

 사부아의 시선은 젊은 여인의 시체를 죽 훑는다. 그는 이 사건에 대해 벌써 꽤 많은 것을 파악하고 있었다. 올리비아 마르틴스. 포르투갈 출신 부부의 딸. 그녀의 애인은 일정한 직업 없이 칸의 밤거리를 어슬렁거리는, 그리고 지금 멀리 떨어진 곳에서 심문을 받고 있는 젊은 남자다. 판사는 남자의 아파트 수색을 허가했고, 거기서 THC(마리화나의 주요 환각성분인 테트라하이드로카나비놀의 약자, 요즘은 참기름에 녹여 주사로 체내에 주입하는데, 아무 냄새도 남기지 않을 뿐 아니라 연기로 흡입할 때보다 훨씬 강력한 효과를 낸다)가 든 작은 유리병들이 발견됐다.

승자는 혼자다 151

또 코카인이 일 그램씩 든 작은 봉투 여섯 개도 찾아냈다. 혈흔이 있는 침대 시트는 현재 실험실에서 조사중이다. 그는 시시한 피라미 딜러에 불과했다. 감방에도 두세 차례 들락거려서 경찰 기록에도 올라 있는데, 폭행죄로 기소된 적은 없었다.

올리비아는 죽은 상태에서도 아름다웠다. 티 없이 깨끗한 피부에 짙은 눈썹은 아이처럼 순수해 보였다. 또 젖가슴은……

'이딴 생각이나 하고 있다니. 프로답게 일이나 하자.'

사부아는 고개를 저었다.

"제 눈에는 아무것도 보이지 않는군요."

법의학자는 미소 지었다. 그의 잘난체하는 거동에 사부아는 살짝 부아가 치민다. 그가 가리킨 처녀의 왼쪽 어깨와 목 사이에 보일 듯 말 듯 조그만 자줏빛 자국이 보였다. 이어 그는 몸통의 오른쪽, 두 늑골 사이에 난 비슷한 자국을 가리킨다.

"자, 그럼 기술적인 세부사항 몇 가지를 지적해볼까요? 사망을 초래한 건 경정맥과 경동맥의 폐색이었어요. 동시에 유사한 압력이 특정 신경다발에 가해졌지요. 그런데 누른 지점이 아주 정확해서 상체를 완전히 마비시킬 수 있었던 겁니다……"

사부아는 아무 대꾸도 하지 않는다. 문득 법의학자는 깨닫는다. 지금은 자신의 박식함을 과시하거나 농담할 상황이 아니었다. 그는 갑자기 우울해진다. 매일같이 죽음을 대면해야 하는 삶. 그는 이렇게 시체와 굳은 얼굴을 한 사람들에 둘러싸여 살아간다. 그의 아이들은 아버지의 직업에 대해 입을 굳게 다물고, 그 역시 저녁식사 모임에서 자신의 일을 입에 올리지 않는다. 사람들은 이런 음울한 화제를 좋아하지 않기 때문이다. 직업을 잘못 선택한 게 아닌가 자문한 적이 한두 번이 아니었다.

"간단히 말해서 이 여자는 교살당한 겁니다."

사부아는 침묵을 지킨 채 생각에 잠겼다. 그의 두뇌는 매우 빠르게 회전하고 있었다. 크루아제트 대로 한복판에서, 그것도 백주대낮에 교살이라? 올리비아 부모의 심문은 이미 끝났다. 그들은 딸이 물건을 들고 집을 나간 게 마지막으로 본 모습이라고 말했다. 엄밀히 말하면, 불법 상품이었다. 이런 행상들은 세금을 내지 않기 때문에 장사할 권리가 없다. 하지만 지금은 그런 걸 따질 때가 아니었다.

"그런데 말이죠."

법의학자가 말을 이었다.

"흥미로운 점이 하나 있어요. 일반적인 교살의 경우에는 흔적이 양어깨에 나타나죠. 즉 희생자가 벗어나려고 발버둥치고 범인이 두 손으로 목을 조르는 전형적인 장면을 상상하면 돼요. 그런데 이 경우는 달라요. 한 손으로, 아니 더 정확히 말하면 한 손가락으로 머리로 가는 혈류를 막았고, 동시에 다른 손가락으로 반항할 수 없도록 몸을 마비시켰어요. 고도로 숙련된 테크닉, 그리고 인체에 대한 완벽한 지식을 요하는 살인기술이죠."

"다른 곳에서 살해된 다음에 벤치로 옮겨졌을 가능성은 없을까요?"

"그러려면 시체를 질질 끌었어야 할 테고, 끌린 자국이 몸에 남았을 겁니다. 내가 가장 먼저 확인해본 게 그거였어요. 살인범이 하나라는 가정하에 말입니다. 그런데 아무것도 발견할 수 없었어요. 그래서 범인이 여럿이고 그들이 들어서 옮겼다는 가정하에, 그녀의 팔과 다리에 손자국이 남아 있는지 찾아보았지요. 하지만 없었어요. 게다가, 너무 세부로 들어가고 싶지는 않지만, 숨이 멎는 순간 시체에 흔적이 남게 마련인 일들이 일어나죠. 예를 들면 소변을 지린다든가······"

"무슨 말을 하고 싶은 거죠?"

"그녀는 시체가 발견된 장소에서 살해됐다는 겁니다. 또 손가락 자국으로 판단해볼 때 범인은 단 한 사람이고요. 그녀는 범인을 알고 있었어요. 그녀가 도망가려는 걸 본 사람은 아무도 없다고 들었으니까. 그는 그녀의 왼편에 앉아 있었죠. 고도의 훈련을 받은데다 무술경험이 풍부한 사람입니다."

사부아는 고맙다는 표시로 고개를 끄덕이고는 재빨리 출구로 향했다. 걸으면서 그는 휴대폰을 꺼내들고 경찰서로 전화를 걸었다. 희생자의 남자친구를 심문하고 있는 동료 형사에게였다.

"마약 얘긴 잊어요. 살인입니다. 그 친구가 할 줄 아는 무술이 있는지나 알아봐요. 내가 곧장 거기로 갈게요."

"아니."

휴대폰 건너편에서 목소리가 대답했다.

"곧장 병원으로 가봐. 문제가 또 발생한 것 같으니까."

pm 01:28

 해변 위를 날던 갈매기가 생쥐 한 마리를 보았다. 갈매기는 땅에 내려 생쥐에게 물었다.
 "네 날개는 어디 있니?"
 짐승마다 제각기 언어가 다르기 때문에 생쥐는 갈매기의 말을 알아듣지 못했다. 녀석은 다만 눈앞에 있는 동물의 몸에 달려 있는 크고 괴상한 것 두 개를 뚫어져라 쳐다보았다.
 '무슨 병에 걸렸나봐.'
 생쥐는 생각했다.
 갈매기는 제 날개를 하염없이 쳐다보는 생쥐를 보며 생각했다.
 '불쌍한 것. 악마의 저주를 받아 저리 되었겠지. 귀머거리가 되어 말도 못 하고, 날개도 빼앗기고.'

측은한 마음에 갈매기는 부리로 생쥐를 물고 하늘 높이 날아올랐다.

'향수병도 들었을 거야. 이렇게 기분 전환이라도 시켜줘야지.'

그렇게 생각한 갈매기는 드높은 창공을 이리저리 날았다. 그런 다음 생쥐를 아주 조심스럽게 땅에 내려주었다.

그후 몇 개월 동안 생쥐는 아주 불행했다. 높은 하늘을 알게 되었고, 드넓고 아름다운 세상을 목도한 것이다.

하지만 시간이 지나면서 녀석은 다시 제 생활에 익숙해졌다. 그리고 자신의 삶에서 일어났던 그 기적이 한낱 꿈에 지나지 않는다고 생각했다.

그가 어린 시절에 들은 이야기였다. 하지만 지금 이 순간, 하미드는 하늘에 있다. 저 아래 청록색의 푸른 바다와 그 위에 떠 있는 호화 요트들이 보였다. 개미처럼 작게 보이는 사람들, 해변에 설치된 천막들, 언덕들이 내려다보였다. 왼쪽으로는 수평선이 펼쳐져 있다. 그 수평선 너머로는 아프리카 대륙이, 또 아프리카가 지닌 모든 문제들이 이어지리라.

빠른 속도로 가까워지는 땅을 보며 그는 생각했다.

'가능하면 자주, 높은 곳에서 사람들을 내려다볼 필요가 있어. 그래야 우리가 얼마나 작은 존재인지 알게 되거든.'

에바는 권태로워 보이기도 하고 불안해 보이기도 한다. 함께 산 지도 이 년이 넘어가지만, 하미드는 아내가 무슨 생각을 하고 있는지 알지 못한다. 물론 칸은 모든 사람에게 피곤하고 힘든 장소이긴 하다. 하지만 어차피 정해진 시간까지는 이곳을 떠날 수 없지 않은가. 게다가 그녀는 이미 이런 일들에 익숙해져 있을 터였다. 그녀의 전 남편도 그와 크게 다르지 않은 삶을 살았을 테니까. 어쩔 수 없이 참석해야 하는 만찬들, 기획해야 할 행사들, 이 나라에서 저 나라로, 이 대륙에서 저 대륙으로, 이 언어에서 저 언어로 끊임없이 옮겨다니면서 말이다.

'저 사람, 원래 저런 걸까? 아니면…… 나에 대한 사랑이 식은 건가?'

해선 안 되는 생각이었다. 빨리 다른 일에 집중하자.

요란한 엔진 때문에 대화도 불가능하다. 마이크가 달린 헤드폰을 쓰면 가능하지만, 에바는 좌석에 붙은 헤드폰에는 손도 대지 않는다. 그걸 착용하라고 말해볼까. 그리고 지금까지 수없이 해온 대로 당신은 내 인생에서 가장 소중한 사람이라고 말할까. 영화제를 멋지게 즐길 수 있도록 최선을 다하겠노라고 할까. 하지만 그럴 순 없을 것이다. 기내의 음향시스템으로 조종사가 모든 대화를 들을 수도 있고, 에바는 애정을 공공연하게 드러내는 걸 질색한다.

그들이 타고 있는 유리 방울 같은 기체가 잔교 위의 착륙지점으로 서서히 하강하고 있었다. 대기하고 있는 흰색 마이바흐가 눈에 들어왔다. 세계에서 가장 비싸고 가장 우아한 리무진, 곧 그들은 그 차에 앉게 될 것이다. 은은한 음악과 차가운 샴페인, 그리고 최고의 미네랄워터와 함께.

하미드는 자신의 플래티넘 손목시계를 들여다본다. 샤프하우젠 시의 작은 공방에서 제작된 최초 모델의 인증 복제품이다. 보석이라면 종류를 가리지 않고 거금을 쓸 준비가 되어 있는 여자들과는 달리, 고상한 취향의 남자가 스스로에게 허용하는 유일한 보석은 손목시계다. 그리고 진정한 감식안을 가진 사람들만이 이 시계의 가치를 안다. 이런 모델은 명품 잡지 광고에도 거의 등장하지 않으니까.

진정한 세련됨이란 그런 것인지도 모른다. 세상에 존재하는 최고를 알아보는 것, 사람들이 들어본 적도 없는 것일지라도 말이다. 또한 최고를 만들어내는 것, 사람들이 뭐라고 평가하든.

벌써 오후 두시가 다 되었다. 월가의 증권시장이 개장하기 전에 뉴욕에 있는 그의 증권대리인과 통화해야 할 시간이었다. 이따가 도착하면 전화를 한 통 해서 그날 해야 할 일을 지시하리라. '카지노'―그는 투자펀드를 이렇게 부른다―에서 돈을 버는 건 그가 그다지 즐기는 스포츠는 아니다. 하지만 그는 그의 펀드

매니저들과 금융엔지니어들이 하는 일을 항상 체크하는 척해야 한다. 물론 셰이크*의 아낌없는 보호와 후원과 보살핌이 있으므로 걱정할 건 없지만, 그래도 그룹이 돌아가는 사정을 항상 살피는 모습을 보이는 게 중요하다.

전화를 두 통 정도 걸어야 할지도 모르지만, 어쨌든 주식 매매에 대해서는 별다른 지시를 내리지 않을 것이다. 지금 그의 에너지는 다른 일에 집중되어 있기 때문이다. 오늘 오후만 해도 최소한 두 명의 여배우가—그중 하나는 아직 무명이지만—그가 디자인한 드레스를 입고 레드카펫을 밟을 예정이다. 물론 스태프들이 모든 것을 맡아서 할 수도 있지만, 그는 일을 직접 챙기는 걸 좋아한다. 이 분야에서는 디테일이 중요하다는 사실, 그리고 자신이 세운 제국의 토대와 접촉하는 감각을 잃어서는 안 된다는 사실을 스스로 끊임없이 상기하기 위해서라노. 그 일을 제외한 프랑스에서의 나머지 시간은 모처럼 에바와 함께하는 기회를 한껏 즐겨볼 작정이다. 그녀에게 흥미로운 사람들을 소개해주고, 해변을 거닐며 근처 마을의 작고 소박한 레스토랑에서 둘만의 점심식사도 하고, 손잡고 지평선 아득히 보이는 포도밭까지 산책할 것이다.

---

* 이슬람의 지도자.

에바를 만나기 전, 그의 정복 리스트에는 너무도 아름다운 여인들과, 모든 사람이 부러워할 만할 여러 관계들이 올라 있었다. 하지만 그는 자신이 일 외의 어떤 것에도 열정을 느낄 수 없는 사람이라고 생각했다. 그런데 에바가 나타났고, 그는 완전히 딴 사람이 되었다. 그렇게 그녀와 함께 보낸 이 년 동안 그의 열정은 어느 때보다 강렬하게 불타올랐다. 그는 사랑에 빠진 것이다. 하미드 후세인, 그는 지구상에서 가장 유명한 디자이너 중 하나이자 럭셔리함과 화려함을 파는 국제적 거대그룹의 대표다. 모든 것과 모든 사람에 맞서 싸워온 인물이고, 중동 사람들과 그들의 종교에 대한 서구인의 편견에 도전해온 사람이다. 그는 조상들의 지혜에 의지하여 살아남고, 배우고, 마침내 정상에 올랐다. 사람들의 상상과는 달리, 그는 석유 속에서 헤엄치는 부유한 가문 출신이 아니었다. 그의 아버지는 셰이크의 명령에 복종하지 않음으로써 오히려 은총을 입게 된 일개 직물상인에 불과했다.

어떤 결정을 내려야 할지 몰라 곤혹스러울 때마다 그는 소년 시절에 얻은 교훈을 떠올렸다. 힘 있는 이들에게 '아니오'라고 말하라. 그것으로 엄청난 위험을 감수해야 할 때에도 그렇다. 그는 이 교훈을 따랐고, 그것은 대부분 효과가 있었다. 간혹 그렇지 않은 경우도 있었지만, 그에 따르는 위험은 그가 상상했던 것만큼 심각한 건 아니었다.

그의 아버지 후세인은 아들의 성공을 보지 못했다. 아버지는 참으로 용기 있는 사람이었다. 셰이크가 세계에서 가장 현대적인 도시를 사막에 건설하기 위해 필요한 땅을 모두 사들이고 있을 때, 그가 파견한 신하들에게 아버지는 말했다.

"전 팔 수 없습니다. 우리 가문은 수세기 전부터 여기서 살아왔습니다. 이곳에 조상님들을 묻었습니다. 험한 날씨와 침략자들에 부대끼며 살아남는 법을 배웠고요. 신께서 우리에게 맡기신 이 땅을 팔 순 없습니다."

하미드의 머릿속에 생생히 새겨진 일이었다. 신하들은 땅값을 높여 불렀다. 그래도 거절당하자, 그들은 화를 내며 돌아갔다. 무슨 수를 써서라도 내쫓아버리겠다고 협박도 했다. 당장 프로젝트를 시작하고 싶었던 셰이크 역시 참기 어려운 일이었다. 셰이크에게는 큰 야심이 있었다. 국제시장의 원유가는 치솟아 있었다. 하지만 매장된 원유가 바닥나기 전에, 그리고 외국 투자가들을 유혹할 인프라를 건설할 가능성이 사라지기 전에 일에 착수해야 했다.

하지만 늙은 후세인은 어떤 가격을 제시해도 땅을 팔기를 거부했다. 결국 셰이크는 그와 직접 얘기해야겠다고 결심했다.

"난 그대가 원하는 무엇이든 들어줄 수 있네."

그는 직물상인에게 말했다.

"그러시다면 제 아들이 좋은 교육을 받게 해주십시오. 녀석은 벌써 열여섯 살인데, 이곳에서는 미래가 없습니다."

"그 대가로, 그대는 집을 팔아야 하네."

긴 침묵이 흘렀다. 이윽고 하미드는 아버지의 입에서 흘러나오는 말을 들었다. 그것은 그가 전혀 예상하지 못했던 말이었다. 후세인은 셰이크를 똑바로 쳐다보며 말했다.

"전하께서는 당신의 백성을 교육할 의무가 있습니다. 그리고 저는 제 가족의 미래를 과거와 맞바꿀 수 없습니다."

그때 아버지의 눈에 어려 있던 그 커다란 슬픔을 기억한다. 이어 아버지는 말했다.

"하지만…… 제 아들이 인생에서 단 한 번의 기회라도 얻을 수 있다면, 전하의 제의를 받아들이겠습니다."

셰이크는 아무 말도 하지 않고 떠났다. 다음날, 그는 할 말이 있다며 소년을 보내달라고 상인에게 요청했다. 하미드는 그를 만나러 셰이크의 궁으로 향했다. 옛 항구 근처에 있는 궁으로 가려면 폐쇄된 거리들을 지나고, 거대한 기중기들과 쉬지 않고 일하는 인부들과 철거되고 있는 모든 구역들을 지나야 했다.

늙은 수장은 곧바로 본론으로 들어갔다.

"너도 알다시피 난 네 부친의 집을 사고 싶다. 이제 우리 나라에는 석유가 얼마 남지 않았어. 유정들이 숨을 거두기 전에, 석유에 의존하지 않고도 살아갈 다른 길들을 찾아야 해. 우리는 온 세상에 증명할 것이야. 우리에겐 검은 황금뿐 아니라 서비스를 팔 능력도 있다는 것을. 하지만 그 첫걸음을 내디디려면 먼저 중요한 몇 가지를 개혁해야 해. 예를 들어 훌륭한 공항을 건설할 필요가 있겠지. 또 외국인들이 들어와 건물을 짓기 위해서는 땅이 필요해. 금융 전문가들도 길러야 하고. 이렇듯 내 꿈은 올바르고, 내 의도는 선한 것이야. 너도 내가 네 부친과 얘기하는 걸 들었을 테니……"

하미드는 두려움을 숨기려고 애썼다. 열 명이 넘는 신하들이 곁에 서서 그들의 대화를 듣고 있었다. 하지만 그의 가슴에는 셰이크의 질문에 대한 모든 대답이 준비되어 있었다.

"그래, 넌 무얼 하고 싶은가?"

"저는 오트쿠튀르를 공부하고 싶습니다."

사람들은 서로 얼굴을 쳐다보았다. 그의 말이 무슨 뜻인지 이해하지 못하는 표정으로.

"오트쿠튀르를 배우고 싶습니다. 제 아버지의 고객은 대부분 외국인들입니다. 그들은 직물을 사가지고 가서 그것으로 고급 의상을 만들어 백 배의 이익을 남깁니다. 저는 우리도, 바로 여기에서 그걸 할 수 있다고 생각합니다. 패션으로 전세계 사람들이 우리에 대해 갖고 있는 편견을 깰 수 있습니다. 우리가 옷 입는 방식이 야만스러운 것이 아니라는 걸 보여준다면, 그들은 우리를 제대로 받아들이게 될 것입니다."

웅성거리는 소리가 어전을 채웠다. 의상디자인? 그런 건 서양 사람들이나 하는 일 아닌가. 그들은 사람의 내면보다는 겉차림에 더 신경쓰는 자들이니까.

"아버지가 저를 위해 치러야 할 대가도 너무 큽니다. 전 아버지가 당신의 집을 지키고 사시길 바랍니다. 저는 아버지의 직물을 가지고 일할 것이고, 자비로운 신께서 허락하신다면, 제 꿈을 이룰 수 있을 것입니다. 전하와 마찬가지로 저 역시 제가 무엇을 원하는지 잘 알고 있으니까요."

소년의 말에 신하들은 경악하여 입을 벌렸다. 어린 것이 어찌 감히 이 땅의 위대한 수장에게 도전할 수 있으며, 또 어찌 제 부친이 이미 결정한 바와 다른 뜻을 내비친단 말인가. 하지만 셰이크는 미소 지었다.

"그래, 그 오트쿠튀르는 어디에서 공부할 수 있느냐?"

"프랑스나 이탈리아입니다. 그곳 장인들 밑에서 일하면서 배울 수 있다고 들었습니다. 그걸 가르치는 대학도 여럿 있지만, 실제 경험보다 나은 건 없을 테니까요. 물론 아주 어려운 일일 겁니다. 하지만 자비로운 신께서 원하신다면, 전 성공할 수 있습니다."

셰이크는 그에게 물러갔다가 오후 늦게 다시 오라고 말했다. 하미드는 항구를 산책하고, 시장을 찾아가 현란한 색채에 황홀해하며 직물들과 자수 공예품들을 둘러보았다. 그렇게 시간을 보내면서 그는 이 모든 것이 곧 파괴될 거라는, 과거와 전통의 한 부분이 영영 소멸되어갈 거라는 생각에 슬퍼졌다. 진보를 저지하는 게 가능한 일일까? 아니, 한 나라의 발전을 막는 게 과연 현명한 일일까? 희미한 호롱불 아래에서 베두인 옷을 스케치하며 하얗게 지새운 밤들이 떠올랐다. 자기 종족의 복식도 결국 기중기에 철거되는 건물들처럼 외국 자본에 의해 소멸될 것을 생각하면 두려운 일이었다.

정해진 시간에 그는 궁에 돌아갔다. 늙은 수장 주위에는 더 많은 신하들이 모여 있었다.

"나는 두 가지 결정을 내렸다."

셰이크가 말했다.

"일 년 동안 너에게 유학비용을 대줄 것이다. 금융 분야를 공부하겠다는 젊은이는 꽤 많았지만, 패션에 관심 있다고 말한 건 네가 처음이다. 물론 네 말이 터무니없는 잠꼬대로 들리는 것도 사실이야. 하지만 과거의 나도 그랬다. 모두 내게 말했지. 내가 미쳤다고. 허황된 꿈을 꾼다고. 하지만 그 꿈 덕분에 지금의 내가 되었다. 나는 내가 보여준 본보기에 반하는 행동을 하고 싶지 않다.

그런데 내 신하들 중에는 네가 말한 그런 일을 하는 사람과 끈이 닿는 자가 하나도 없구나. 그래서 나는 네가 거리에서 구걸하지 않을 만큼의 생활비를 지원할 것이야. 넌 승자가 되어 돌아와야 한다. 너는 그 나라에서 우리를 대표하게 될 거고, 그들이 우리의 문화를 존중하게 해야 한다. 그러자면 먼저 그 나라의 말을 배워야 할 터인데, 어떤 언어들인가?"

"영어, 프랑스어, 이탈리아어입니다. 전하의 너그러우심에 깊이 감사드립니다. 하지만 제 아버지의 소망은……"

셰이크는 입을 다물라고 손짓했다.

"내 두번째 결정은 이것이다. 네 부친의 집은 그 자리에 남아 있게 될 것이야. 내 꿈이 실현되면, 그 집은 마천루들에 둘러싸이게 되겠지. 창에는 햇빛이 들지 않을 테고, 결국 네 부친은 이사를 가게 되겠지. 훗날 사람들은 나를 기억하고 이렇게 말할 것이야. '그는 위대했다. 그의 나라를 변화시켰기 때문이다. 또한 그는 정의로웠다. 일개 직물상인의 권리를 존중해주었기 때문이다.'"

헬리콥터가 잔교에 내려앉았다. 그는 추억도 내려놓았다. 먼저 뛰어내린 하미드가 에바에게 손을 내밀었다. 그는 손에 닿는 그녀의 피부를 가볍게 만지며 금발의 아내를 자랑스럽게 바라보았다. 그녀는 햇빛을 받아 환하게 빛나는 순백의 옷을 입고, 한 손에는 품격과 아름다움이 느껴지는 옅은 베이지색 모자를 가볍게 쥐고 있다. 두 사람은 양편으로 요트들이 정박해 있는 잔교를 걸어 대기하고 있는 리무진으로 향했다. 운전기사가 차문을 열고 기다리고 있었다.

그는 아내의 손을 잡고 귓가에 속삭였다.

"오늘 점심 어땠소? 당신 마음에 들었으면 좋겠는데. 그들은 유명한 예술품 수집가들이오. 우릴 위해 헬기까지 내주었어. 고맙게도."

"아주 좋았어요."

하지만 에바가 정말로 하고 싶은 말은 따로 있었다. '끔찍했어요. 난 지금 두려워요. 휴대폰으로 문자 메시지를 받았어요. 처음 보는 번호지만 누가 보냈는지 난 알아요.'

그들은 거대한 자동차 안으로 들어간다. 그 커다란 차에 뒷좌석은 오직 두 개뿐이고, 나머지 공간은 비어 있다. 에어컨은 이상적인 온도로 맞춰져 있고, 이런 순간에 완벽하게 어울리는 음악이 흘러나오고 있었다. 바깥 소음은 조금도 새어 들어오지 못한다. 안락한 가죽의자에 자리를 잡은 그는 앞에 놓인 미니바에 손을 뻗어 에바에게 시원한 샴페인이라도 한잔 하겠느냐고 묻는다. 그녀는 물 한 잔을 청한다.

"어제 호텔 바에서 당신 전남편을 보았소. 우리가 저녁식사하고 들어가던 길에."

"그럴 리가요. 그 사람, 칸에는 볼일이 없을 텐데요."

하지만 그녀는 이렇게 말하고 싶었다. '당신 말이 맞을 거예요. 휴대폰으로 문자를 받았어요. 지금 당장 비행기로 이곳을 떠나는 게 좋겠어요.'

"아니, 그가 확실해."

하미드는 아내가 그에 관해 얘기하고 싶어하지 않는다고 생각한다. 사랑하는 사람의 사적인 영역을 존중하도록 배우며 자란 그는 생각을 다른 데로 돌렸다.

그는 아내의 양해를 구한 후, 뉴욕의 증권대리인에게 전화를 했다. 대리인은 시장의 변동상황에 대한 뉴스를 전한다. 그는 두세 마디 참을성 있게 들어주고는 점잖게 그의 말을 끊었다. 이삼 분 정도의 통화였다.

그는 두번째 전화를 건다. 그의 첫 영화의 연출을 맡은 영화감독에게였다. 감독은 지금 '스타'를 만나기 위해 배를 타고 가는 중이라고 말했다. 신인 여배우를 한 명 선발했는데, 그녀를 오후 두시에 만날 거라고.

그는 통화를 마치고 다시 에바에게 몸을 돌렸다. 그녀는 여전히 얘기를 나누고 싶은 기색이 아니었다. 먼 곳을 향한 그녀의 시선은 리무진 차창 저편을 바라보고 있지만, 사실 그 어디에도 고정되어 있지 않았다. 어쩌면 이따 호텔에 머물 여유가 없어서 걱정하고 있는지도 모른다. 그들은 쉴 틈 없이 옷을 갈아입고, 그리 중요한 일은 아니지만 벨기에 출신 디자이너의 패션쇼에 참석해야 한다. 하미드는 재스민이라는 아프리카 출신 모델을, 스태프들 말로는 그의 다음 패션쇼에 어울리는 이상적인 얼굴을 가졌다는 그녀를 자기 눈으로 직접 보고 싶었다.

그는 그 어린 아가씨가 칸에서 벌어지는 이벤트의 엄청난 압박을 제대로 견뎌낼지 직접 확인하고 싶었다. 일이 순조롭게 진행된다면, 그녀는 10월에 예정된 파리 패션위크에서 빛나는 스타로 떠오를 것이다.

에바의 시선은 여전히 차창에 못 박혀 있다. 하지만 스쳐 지나는 풍경에 아무 관심이 없다. 그녀는 지금 자기 곁에 앉아 있는 남자, 정중하고 창의적이면서도 집요한, 이 세련된 옷차림의 남자를 잘 알고 있다. 그는, 그녀가 떠나온 한 남자를 제외하고는, 그녀를 향한, 세상 어떤 남자보다도 강렬한 욕망을 품고 있다. 세상에서 가장 아름다운 여인들에게 둘러싸여 있지만, 그녀는 그를 신뢰할 수 있다. 그는 정직하고 근면하고 대담하다. 이 리무진에 이르기까지, 그녀에게 샴페인 한 잔, 또는 그녀가 좋아하는 미네랄워터가 담긴 크리스털 잔을 내밀 수 있게 되기까지 무수한 도전을 헤쳐온 사람이다. 그는 힘이 있고, 그 어떤 위험으로부터도 그녀를 보호해줄 능력이 있다. 단 한 사람, 가장 치명적인 위험을 제외하고는. 바로 그녀의 전 남편이다.

그녀는 휴대폰의 메시지를 다시 읽어보려고도 하지 않는다. 공연히 신경쓰게 하고 싶지 않았다. 어차피 그 메시지는 다 외우고 있다.

'카튜샤. 난 당신을 위해 한 세계를 파괴했소.'

이 말이 무얼 의미하는지는 알 수 없었다. 하지만 자신을 카튜샤라 부르는 이는 오직 한 사람뿐이다.

그동안 그녀는 하미드를 사랑하려고 노력했다. 그가 영위하는 삶, 그와 함께 가야 하는 파티, 그리고 그의 친구들이 너무도 싫었지만. 하지만 그녀는 자신이 그를 사랑하고 있는지 확신할 수 없었다. 너무도 우울해서 자살을 생각했던 때도 있었다. 다만 그녀는 한 가지 사실은 알고 있다. 그녀가 결혼의 덫에서 빠져나올 수 없다고 생각했을 때, 이제는 자신의 생이 이대로 영영 끝났다고 절망하고 있을 때, 그가 구원해주었다는 것을.

오래전, 그녀는 한 천사를 사랑했다. 슬픈 유년시절을 보냈고, 소련군에 징집되어 아프가니스탄에 끌려가서 어처구니없는 전쟁을 겪은 남자. 붕괴되어가는 고국에 돌아와 숱한 어려움을 이

겨낸 남자. 그는 죽도록 일했다. 사업자금을 마련하기 위해 수상쩍은 사람들에게 돈을 빌리는 위험도 무릅썼고, 그 돈을 갚을 걱정에 불면의 밤들을 지새웠다. 사람들의 삶의 질을 향상시켜줄 상품 개발을 위해 인가를 받을 때마다, 또 대출을 신청할 때마다 관리들에게 뇌물을 주어야 하는 체제의 부패도 묵묵히 견뎌냈다. 그는 이상주의자였고, 사랑이 넘치는 사람이었다. 낮에는 나무랄 데 없이 회사를 이끌어갔다. 삶은 그에게 사람 대하는 법을 가르쳐주었고, 군생활은 위계조직의 본진을 터득하게 했다. 하지만 밤이면 그는 그녀에게 몸을 꼭 붙여오며 보호해달라고 부탁했다. 자기에게 조언해달라고, 모든 일이 잘될 수 있도록, 하루하루 자기가 걷는 길에 놓인 무수한 덫들을 피해갈 수 있도록 기도해달라고.

에바는 그의 머리를 쓰다듬어주며 안심시켰다. 모든 게 잘되고 있다고, 당신은 정직한 사람이고, 신은 항상 올바른 사람에게 보상하신다고.

조금씩 어려움이 사라지고 기회가 찾아왔다. 여기저기 뛰어다니고 구걸하다시피 계약서 서명을 얻어내며 시작한 작은 사업은 점차 커지기 시작했다. 그때까지도 케케묵은 통신 시스템 속에서 허우적대던 나라에서, 그는 아무도 거들떠보지 않았던 분야에 투자한 몇 안 되는 사람 중 하나였다. 정부도 바뀌고 부패도 감소하고 있었다. 돈이 들어오기 시작했다. 처음에는 느린 속도로, 하지만 곧 많은 돈이, 아니 엄청난 돈이 들어왔다. 하지만 그들은 자신들이 거쳐온 어려운 시절을 잊지 않았다. 돈을 한 푼도 헛되이 쓰지 않았고, 불우한 퇴역군인들을 위한 협회나 자선단체에 기부하는 걸 잊지 않았다. 그들은 검소하게 살았다. 언젠가 이 모든 걸 뒤로하고 세상에서 멀리 떨어진 한적한 시골집에서 살게 될 날을 꿈꾸었다. 그날이 오면 다 잊으리라. 한때 그들이 윤리도 품위도 없는 사람들과 거래하며 살아야 했던 날들을. 그들은 공항과 비행기와 호텔에서 많은 시간을 보냈다. 하루에 18시간씩 일했고, 몇 년 동안 단 한 달도 휴가를 즐기지 못했다.

그들은 같은 꿈을 보듬고 있었다. 그들이 정신없이 달려온 삶이 언젠가 아득한 추억에 지나지 않을 그런 날이 오리라는 꿈. 그리고 그 추억의 시절이 남긴 상흔은 믿음과 꿈의 이름으로 치른 전쟁에서 얻은 훈장으로 남으리라는 꿈. 그때 그녀는 그렇게 믿었다. 결국 우리는 사랑하기 위해, 그리고 사랑하는 사람과 함께 살기 위해 태어난 거라고.

상황은 바뀌기 시작했다. 이제 그들은 더이상 계약을 구걸하지 않아도 되었다. 가만히 앉아 있어도 계약 요청이 밀려들었다. 남편은 유력 경제지의 표지에 등장했고, 도시의 주요 인사들은 그들 부부를 파티며 이벤트에 초대했다. 그들은 어딜 가나 최고의 대접을 받았고, 투자가 빗발쳤다.

그들은 바뀐 상황에 적응해야 했다. 모스크바에 모든 안락함을 갖춘 멋진 저택을 구입했다. 남편 이고르는 경호원을 데리고 다니기 시작했다. 그가 사업 초기에 엄청난 이자로 돈을 빌렸고 한 푼도 남김없이 다 갚았던 옛 사업 거래자들이, 그녀로서는 알 수도 없고 알고 싶지도 않은 이유들로 감옥에 간 직후부터였다. 경호원은 처음에는 두 사람뿐이었다. 아프가니스탄에서 이고르와 함께 했던 퇴역군인들이었다. 그런데 회사가 일곱 개의 서로 다른 시간대에 위치한 나라들에 지사를 둔 거대한 다국적 기업으로 성장하고, 투자액이 점점 더 커지고 투자처도 다양하게 확대되면서 경호원의 수도 점점 불어났다.

에바는 허구한 날 쇼핑센터에서 시간을 보내거나, 친구들과 차를 마시고 그저그런 대화를 나누면서 하루하루를 보냈다. 그리고 이고르는 멀리, 더 멀리…… 나아가기를 원했다. 놀라운 일도 아니었다. 그가 여기까지 온 건 그의 열정과 지칠 줄 모르는 노력 덕분이었으니까. 그녀는 이따금 그에게 물었다. 이제는 자신들이 원래 계획했던 것보다 훨씬 멀리 온 거 아니냐고. 이제는 이 모든 것에서 한 걸음 떨어져, 서로에게 느끼는 사랑만을 가꾸며 살자던 그들의 꿈을 실현할 때가 온 거 아니냐고. 그럴 때마다 그는 조금만 더 시간을 달라고 했다. 그때부터 그녀는 술을 마시기 시작했다. 어느 날 밤, 친구들과의 길고 긴 만찬에서 와인과 보드카를 진탕 마시고 취한 채 집에 돌아온 그녀는 마침내 폭발하고 말았다. 그녀는 이런 공허한 삶은 더이상 견디지 못하겠다고, 뭐든 하지 않으면 미쳐버릴 것 같다고 말했다. 이고르는 그녀에게 지금 가진 것에 만족하지 못하느냐고 물었다.

"만족해. 그게 바로 문제야. 난 만족하는데, 당신은 아니거든. 그리고 당신은 영원히 만족하지 못할 거거든. 당신은 스스로에게 확신이 없어. 그래서 손에 넣은 모든 걸 잃게 되지나 않을까 항상 두려워하지. 원하던 것을 얻었는데도 싸움에서 빠져나오지 못하는 건 그 때문이야. 당신은 결국 스스로를 파괴하게 될 거야. 우리의 결혼생활도, 우리의 사랑도 파괴할 거라고."

그녀가 이런 말을 한 것은 그때가 처음이 아니었다. 그들은 서로에게 늘 솔직했다. 하지만 그녀는 이제 한계에 이르렀음을 느꼈다. 쇼핑으로 시간을 죽이는 삶이 싫었고, 친구들과의 티타임도 지긋지긋했다. 남편이 돌아오기만을 기다리며 보고 있어야 하는 TV 프로그램들도 너무 싫었다.

"그게 무슨 말이야? 내가 우리의 사랑을 죽이고 있다니? 그딴 소리 하지 마! 약속하지. 곧 이 모든 걸 떠날 테니까 조금만 더 기다려. 그리고 당신도 뭔가 당신 일을 시작하는 게 좋겠어. 그것도 괜찮을 거야. 요즘 당신 사는 모습은 정말 괴로워 보이니까."

적어도 그는 그 사실만은 인정하고 있었다.

"그래, 당신이 하고 싶은 일은 있어?"

그녀는 생각했다. 그래, 어쩌면 이게 해결책인지도 모르지.

"패션계에서 일하고 싶어. 항상 꿈꿔왔던 일이야."

남편은 즉시 그녀의 소원을 들어주었다. 다음주, 이고르는 모스크바의 최고급 쇼핑센터에 위치한 부티크의 열쇠를 들고 나타났다. 에바의 가슴은 한껏 부풀어올랐다. 이제 내 삶은 전혀 다른 의미를 갖게 되리라. 길고 긴 낮과 기다림의 밤은 영원히 끝나게 되리라. 그녀는 남편에게 돈을 빌렸고, 이고르는 성공 가능성을 높여주기 위해 그녀의 사업에 충분한 돈을 투자해주었다.

이전에는 꿔다놓은 보릿자루처럼 겉돌았던 연회며 파티들에도 새로운 흥미를 느끼게 되었다. 사교모임을 통해 쌓은 인맥으로 그녀는 이 년 만에 모스크바에서 가장 성공적인 부티크의 경영자가 되었다. 그들은 공동명의의 통장을 갖고 있었고, 또 그녀가 돈을 어떻게 쓰든 그는 조금도 개의치 않았지만, 그녀는 그에게 빌린 돈을 다 갚으려고 애썼다. 그녀는 새로운 디자인이나 독점 수입할 수 있는 브랜드를 찾아 해외 출장길에 오르기 시작했다. 스태프들을 채용했고, 거래처를 직접 챙겼고—스스로도 놀라운 일이었지만—탁월한 여성 사업가로 변신했다.

그 모든 것을 가르쳐준 건 이고르였다. 이고르는 비즈니스의 훌륭한 롤모델이었고, 따라야 할 모범이었다. 이렇게 모든 게 잘돼가고 그녀의 삶이 새로운 의미를 얻기 시작했을 때, 그녀의 앞길을 밝혀주던 빛의 천사는 홀연 휘청대기 시작했다.

그들은 바이칼 호 기슭의 어촌에서 주말을 보낸 후, 이르쿠츠크의 한 레스토랑에 앉아 있었다. 당시 이고르의 회사에는 전용 비행기 두 대와 헬기 한 대가 있었고, 그들은 먼 곳으로 떠나 주말을 지내고 월요일이면 돌아와 다시 한 주를 시작하곤 했다. 에바도 이고르도 함께 지내는 시간이 거의 없다는 걸 서로에게 불평하지 않았지만, 그동안의 험한 세월이 두 사람에게 남겨놓은 흔적을 피차 느끼고 있었다. 하지만 그들은 믿고 있었다. 사랑은 그 무엇보다 강하다고. 그리고 함께 있는 한 그들은 안전할 거라고.

촛불을 밝힌 두 사람만의 저녁식사중이었다. 한눈에 보기에도 몹시 취한 걸인이 레스토랑에 들어왔다. 그는 그들에게 다가오더니 허락도 받지 않고 그들의 테이블에 앉아 떠들어대기 시작했다. 이고르와 에바에게는 모처럼 모스크바의 번잡한 삶에서 멀리 벗어나 단둘이 보내는 귀중한 시간이었다. 일 분쯤 지나, 식당 주인이 와서 그를 내쫓으려 했지만 이고르는 자기가 해결하겠다며 주인을 돌려보냈다. 흥분한 걸인은 두 사람이 마시던 보드카 병을 집어들어 마시고는, 인생과 정부에 대한 불평을 퍼부으며 이고르에게 질문을 던지기 시작했다. ("당신, 뭐 하는 사람이야? 뭘 하기에 그렇게 돈이 많아? 여기 사는 우리는 모두 가난한데 말이야").

몇 분 동안 이 모든 걸 참고 있던 이고르는 잠시 다녀오겠다고 말하더니, 그 사람의 팔을 붙잡고 밖으로 데리고 나갔다. 레스토랑은 도로포장조차 안 된 거리에 위치해 있었고, 그의 두 경호원은 밖에서 대기하고 있었다. 에바는 창문을 통해 남편이 경호원들과 몇 마디 말을 나누는 걸 보았다. "내 아내에게서 눈을 떼지 마"라는 말일 거라고 짐작되는 지시를 내린 뒤, 그는 그 거리에 면한 좁은 골목으로 들어갔다. 그리고 몇 분 후, 얼굴에 미소를 띠며 돌아왔다.

"이제 그자는 아무도 귀찮게 하지 못할 거야."

에바는 그에게서 무언가 다른 눈빛을 보았다. 그의 두 눈에는 너무나도 강렬한 환희가 가득 차 있었다. 그들이 함께 보낸 주말 동안에도 한 번도 본 적 없는 눈빛이었다.

"어떻게 했는데요?"

이고르는 대답하지 않고 보드카만 더 주문했다. 그들은 밤이 지새도록 계속 마셨다. 뭐가 그리 즐거운지 그의 얼굴에 미소가

가시지 않았고, 그녀는 자신이 이해하고 싶은 것만 이해했다. 그래, 아마도 이고르는 그 남자가 가난에서 벗어날 정도의 돈을 줬을 거야. 그는 항상 자기보다 못한 처지에 있는 사람에게 관대한 사람이니까.

호텔방에 돌아왔을 때 그는 이런 말을 던졌다.

"젊은 시절 배운 게 하나 있지. 정당하지 못한 전쟁에서, 내가 믿지도 않는 이상을 위해 총을 들고 싸우면서 말이야. 비참함 따윈 언제든 완전히 끝내버릴 수 있다는 거야."

아니야. 이고르가 여기 있을 리 없어. 하미드가 잘못 봤을 거야.

두 남자가 대면한 건 단 한 번뿐이었다. 그녀와 하미드가 함께 살던 런던의 아파트 입구에서였다. 이고르는 그들의 주소를 알아내, 에바에게 돌아와달라고 애원하려고 거기까지 찾아왔다. 하미드는 입구까지 나갔지만 그를 안으로 들이지 않았다. 대신 경찰을 부르겠다고 그를 위협했다. 일주일 동안 그녀는 머리가 아프다는 핑계로 외출을 거부했다. 빛의 천사가 절대악으로 변했음을 알았기 때문이었다.

그녀는 다시 휴대폰을 열어 메시지를 또 한번 읽어보았다.

카튜샤. 그녀를 이렇게 부를 사람은 단 한 사람뿐이었다. 그녀의 과거에 도사리고 있는 사람. 그녀가 아무리 보호받고 있다 해도, 그에게서 아무리 멀리 떨어져 있다 해도, 그가 비집고 들어올 수 없는 세계에 산다 해도, 그녀의 남은 삶을 공포로 떨게 할 사람. 이르쿠츠크에서 돌아온 그는 엄청나게 무거운 짐을 벗어던진 사람처럼 자기 영혼에 우글거리는 어두운 그림자들에 대해 스스럼없이 말하기 시작했다.

"세상 누구도 우리 둘만의 세계를 위협할 순 없어. 더 아름답고 더 인간적인 사회를 만들기 위해 우린 이미 충분히 오랫동안 노력해왔다고! 이젠 우리만의 자유로운 시간을 존중하지 않는 자들이 다시는 우리 앞에 얼씬거리지 못하도록, 확실한 방식으로 멀리 쫓아버릴 거야."

그 확실한 방식이 구체적으로 무엇을 말하는지 그녀는 겁이 나서 차마 물어보지 못했다. 그녀는 남편을 잘 안다고 믿었다. 하지만 그날 이후엔 아니었다. 그가 억눌려 있던 해저화산처럼 폭발하려는 때가 한두 번이 아니었고, 그 충격파는 점점 더 격렬해져갔다. 그녀는 어느 날 밤, 오래전 아직 젊은 청년이었던 그와 나누었던 대화를 떠올렸다. 그는 아프가니스탄 전쟁에서 스스로를 지키기 위해 어떻게 사람을 죽여야 했는지 들려주었다. 하지만 그 말을 하는 그의 눈에는 털끝만큼의 후회나 양심의 가책도 없었다.

"난 살아남았어. 중요한 건 바로 그거야. 내 인생은 끝장날 수도 있었지. 햇빛 화창한 어느 오후에. 혹은 눈 덮인 산속의 어느 새벽에. 상황이 완벽히 통제되고 있다고 믿으며 막사에서 카드놀이를 하고 있던 어느 저녁에. 또 내가 죽었다 해도 세상에 변한 것은 아무것도 없었을 거야. 기껏해야 난 군 통계자료에 전사자 숫자 하나를 추가하거나, 가족에게 훈장 하나로 남았겠지.

하지만 예수께서 날 도와주셨어. 난 항상 적시에 행동을 취했지. 이렇게 한 인간이 겪을 수 있는 가장 혹독한 시련을 통과했기에, 운명은 내게 인생에서 가장 중요한 두 가지를 허락했어. 바로 일에서의 성공과 사랑하는 사람."

하지만 '자신의 목숨을 구하기 위해 사람을 죽이는 것'과 저녁식사를 방해받았지만 식당주인이 별 소동 없이 내쫓을 수 있었던 불쌍한 주정뱅이를 '영원히 쫓아내는 것'은 전혀 별개의 문제 아닌가. 그 생각이 그녀의 뇌리를 떠나지 않았다. 그녀는 아침이면 더 일찍 부티크로 향했고, 집에 돌아오면 밤늦게까지 컴퓨터 앞에 앉아 있었다. 그 질문을 피하고 싶었던 것이다. 그렇게 몇 달 동안 그녀는 출장, 파티, 사람들과의 만남, 자선행사 등 바쁜 일상에 파묻혀 시간을 보내면서 자신을 통제할 수 있었다. 심지어 이르쿠츠크에서 남편이 한 말을 괜히 오해한 게 아닌가 하는 생각까지 들었고, 그렇게 피상적으로 판단한 자신을 책망하기도 했다.

시간이 흘렀고, 그 질문은 그녀의 뇌리에서 점차 빛이 바래가고 있었다. 그들이 밀라노의 최고급 레스토랑에서 열린 화려한 저명인사의 자선경매 파티에 참석했던 그날 밤까지는. 그날 두 사람이 밀라노에 간 것은 각기 다른 목적에서였다. 이고르는 이탈리아 회사와 계약의 세부사항을 조정하기 위해서였고, 에바는 부티크에 전시 판매할 의상들을 구매하기 위해 '패션위크'에 맞춰 방문한 것이었다.

그리고 시베리아 한복판에서 일어났던 일이 세계에서 가장 세련된 도시 중 하나인 그곳에서 또다시 일어났다. 이번에는 그들 부부의 친구 중 하나가 역시나 술에 취해 허락도 구하지 않고 그들의 테이블에 와 앉더니, 농담을 던지며 두 사람이 듣기 거북한 얘기들을 늘어놓기 시작했다. 에바는 포크를 움켜 쥔 이고르의 손이 경직되는 것을 보았다. 에바는 최대한 조심스럽고 부드럽게 친구에게 물러가달라고 부탁했다. 친구는 이미 아스티 스푸만테를 여러 잔 마신 상태였다.

아스티 스푸만테…… 예전에는 '샴페인'이라고 불렸지만, 이른바 '원산지통제명칭' 제도 때문에 그 명칭을 사용하지 못하게 되면서 이탈리아인들이 대신 부르는 이름이다. 백포도주를 최소한 15개월 이상 엄격한 통제하에 숙성시키면 특정한 박테리아가 병 안에서 가스를 생성시키는데, 이것이 샴페인이다. 그리고 이 샴페인이라는 이름은 이 포도주의 원산지인 프랑스의 샹파뉴에서 따온 것이다. 스푸만테도 똑같은 종류의 포도주지만, EU법은 샹파뉴 지방 외에서 생산되는 포도주에는 이 프랑스식 명칭을 금하고 있다.

그들 부부는 술과 그와 관련된 법들에 대해 이야기를 나누었다. 그런 대화중에도 그녀는 그때까지 잊고 있었으나 갑자기 맹렬한 힘으로 밀려오는 그 질문을 몰아내려 안간힘을 썼다. 그렇게 대화하면서 그들은 계속 술을 마셨고, 마침내 그녀는 더이상 자신을 억누를 수가 없었다.

"술 취한 사람이 우리를 좀 방해한 게 뭐 그리 잘못된 건데?"

순간 이고르의 목소리 톤이 변했다.

"우리가 이렇게 함께 여행할 기회가 많지 않기 때문이지. 그래, 난 우리가 살고 있는 세상에 대해 곰곰 생각하고 있어. 세상은 온갖 거짓말들에 파묻혀 질식해가고 있어. 사람들은 영적인 가치들보다 과학을 신봉하고, 이 사회가 중요하다고 말하는 것들로 자신의 영혼을 채워가고 있지. 알잖아? 우리 주위에 어떤 일들이 일어나고 있는지. 그러면서도, 모두 약한 불에 서서히 익어가며 죽어가고 있는 거야. 사람들은 자기가 계획하지도 않은 일들을 어쩔 수 없이 하고 있어. 자신들의 소중한 낮과 밤을 온통 쏟아부으면서 말이야. 그러면서 그 모든 걸 훌훌 털어버리고 떠나질 못해.

  가족, 자연, 사랑, 이런 진정한 행복을 위해 살지 못하는 거야. 왜지? 우리에겐 저마다 시작한 것을 끝마쳐야 한다는 의무가 있으니까. 그래야 남은 생애 동안 서로만을 위해 살아갈 수 있는 경제적 안정을 얻을 수 있으니까. 그래, 난 지금 우리의 미래를 만들어가고 있어. 오래지 않아 우리는 자유롭게 꿈꾸고, 또 꿈꾼 대로 살아가게 될 거야."

  그들 부부는 이미 경제적 안정을 이루었다. 빚도 없었다. 당장에라도 이 테이블을 박차고 일어나, 이고르가 그렇게 혐오하는 세상을 뒤로하고 모든 것을 새로 시작할 수 있었다. 몸에 지니고 있는 신용카드만 들고서도 죽을 때까지 돈 걱정 없이 살 수 있을 터였다. 하지만 에바는 말하지 않았다. 이미 수없이 이야기했으니까. 그때마다 이고르의 대답은 항상 같았으니까. '조금만 더 있어야 해.' 언제나 '조금만 더'였다. 게다가 지금은 부부로서 그들의 미래를 얘기할 시기는 이미 지났다고 에바는 생각했다.

  "하느님께서 모든 걸 다 생각해놓으셨거든." 이고르는 말을 이었다. "우리가 이렇게 함께하는 것도 그분이 그렇게 결정하셨기 때문이야. 당신이 내 인생에서 얼마나 중요한 존재인지 당신은 잘 모를 거야. 하지만 당신이 아니었다면 난 결코 이렇게까지 멀리 오지 못했어. 그분이 우리 둘을 함께하게 했고, 필요한 경우 당신을 보호할 수 있도록 내게 힘을 주셨어. 또 그분은 내게 가르쳐주셨지. 모든 것은 예정된 계획의 일부이고 내가 그 계획을 철저하게 존중해야 한다는 사실을. 그러지 않았다면 난 카불에서 죽었거나, 모스크바에서 비참한 삶을 살고 있겠지."

바로 그때였다. 스푸만테 혹은 샴페인, 뭐라 부르든 그 술이 위력을 드러냈다.

"지난번 시베리아에서 만났던 그 거지는 어떻게 됐어?"

이고르는 그녀가 무슨 말을 하는지 의아해했다. 기억하지 못하는 것 같았다. 에바는 시베리아의 레스토랑에서 있었던 일을 상기시켜주었다.

"당신이 그 거지에게 어떻게 했는지 알고 싶어."

"그를 구원해줬지."

에바는 안도감에 숨을 크게 내쉬었다.

"지저분한 삶에서 구원해주었어. 그 혹독한 한겨울의 지독하고 희망 없는 음울한 삶에서, 알코올로 파괴되어가는 몸뚱이에서 말이야. 그의 영혼이 빛을 향해 출발할 수 있도록 도와주었어. 그가 우리의 행복한 순간을 파괴하기 위해 레스토랑에 들어서는 순간부터 난 알고 있었거든. 그의 영혼에 악마가 깃들어 있다는 것을."

에바는 자신의 심장이 쿵쿵 뛰는 소리를 들었다. 이고르의 입에서 '내가 그를 죽였어'라는 말을 들을 필요도 없었다. 그건 명확한 사실이었다.

"당신 없이 나는 존재하지 않아. 그 무엇도, 그 누구도 우릴 갈라놓을 수 없고, 우리가 함께하는 이 소중한 순간을 파괴할 수 없어. 그랬다간 누구든 응분의 대가를 치러야 해."

그는 '죽어 마땅해'라고 말하고 싶은 걸까. 전에도 그녀가 알지 못하는 사이에 이런 일이 일어났을까. 그녀는 마시고 또 마셨고, 이고르의 굳어 있던 표정은 다시 풀어졌다. 아무에게도 영혼을 열어 보여주지 않았던 그는 에바와의 대화가 너무도 즐거운 듯 보였다.

"우리 둘은 같은 언어로 말하지."

그는 다시 입을 열었다.

"세상을 바라보는 방식도 같아. 우린 완벽하게 서로를 보완하고 있다고. 이건 사랑을 무엇보다도 우선하는 사람들에게만 허용된 일이야. 다시 말하지만, 당신 없이 난 존재하지 않아.

주위를 한번 둘러봐. 슈퍼클래스들이 보이지? 다들 자신이 중요한 인물이고 사회적 의식이 있다고 믿고 있어. '르완다의 잊혀진 사람들을 구하기 위한 모금' 혹은 '중국 판다 보호를 위한 자선 디너파티' 같은 행사에서 자질구레한 물건들을 사면서 거금을 내놓지. 그들에겐 판다나 굶주리는 사람이나 별반 다를 게 없어. 뭔가 유용한 일을 함으로써, 자신이 특별하고, 보통 사람들보다 뛰어난 존재라고 느끼게 해주는 것들일 뿐이야.

 하지만 저들이 직접 전장에 나가봤을까? 아냐. 저들은 전쟁을 일으키지만 직접 나가 싸우지는 않아. 결과가 좋으면 모든 찬사는 그들의 몫이고, 나쁘면 다른 사람들 잘못이지. 저들은 자기 자신 외엔 아무도 사랑하지 않아."

 "여보. 한 가지 물어보고 싶은 게 있어……"

 에바가 말할 때, 사회자가 무대에 올라 디너파티에 참석한 모든 이에게 감사를 표했다. 그리고 오늘 모금되는 돈은 아프리카 난민촌에 보내질 의약품 구입을 위해 사용될 거라고 설명했다.

 "저 사람이 말하지 않는 게 있어. 그게 뭔지 알아?"

 마치 에바의 말을 듣지 못한 듯, 이고르는 계속 말을 이어갔다.

 "모금액의 10퍼센트만이 목적을 위해 쓰이게 된다는 거야. 나머지는 이 행사를 위해 쓰이는 거지. 이 디너파티를 열고 홍보하는 데 쓰이고, 이 행사에 기여한 사람들, 더 정확히 말하면 이런 '훌륭한 생각'을 내놓은 사람들을 위해 엄청난 돈이 들어가. 저들은 더욱 부자가 되기 위해 세상의 비참함을 이용하고 있다고."

 "그렇담 우린 왜 여기 앉아 있지?"

 "그럴 필요가 있으니까. 이게 내 일의 일부야. 난 르완다를 구한다거나 난민들에게 의약품을 보내고 싶은 마음은 없어. 하지만 적어도 난 내가 그럴 의도가 없다는 사실을 스스로 잘 알고 있지. 다른 자들은 그들의 양심과 영혼에서 죄책감을 지워버리기 위해 돈을 쓰고 있는 거야. 르완다에서 후투족과 투치족 간에 살육극이 벌어졌을 때, 난 소규모 용병부대에 자금을 대서 적어도 이천 명의 목숨을 구했어. 당신, 그 사실 알고 있었어?"

"나한테 그런 얘기는 한 번도 하지 않았잖아."

"할 필요가 없었으니까. 하지만 내가 다른 사람들을 염려하고 챙긴다는 건 당신도 알고 있잖아."

경매는 조그만 루이뷔통 여행가방으로 시작되었다. 그것은 정가의 열 배나 되는 가격에 낙찰되었다. 이고르는 경매를 냉정한 얼굴로 지켜보고 있었다. 에바는 다시 한 잔 마시면서 좀전에 이고르에게 하려 했던 질문을 생각했다. 정말 해도 괜찮을지……

한 화가가 무대에 올라와 마릴린 먼로의 노래에 맞추어 춤을 추며 유화를 그리기 시작했다. 그러는 사이 그림 가격은 계속 치솟아 모스크바에서 작은 아파트 한 채를 살 수 있을 정도의 액수에 다다랐다.

또 한 잔. 또다른 경매물. 또다시 어처구니없는 가격.

그날 저녁, 호텔로 돌아가는 길에 이고르는 몹시 취한 그녀를 부축해야 했다. 침대에 오르기 전, 그녀는 마침내 용기를 냈다.

"어느 날 말이야. 내가 만일 당신을 떠난다면 어떻게 될까?"

"다음엔 이렇게 많이 마시지 마."

"대답해줘."

"그런 일은 절대 없어. 우리 결혼은 완벽해."

그녀는 술이 깨는 것 같았다. 정신이 들었다. 하지만 자신이 지금 만취한 상태라는 변명거리를 유지하고 싶었다. 그녀는 심하게 취한 척하며 물었다.

"하지만 정말로 그런 일이 일어난다면?"

"당신이 내게 다시 돌아오게 만들겠어. 난 원하는 걸 얻어내는 방법을 아는 사람이야. 그러기 위해 전세계를 파괴해야 한다 하더라도 말이야."

"만일 내가 다른 남자를 만난다면?"

그가 그녀를 바라보았다. 그의 두 눈에 어려 있는 것은 화도 짜증도 아니었다. 그건 차라리 자애로움에 가까웠다.

"당신이 지구상의 모든 남자와 잔다 해도 내 사랑은 변치 않을 거야. 내 사랑은 그보다 더 강하니까."

그때부터였다. 축복으로 알았던 모든 것이 악몽으로 변해갔다. 그녀가 결혼한 남자는 괴물이고 살인자였다. 부족 분쟁을 해결하기 위해 용병부대에 자금을 댔다는 말은 대체 무슨 얘기일까. 또 부부의 평화를 방해받고 싶지 않다는 이유로 몇 사람이나 죽였을까. 물론 전쟁과 그를 괴롭힌 정신적 상처 그리고 그가 겪어야 했던 숱한 시련들을 탓할 수도 있었다. 하지만 그런 일을 겪은 사람이 그 혼자도 아니고, 그런 사람들 모두가 자신이 신의 위대한 계획을 수행하는 신성한 정의의 도구인 양 생각하진 않는다.

"난 쓸데없이 질투하지 않아."

이고르는 그녀가 해외출장을 떠날 때마다 말했다.

"내가 얼마나 당신을 사랑하는지 당신이 알고, 당신이 얼마나 나를 사랑하는지 내가 알기 때문이지. 우리의 관계를 흔들어놓을 수 있는 건 아무것도 없어."

이제 그녀는 분명히 알게 되었다. 이건 사랑이 아니었다. 병적인 관계였다. 그리고 그녀 앞에는 두 가지 선택이 놓여 있었다. 하나는 남은 삶을 이 공포 속에서 살아야 한다는 사실을 받아들이는 것, 다른 하나는 기회가 생기는 대로 가급적 빨리 탈출하는 것이었다. 그럴 기회는 몇 차례 있었다. 그중 가장 적극적이고 가장 집요했던 사람은 그녀로서는 지속적인 관계를 가질 수 있으리라고 상상조차 하지 못했던 남자, 뛰어난 재능으로 패션계를 매혹하면서 갈수록 유명해지고 있는 남자였다. 그는 패션계를 정복한 남자였다. 또한 그는 유목부족들에게는 소수의 종교인들이 강제하는 공포체제와는 상관없는 견고한 윤리가 있다는 사실을 전세계가 이해할 수 있도록 조국으로부터 막대한 돈을 지원받고 있는 남자이기도 했다.

그들이 패션쇼에서 만날 때마다, 하미드는 다른 사람과의 약속을 모두 취소했고 모든 일정을 뒤로 미뤘다. 호텔 방문을 걸어 잠그고 그녀와 보내는 얼마간의 평화로운 시간을 위해서였다. 꼭 육체적인 관계가 목적은 아니었다. 그런 건 생략되는 경우가 더 많았다. 그저 함께 TV를 보고, 함께 먹고, (그는 약간의 샴페인 외에는 술을 거의 마시지 않았지만) 함께 마시기 위해서였다. 그들은 공원을 산책하고, 서점에 들르고, 우연히 만나는 낯선 사람들과 대화했다. 그들은 과거에 대해 거의 이야기하지 않았고, 미래에 대해서는 전혀 이야기하지 않았다. 오로지 현재만을 이야기했다.

그녀는 할 수 있는 한 저항하고자 했다. 그녀는 하미드를 사랑하지 않았으니까. 하지만 그가 그녀에게 모든 것을 버리고 자기와 함께 런던에서 살자고 제안했을 때, 그녀는 그걸 받아들였다. 그것이 그녀의 특별한 지옥을 벗어날 수 있는 유일한 길이었으므로.

그녀의 휴대폰에 또다시 메시지가 새로 뜬다. 그 사람일 리 없다. 에바는 부인하고 싶었다. 서로 연락하지 않은 지 벌써 몇 년이 지났다.

'카튜샤. 난 당신을 위해 또 한 세계를 파괴했소.'

"누구요?"

"모르겠어요. 발신인 번호가 없어요."

그녀는 무섭다고 말하고 싶었다. 너무 무섭다고.

"자, 이제 다 왔어요. 시간이 별로 없어."

리무진을 마르티네스 호텔 입구까지 대는 건 결코 쉬운 일이 아니었다. 입구 양편에는 경찰이 설치해놓은 금속울타리가 설치되어 있고, 그 너머로는 다양한 나이대의 사람들이 몰려 있었다. 가까이에서 스타들을 보겠다는 일념으로, 그곳에서 하루 종일을 보내는 사람들이다. 그들은 디지털카메라로 사진을 찍고, 그걸 자랑스레 인터넷에 올릴 것이다. 그들이 속한 인터넷상의 공동체에 말이다. 남녀 배우들, 유명한 프로그램 진행자를 보는 순간, 그 짧고도 유일한 영광의 순간이 그들의 기다림을 보상해줄 것이다.

바로 이들 덕분에 꿈의 공장이 계속 돌아갈 수 있지만, 이들은 접근조차 할 수 없다. 주요 지점에 배치된 경비원들은 호텔에 들어가려는 모든 사람들을 막아선다. 방 열쇠를 꺼내 보여 호텔 투숙객임을 증명하든지, 투숙객 중 누구와 약속이 있는지 증거를 제시할 것을 요구한다. 그러지 못하면 사람들이 지켜보는 앞에서 출입을 거절당하게 된다. 투숙객과 업무상 약속이 있거나 초대받았을 경우에는 자기 이름을 대고, 그것이 사실이라는 게 밝혀질 때까지 기다려야 한다. 경비원이 무전기로 데스크에 알아보는 긴 시간이 흐르고, 그렇게 만인이 보는 앞에서 모욕을 당한 후에야 받아들여지는 것이다. 물론 리무진을 탄 사람들은 예외다.

흰색 마이바흐의 양쪽 차문이 열린다. 한쪽을 연 사람은 운전수고, 다른 쪽은 호텔 종업원이다. 카메라가 일제히 에바를 향하고 셔터 누르는 소리가 진동한다. 그녀가 누군지 아는 사람은 아무도 없다. 다만 마르티네스 호텔에 저런 최고급 승용차를 타고 온 걸 보면 분명 중요한 사람일 거라는 추측뿐. 어쩌면 함께 온 중요한 남자의 애인인지도 모른다. 남자는 아내 몰래 바람을 피우고 있는 것일 테고, 그렇다면 이 사진을 타블로이드 신문에 팔아먹을 수도 있다. 또 저 금발미녀가 아직 프랑스에는 알려지지 않았지만 아주 유명한 스타일 수도 있다. 그렇다면 얼마 후에 그들은 〈피플〉 같은 연예지에서 그녀를 발견하게 될 테고, 그녀에게서 불과 사오 미터밖에 안 떨어진 곳에 서 있었다는 감격을 맛보게 되리라.

하미드는 금속 울타리에 매달린 무리를 돌아본다. 그는 이런 풍경에 익숙지 않았다. 이런 일이 일어나지 않는 나라에서 자란 그로서는 이들의 행동을 이해하지 못했다. 언젠가 그는 한 친구에게 물은 적이 있다. 왜 사람들이 유명인사들에 대해 그토록 큰 관심을 갖는 거냐고.

"그들이 영원히 팬으로 남으리라고는 생각하지 말게."

친구는 대답했다.

"세상이 존재하면서부터, 사람들은 닿을 수 없는 신비한 무언가에 가까이 다가가면 축복을 얻을 수 있으리라 믿어왔지. 영적 지도자를 만나거나 성지를 향해 순례여행을 떠나는 것도 다 그런 이유 아닌가."

"칸 같은 곳에서 말인가?"

"칸 역시 그렇지. 닿을 수 없는 유명인을 멀리서나마 볼 수 있는 기회가 있는 곳이지. 그런 곳이라면 어디든 달려가는 거야. 유명인이 한 번 손을 흔들기라도 하면, 숭배자들은 그가 자기 머리 위에 암브로시아*나 만나** 조각들을 뿌려주기라도 하는 양 열광하지.

그건 어디든 마찬가지야. 무슨 대규모 종교집회 같은 음악 콘서트들. 슈퍼클래스가 드나드는 모습이라도 보겠다며 매진이 된 공연장 바깥에서 기다리는 팬들. 또는 한 무리의 유명한 사내들이 공을 쫓아 달리는 모습을 보겠다고 경기장에 몰려드는 군중

---

* ambrosia, 그리스 신화에 나오는 신들의 음식.
** manna, 구약 출애굽기에서 신이 이스라엘 민족에게 내려준 신비로운 양식.

들. 유명인들은 우상이야. 성상^{聖像}이라고도 할 수 있지. 그들은 예배당의 성화나 다를 바 없어. 십대들이나 가정주부들은 그들의 사진을 방에 붙여놓고 숭배하지. 심지어는 대기업 회장들의 집무실에도 그런 사진이 붙어 있잖아. 엄청난 힘을 가진 그들마저도 스타의 명성을 부러워하는 거지.

다른 점이 딱 하나 있어. 바로 대중은 지고의 심판자라는 점이야. 오늘은 환호를 보내지만, 내일 타블로이드 신문에 우상의 스캔들이 폭로되면 박수를 치는 게 바로 대중이야. 그들은 이렇게 말해. '불쌍한 것 같으니. 다행히도 난 이런 치들과는 달라.' 오늘 그들은 숭배하지만, 내일은 아무런 가책 없이 돌을 던지고 십자가에 못 박을걸. 그게 대중이야."

pm 01:37

 오전부터 나와서 패션쇼가 시작될 때까지 메이크업과 머리손질과 기다림으로 채워지는 다섯 시간을 아이팟과 휴대폰으로 소일하는 다른 여자들과는 달리, 재스민은 책을 읽고 있었다. 시집이었다.

 노란 숲속에 두 갈래 길이 있었습니다
 나는 두 길을 다 가지 못하는 것을 안타까워하며
 오랫동안 서서
 풀숲으로 굽어드는 길을
 바라볼 수 있는 데까지 멀리 바라보았습니다

그리고 똑같이 아름다운 다른 길을 택했습니다
그 길에는 풀이 더 많이 나 있고
사람이 걸은 자취가 적으니까
걸어야 할 길이라고 생각했던 거지요
그 길을 걸으면 결국 그 길도 거의 같아질 것이지만

그날 아침 두 길에는
낙엽을 밟고 간 발자취는 없었습니다
아, 나는 다음 날을 위하여 한 길을 남겨두었습니다
길은 길과 맞닿아 끝이 없으므로
내가 다시 돌아올 것을 의심하면서

먼 훗날 나는 어디에선가
한숨을 쉬며 이야기할 것입니다
숲속에 두 갈래 길이 있었다고
나는 사람이 적게 간 길을 택하였다고
그리고 그것 때문에 모든 것이 달라졌다고

재스민은 사람들이 적게 간 길을 택했다. 그로 인해 많은 희생을 치른다 해도, 그럴 가치가 있었다. 그녀에게 모든 일은 제때 일어났다. 그녀가 가장 필요로 할 때 사랑이 다가왔고, 그 사랑은 지금까지 곁에 있어주었다. 사랑하는 사람은 그녀를 일할 수 있게 해주었고, 그녀는 그 사람과 함께, 그 사람을 위해 일했다.

더 정확히 말하자면, 그 여자를 위해.

재스민의 실제 이름은 크리스티나다. 그녀의 이력서에는, 안나 디터가 케냐를 여행하다가 그녀를 발굴했다고 기록되어 있다. 하지만 그녀 자신은 자세한 이야기를 피한다. 그저 내전으로 인한 고통과 굶주림에 허덕인 불행한 유년기를 보냈다는 막연한 인상을 심어줄 뿐. 그녀는 검은 피부를 지녔지만 사실은 벨기에의 안트베르펜에서 태어났다. 그녀의 부모는 르완다의 후투족과 투치족 간에 벌어진 끝없는 분쟁에서 살아남아 일찍감치 도망쳐 나왔던 것이다.

재스민, 크리스티나가 열여섯 살 때의 어느 주말이었다. 쉬는 날도 없이 끝없이 이어지는 엄마의 고된 노동을 돕기 위해 그녀가 엄마와 함께 일터로 향하고 있을 때였다. 한 남자가 다가왔다. 그는 자신을 사진가라고 소개했다.

"따님이 대단히 아름답군요. 모델이 되어 나와 함께 일했으면 좋겠습니다."

"내가 들고 있는 이 가방 보여요? 이 속엔 청소용품이 가득 들어 있어요. 내가 왜 이렇게 밤낮으로 일하는지 알아요? 이 아이를 좋은 대학교에 보내서 학위를 따게 해주려는 거예요. 앤 겨우 열여섯이라구요."

"딱 좋은 나이예요."

사진가는 자신의 명함을 소녀에게 내밀었다.

"만일 생각이 바뀌면 연락해줘요."

모녀는 다시 걷기 시작했다. 엄마는 딸이 명함을 계속 손에 들고 있는 걸 보았다.

"그 사람 말에 속지 마. 그런 세계는 우리하곤 상관없는 세계야. 지 사람들이 원하는 건 단 하나야. 너랑 자고 싶은 거지."

엄마의 이런 충고가 크리스티나에게 반드시 필요한 건 아니었다. 같은 반 여자애들은 그녀의 예쁜 외모를 너무도 부러워했고, 남자애들은 모두 그녀를 파티에 데려가고 싶어했다. 하지만 크리스티나는 자신의 출신과 한계를 분명하게 인식하고 있었다.

그래서 똑같은 일이 다시 일어났을 때도 그녀는 믿지 않았다. 아이스크림 가게에 들어갔을 때, 지난번 그 사진가라는 남자보다 나이가 더 많아 보이는 여자가 그녀를 눈여겨보더니 다가왔다. 여자는 패션 전문 사진가라고 했다. 크리스티나는 고맙다고 명함을 받아들고는 나중에 전화하겠다고 약속했다. 그 방면으로 진출하는 게 그 또래 소녀들의 꿈이었지만 그녀의 생각은 확고했다. 전화할 생각이 전혀 없었다.

두 번 일어난 일이 단 두 번으로 끝나는 일은 세상에 없는 법이다. 석 달 후, 그녀가 고급 옷가게의 쇼윈도를 구경하고 있을 때였다. 가게에서 누군가 나오더니 그녀에게 물었다.

"아가씨, 하는 일이 뭐죠?"

"앞으로 뭘 하고 싶으냐고 물으셔야죠. 전 수의사 공부를 할 거예요."

"그래? 그렇다면 길을 잘못 선택한 것 같은데. 나하고 일해보지 않겠어?"

"난 옷가게 점원으로 일할 시간은 없어요. 시간이 나면 엄마를 도와드려야 하거든요."

"판매원으로 일하라는 게 아니야. 우리가 디자인한 옷을 입고 사진을 몇 장 찍어보면 좋겠어."

그녀가 보통사람처럼 결혼해서 아이를 낳고, 가족의 사랑 속에 수의사 일을 하면서 행복하게 살게 되었다면, 이런 일들은 돌이켜 회상하며 미소 지을 수 있는 좋은 추억이 될 수도 있었으리라. 그런데 며칠 후 그 사건이 일어났다.

그녀는 친구들과 함께 나이트클럽에서 춤을 추고 있었다. 그렇게 자신이 살아 있다는 사실에 충일한 행복감을 느끼고 있을 때였다. 열 명의 소년이 악을 쓰면서 홀 안에 난입했다. 그들 중 아홉 명은 면도날을 박은 몽둥이를 휘두르며 전부 꺼지라고 고함을 질러댔다. 즉시 홀 안은 아비규환이 되었고 사람들은 달려 나가기 시작했다. 크리스티나는 어찌해야 할지 몰랐다. 그저 그녀의 본능만이 그 자리에서 꼼짝도 하지 말고 시선을 빨리 다른 데로 돌리라고 경고하고 있었을 뿐이다.

고개를 돌리지 못하고 그대로 얼어붙어버린 그녀는 그만 끔찍한 장면을 보고 말았다. 열번째 소년이 그녀의 친구 중 하나에게 다가와 호주머니에서 칼을 꺼내더니 뒤에서 붙잡고서 목을 그어버린 것이다. 소년들은 들어올 때만큼이나 신속하게 나가버렸고, 남은 사람들은 비명을 지르거나, 달아나거나, 바닥에 주저앉아 울고 있었다. 몇 사람이 희생자를 구조하려 했지만 이미 가망이 없는 상태였다. 몇몇 사람들은 충격적인 이 광경을 멍한 눈으로 바라보고만 있었고, 크리스티나도 그들 중 하나였다. 그녀는 살해된 남자애를 알고 있었다. 또 살인범이 누구인지, 범행 동기가 무엇인지도 분명히 알고 있었다(그들이 나이트클럽에 들어오기 전에 들른 술집에서 한 차례 싸움이 있었던 것이다). 하지만 지금 그녀는 구름 위에 붕 떠 있는 느낌이었다. 이 모든 일들이 그저 꿈인 듯이, 곧 땀에 젖은 채 깨어나서 안도의 한숨을 내쉴 악몽처럼만 느껴졌다.

하지만 그건 꿈이 아니었다.

몇 분 지나지 않아 그녀는 땅에 내려와 있었다. 그녀는 소리치며 울부짖었다. 누구든 어떻게 좀 해보라고, 왜 아무도 꼼짝하지 않느냐고, 자신이 왜 그러는지도 모르는 채 울부짖었다. 그녀의 날선 비명에 사람들은 더욱 기겁했다. 그때 총을 든 경찰들이 구급요원들과 함께 들이닥쳤다. 경찰은 홀 안에 남아 있는 젊은이들을 모두 벽에 세워두고 곧장 심문을 시작했다. 신분증을 요구하고 전화번호와 집주소를 물었다. 누구 짓이지? 살해 동기는 뭐야? 크리스티나는 아무 말도 할 수 없었다. 시신은 천으로 덮여 들려나갔다. 구급요원들 중 여자 간호사가 그녀에게 알약 하나를 삼키게 하고 말했다. 바로 귀가하라고, 그리고 지금은 절대로 운전을 하면 안 되니 택시든 버스든 대중교통을 이용하라고.

다음날 아침 이른 시간에 전화벨이 울렸다. 그녀의 엄마는 마치 정신줄을 놓은 듯한 딸 곁에서 그날 하루를 보내기로 하고 집에 있던 참이었다. 경찰은 크리스디나와 직접 말해야 한다고 우기면서, 정오 전까지 경찰서에 출두하여 담당형사를 찾아오라고 요구했다. 엄마는 거부했다. 경찰의 어조는 협박조로 변했다. 모녀에겐 다른 선택이 없었다.

모녀는 정해진 시간에 경찰서에 도착했다. 형사는 살인범을 아느냐고 크리스티나에게 물었다. 경찰서에 오는 내내 엄마에게 누누이 들은 말이 크리스티나의 뇌리에서 메아리쳤다. '아무 말도 하지 마라. 우리는 이민자고, 그들은 벨기에 사람이야. 우리

는 흑인이고, 그들은 백인이야. 그들이 출옥하면 너를 찾아나설 거야.'

"전 누군지 몰라요. 못 봤어요."

그녀는 이 말을 하면서 삶에 대한 자신의 사랑이 완전히 증발해버리고 있음을 느꼈다.

"아니, 넌 그자가 누군지 알고 있어."

경찰관이 추궁했다.

"이봐. 걱정할 것 없어. 너한텐 아무 일도 일어나지 않을 거야. 우린 이미 녀석들을 거의 다 잡아들였어. 이제 재판정에 세울 증인이 필요한 것뿐이야."

"전 정말 아무것도 몰라요. 그 근처에 있지도 않았다고요. 너무 멀리 떨어져 있어서 누가 그랬는지 못 봤다구요."

형사는 체념한 듯 고개를 흔들었다.

"지금 네가 한 말을 법정에서도 그대로 해봐! 위증죄가 뭔지는 알지? 판사 앞에서 거짓말한 죄로 그 살인범들만큼이나 오랫동안 감방에서 썩을 수도 있어."

몇 달 후, 그녀는 법정에 증인으로 소환되었다. 소년들은 변호사들과 함께 그 자리에 나와 있었다. 그들은 이 상황을 거의 즐기는 듯한 표정이었다. 그날 밤 나이트클럽에 있었던 소녀 중 하나가 증인으로 나와서 살인범을 지목했다.

그리고 크리스티나의 차례가 되었다. 검사는 그녀에게 요청했다. 살인범으로 지목받은 소년이 친구의 목을 그은 자가 맞는지 확인해달라고.

"모릅니다."

그녀는 대답했다.

그녀는 흑인이었고, 이민자의 딸이었고, 벨기에 정부의 장학금을 받는 학생이었다. 그녀는 간절히 바랐다. 삶의 의욕을 되찾기를, 다만 자기에게 미래가 있다는 믿음을 되찾을 수 있기를. 그녀는 공부도 그 어떤 것도 하고 싶지 않았다. 그렇게 멍하니 침실 천장만 쳐다보며 몇 주를 보냈다. 그녀가 지금까지 살아온 세계는 더이상 그녀의 세계가 아니었다. 고작 열여섯 살에, 그녀는 자신의 안전을 지키기 위해 싸울 힘이 없다는 사실을 너무도 혹독한 방식으로 깨달아야 했다. 그녀는 안트베르펜을 떠나야 했다. 삶의 기쁨을 다시 느끼고 잃어버린 힘을 되찾기 위해 다른 세계를 향해 떠나야 했다.

소년들은 증거불충분으로 풀려났다. 검찰기소를 뒷받침하여 그들이 죗값을 치르게 하기 위해서는 적어도 두 사람의 증언이 필요했던 것이다. 법정소환에서 벗어난 크리스티나는 두 사진가가 준 명함에 적힌 번호로 전화를 했고, 그들과 약속을 정했다. 가게주인이 말을 걸었던 옷가게도 찾아갔지만, 거기서는 아무 소득도 얻지 못했다. 여자 점원들은 주인이 유럽 도처에 가게를 소유한 바쁜 사람이라며, 그의 전화번호도 알려줄 수 없다고 했다.

다행히 사진가들은 기억력이 아주 좋았다. 그들은 전화 목소리만 듣고도 그녀가 누군지 기억해냈고, 즉시 약속을 잡았다.

크리스티나는 집에 돌아와 자신의 결심을 엄마에게 알렸다. 그녀는 엄마에게 조언을 구하지도 설득하려 하지도 않았다. 그저 이 도시를 영원히 떠나고 싶다고만 말했다. 모델이 되는 것, 그것이 그녀에게 주어진 유일한 기회였다.

재스민은 주위를 둘러본다. 패션쇼 시작까지는 아직 세 시간이 남아 있었다. 모델들은 샐러드를 먹거나, 차를 마시거나, 쇼가 끝난 후 어디에 갈지 이야기를 나누고 있었다. 세계 각국에서 왔고, 대부분 그녀와 같은 19세 또래인 그네들의 관심사는 딱 두 가지다. 하나는 오늘 오후 패션쇼가 끝난 이후에 새로운 계약을 따내는 것이고, 다른 하나는 부자와 결혼하는 것이다.

그녀는 그들의 일상을 잘 알고 있다. 잠자리에 들기 전, 그녀들은 모공을 청소하고 피부에 수분을 공급해줄 각종 크림을 바른다. 이렇게 아직 어린 나이 때부터 그들은 피부 탄력을 유지하기 위해 인공적인 물질에 의존하게 된다. 아침에 깨어나면 수분

공급효과가 뛰어난 더 많은 크림들을 바르고, 블랙커피를 곁들여 섬유질이 풍부한 과일을 먹는다. 그래야 그날 먹게 될 음식들이 장을 빨리 통과할 수 있다. 일하러 나가기 전에는 간단한 스트레칭을 빼놓지 않는다. 헬스장에 다니기에는 아직 이른 나이이고, 그런 운동은 자칫 몸에 근육 선이 자리잡게 할 위험도 있다. 그녀들은 하루에 서너 번은 체중계에 오른다. 대부분은 여행할 때도 체중계를 가지고 다니는데, 항상 호텔에 묵을 수 있는 게 아니고 때로는 기숙사 같은 시설에 묵는 경우도 있기 때문이다. 그녀들은 체중계의 바늘이 일 그램 올라갈 때마다 절망에 빠진다.

그녀들 대부분이 열일곱에서 열여덟 살 정도이기 때문에 어머니가 따라다니는 경우가 많다. 또 그녀들 대부분이 누군가에게 사랑을 느끼지만 결코 그 감정에 빠져들지는 않으려 애쓴다. 사랑에 빠지면 여행이 더욱 길고 힘들게 느껴질 뿐이고, 남자친구는 사랑하는 여자(혹은 소녀)를 잃을지도 모른다는 이상한 감정에 시달리게 될 뿐이다. 그렇다. 그녀들은 돈을 생각해야 한다. 그녀들은 하루 평균 4백 유로를 버는데, 아직 운전면허도 딸 수 없는 어린 나이라는 점을 감안하면 상당한 액수다. 하지만 그녀들은 더 높은 곳을 꿈꾼다. 그녀들은 모델계에서 자신이 오래잖아 새로운 얼굴들과 새 트렌드에 밀려나게 될 것을 알고 있고,

캣워크 이상의 재능이 있음을 하루빨리 보여주어야 한다는 사실을 잘 알고 있다. 그래서 그녀들은 궁극의 목표인 배우가 될 능력이 있다는 것을 보여줄 오디션 기회를 만들어달라고 항상 에이전시에 졸라댄다.

에이전시의 대답은 언제나 긍정적이다. 하지만 결론은 언제나 같다. 커리어를 이제 막 시작한 단계니 조금 더 기다리라는 것이다. 사실, 모델 에이전시들은 패션계 바깥으로는 거의 연줄이 없다. 모델들로부터 상당한 비율의 커미션을 받고 있고, 그리 크지 않은 시장에서 다른 에이전시들과 무한경쟁을 해야 하는 그들로서는 모델에게서 뽑아낼 수 있을 때 최대한 뽑아내는 것이 최선의 길이다. 자신의 모델이 스무 살이라는 위험선을 넘어서기 전에 말이다. 그 나이가 되면 모델의 피부는 각종 크림을 과용한 탓으로 날이 갈수록 망가지고, 몸은 저칼로리 음식으로 황폐화되어간다. 또한 그녀들의 눈과 머리는 오래 복용해온 식욕억제제로 손상되어 결국은 텅 빈 공허만이 들어차게 될 것이다.

사람들이 상상하는 것과는 달리 모델들은 항공료며 호텔비, 그리고 그 지긋지긋한 샐러드까지 제반 여행경비를 모두 자기 돈으로 지불해야 한다. 때로는 유명 디자이너의 어시스턴트가 부르는, 패션쇼 모델이나 사진모델을 선발하는 테스트인 이른바 '캐스팅'에 응해야 한다. 그곳에 가면 예외 없이 자신이 가진 쥐꼬리만한 권력을 휘두르는 사람들 앞에 서게 된다. 짜증에 가득 차서 일상적인 욕구불만을 배출하는 사람들, 그들은 친절한 말이나 용기를 북돋아주는 말은 한 마디도 하지 않는다. '끔찍하다'느니 '형편없어!'를 외쳐댈 뿐이다. 그렇게 그녀들은 테스트를 받고 또다른 테스트로 달려가면서 마지막 구원의 손길이라도 되는 양 자신의 휴대폰에 매달린다. 그것을 통해 어떤 신성한 계시를 받고, 그들이 꿈꾸는 더 높은 세계와 접촉할 수 있으리라는 듯이. 그래서 주위의 모든 예쁜 얼굴들을 제치고 훨씬 더 멀리 나아가 스타가 될 기회를 잡을 수 있다는 듯이.

부모들은 딸의 순조로운 출발을 자랑스러워하며, 딸이 이 일을 하겠다고 했을 때 반대했던 걸 후회한다. 어쨌든 딸은 돈을 벌어 집안 살림을 돕고 있지 않은가. 남자친구는 화가 나지만 감정을 누르고 참아낸다. 애인이 패션계 모델이라는 사실이 그들의 자존심을 위로해주는 것이다. 에이전트들은 그녀와 꿈도 같고 나이도 비슷한 소녀 십여 명을 데리고 있다. 그들은 소녀들의 질문, "저도 파리의 패션위크에 참가할 순 없나요?" "제게 영화계에 진출할 만한 재능이 있나요?" 같은 끝없는 질문에 언제든 그럴듯한 대답을 준비해두고 있다. 여자친구들은 그녀를 부러워하고 질투한다. 은밀히, 또는 대놓고.

젊은 모델들은 파티에 초대받는다. 파티에서 그녀들은 자신이 중요한 사람이라도 되는 듯이 행동하지만, 마음속 깊은 곳에서는 누군가를 기다리고 있다. 자신이 주위에 둘러놓은 이 인위적인 얼음장벽을 깨고 들어와줄 누군가를. 그러면 자신이 기꺼이 그를 받아들이리라는 것을 그녀들은 알고 있다. 그녀들은 나이 많은 남자들 앞에서 거부감과 이끌림을 동시에 느낀다. 그 남자들에게는 자신을 도약시켜줄 수 있는 돈이 있다는 것을 잘 알지만, 그렇다고 고급 콜걸처럼 보이고 싶지는 않다. 그녀들의 한 손에는 샴페인 잔이 들려 있지만, 그건 단지 보여주기 위한 이미지에 불과하다. 알코올은 살을 찌게 한다는 사실을 알고 있는 그녀들은 가스가 없는 미네랄워터를 선호한다(가스는 체중에 영향을 미치진 않지만 윗배를 볼록하게 만드니까). 그녀들에겐 이상과 꿈이 있고, 자존심이 있다. 하지만 너무나 일찍 찾아온 셀룰라이트*를 더이상 감출 수 없게 되는 날, 그것들은 한순간에 사라져버릴 것이다.

  그녀들에겐 자기 자신과 맺은 은밀한 협정이 있다. 암울한 미래에 대해서는 결코 생각하지 말라는 협정. 그녀들은 버는 돈의 상당 부분을 영원한 젊음을 약속하는 화장품의 구입에 쓴다. 구두에 열광하지만 구두는 너무 비싸다. 그래도 이따금 그녀들은

---

* 몸의 특정 부위에 수분 · 노폐물 · 지방으로 구성된 물질이 뭉쳐 있는 것.

가장 좋은 구두를 스스로에게 선물하는 사치를 부린다. 패션계에 있는 친구를 통해 고급 의상을 반값에 구입하기도 한다. 그녀들은 대부분 작은 아파트에서 부모와 함께 산다. 대학에 다니는 오빠, 도서관 사서나 과학자를 꿈꾸는 언니와 함께 살기도 한다. 주위 사람들은 모두 그녀가 엄청난 돈을 벌고 있다고 믿고 돈을 빌리려 한다. 그녀들은 별말 없이 빌려준다. 다른 사람 눈에 중요한 사람, 부유하고 너그러운 사람, 평범한 사람들과는 다른 사람으로 보이고 싶기 때문이다. 하지만 그녀들의 은행 잔고는 늘 마이너스다. 그녀들은 신용카드 한도액을 크게 초과해가며 살아가고 있다.

그녀들은 수백 장의 명함을 쌓아놓고 있다. 세련된 옷차림의 남자들은 명함을 건네주며 일거리를 제안하지만, 그것이 립 서비스에 불과하다는 것을 그녀들은 알고 있다. 그래도 그 남자들에게 가끔 전화를 해주어야 한다. 언젠가 그들의 도움을 받을 수도 있으니까. 물론 그 도움에는 그만한 대가가 따르겠지만. 그렇게 그녀들은 모두 같은 덫에 빠져 있다. 손쉬운 성공을 쫓지만, 결국엔 그런 것은 존재하지 않는다는 것을 깨닫게 될 뿐이다. 열일곱의 어린 나이에 그녀들은 상상할 수 있는 모든 종류의 무수한 실망과 배신과 모멸감을 경험한다. 하지만 그녀들은 여전히 그 꿈을 저버릴 수 없다.

그녀들은 늘 복용하는 갖가지 알약 때문에 잠을 제대로 자지 못한다. 불면증과 거식증, 그것은 이 바닥에서 많이 듣는 이야기이고 가장 흔한 병이다. 체중과 외모에 대한 강박증으로 그녀들은 정서불안 증세를 보이고, 결국 그녀들의 몸은 모든 영양섭취를 거부하게 된다. 그녀들은 그런 병은 자신과는 상관없는 일이라고 말한다. 이미 초기 증상들이 나타나고 있는데도 그녀들은 알아차리지 못한다.

그녀들은 아동기를 벗어나지마자, 청소년기도 거치지 않고 곧바로 럭셔리와 화려함이 빛을 발하는 세계로 뛰어들었다. 그런 그녀들에게 앞날의 계획을 물으면 튀어나오는 대답은 판에 박힌 듯 똑같다. "대학에 가서 철학을 공부할 거예요. 이 일을 하는 것도 학비를 벌기 위해서거든요."

이 말이 사실이 아님을 그녀들도 알고 있다. 아니, 자신의 말에서 뭔가 이상한 점을 느끼기는 하지만, 그것이 정확히 뭔지 꼬집어 말하지 못하는 것이다. 진정 학위를 원하는 걸까? 정말로 학비가 필요한 걸까? 사실 학교 강의를 듣는 사치조차 부릴 수 없는 처지 아닐까? 오전에는 캐스팅, 오후에는 사진촬영, 저녁에는 칵테일파티, 또 그다음에는 사람들의 시선과 찬탄과 욕망을 즐기기 위해 또다른 파티로 달려가야 하는데.

남들의 눈에, 그녀들은 동화 속의 삶을 사는 것처럼 보인다.

그리고 얼마 동안은 그녀들 자신도 이것이야말로 삶의 진정한 의미라고 믿는다. 잡지 표지와 화장품 광고를 장식하는 여자들, 어린 시절 그렇게 부러워하던 그런 인생을 지금 자신이 살고 있으니까. 약간의 자제력만 있으면 얼마간의 돈도 모을 수 있다. 그녀들이 매일매일 세밀하게 들여다보는 자신의 피부에서 시간이 남긴 최초의 흔적을 발견하는 그날까지는. 그녀들은 알고 있다. 자신의 눈에 띤 피부손상이나 주름을 디자이너와 사진가가 발견하게 되는 것은 시간문제라는 사실을. 자신의 생에서 빛의 시간이 얼마 남지 않았다는 것을.

나는 사람이 적게 간 길을 택하였다고
그리고 그것 때문에 모든 것이 달라졌다고

재스민은 읽던 책을 자리에 두고 일어나 유리잔에 샴페인을 따른다. 샴페인은 늘 그곳에 있었지만 마신 적은 없다. 그녀는 핫도그도 하나 집어들고 창가로 향한다. 그녀는 거기 서서 조용히 바다를 바라본다. 그녀의 이야기는 그녀들과는 다르다.

PM 01:46

이고르는 땀에 흠뻑 젖어 깨어난다. 머리맡 탁자에 올려놓은 손목시계를 보니, 40분밖에 자지 못했다. 그는 지치고 두려웠다. 공황상태에 빠져 있다. 그는 자신이 누군가에게 이유 없이 해를 끼칠 사람이 아니라고 믿었다. 그런데 오늘 아침, 무고한 사람을 두 명이나 죽였다. 누군가의 세계를 파괴한 게 이번이 처음은 아니었다. 하지만 이전에는 항상 정당한 이유가 있었다.

그는 꿈을 꾸었다. 해변의 벤치에 앉아 있던 그 여자가 찾아왔다. 그녀는 그를 단죄하지 않았고, 오히려 축복해주었다. 그는 그녀의 무릎에 이마를 묻고 울며 용서를 빌었다. 그녀는 개의치 않는다는 듯이 그의 머리를 쓰다듬으며 말했다. 마음을 가라앉히라고, 스스로를 괴롭히지 말라고. 올리비아, 그녀는 관용과 용서로 그에게 왔다. 이제 그는 자문한다. 과연 에바에 대한 나의 사랑이 지금 내가 벌이고 있는 일이 용납될 만큼 가치 있는 것일까.

그는 그렇다고 믿고 싶다. 지금 일어나는 일들의 이면에는 분명 어떤 이유가 존재하리라고. 그것을 암시하는 증거가 이렇게 확실하지 않은가. 저 높은 곳, 신에게 더 가까운 차원에서 올리비아를 만났다는 사실, 또 지금까지의 일들이 생각보다 쉽게 풀려왔다는 사실은 결코 우연만은 아닐 터였다.

저비츠의 '친구'들, 그 정장들의 눈길을 벗어나는 건 그리 어려운 일이 아니었다. 이고르는 그런 사내들을 잘 알고 있다. 그들은 유사시에 신속하고 정확하게 대응하도록 고도의 훈련을 받았고, 사람들의 얼굴을 기억하는 법, 주위의 모든 움직임을 살피는 법, 직관적으로 위험을 감지하는 법을 익힌 자들이다. 그들은 그가 무기를 지니고 있다는 사실을 알고, 얼마간 그를 주시했다. 하지만 그가 위험인물이 아니라는 생각이 들자 곧 경계심을 풀었다. 그들은 이고르가 자기네와 같은 부류의 사람이라고 판단했을지도 모른다. 경호해야 할 보스를 위해, 보스가 참석할 장소를 미리 체크하러 온 그런 사람이라고.

하지만 이고르에게 모셔야 할 보스 따위는 없었고, 그는 위험인물이었다. 대형천막에 들어서서 다음 희생자를 결정한 순간은 더이상 돌이킬 수 없는 다리를 건너거나, 혹은 스스로에 대한 실망을 가득 안고 돌아서거나 둘 중 하나를 의미했다. 그는 처음 그곳에 들어서면서, 대형천막에 이르는 진입로는 경비원들의 감시하에 있지만, 천막에서 모래사장으로 이어지는 길은 별 눈길을 받지 않고 내려갈 수 있다는 사실을 확인해두었다. 그는 들어선 지 십여 분 만에 천막 밖으로 나왔다. 저비츠의 정장들이 그가 자리를 비웠다는 사실을 알아채기를 기대하면서. 그러고는 천막을 한 바퀴 돌아 마르티네스 호텔 고객 전용 진입로(객실 카드키를 보여줄 수 있었으므로 아무런 문제가 없었다)를 내려가 '런치파티'가 열리는 곳으로 다가갔다. 구두를 신고 모래 위를 걷는 것은 결코 유쾌한 일이라고는 할 수 없었다. 그 덕분에 이고르는 자신이 지금 얼마나 피곤한 상태인지 깨달을 수 있었다. 장거리 비행의 여독, 실현 불가능한 계획을 세운 게 아닐까 하는 불안감, 그리고 그 가련한 행상 처녀의 세계와 그녀에게서 태어날 미래를 파괴했다는 갈등, 그런저런 일들로 몸이 천근만근 무거웠다. 하지만 그는 끝까지 가야만 했다.

다시 대형천막에 들어서기 전에, 그는 아까 파인애플주스를 마실 때 챙겨두었던 빨대를 호주머니에서 꺼냈다. 그리고 올리비아에게 보여주었던 조그만 유리병을 열었다. 그 안에 든 것은 그녀에게 말했던 것처럼 라이터 기름이 아니었다. 잡동사니나 다름없는 침 하나와 조그만 코르크 조각이 들어 있다. 그는 조그만 금속날을 사용하여 빨대 지름에 정확히 들어맞도록 깎아둔 코르크를 빨대에 끼워넣었다.

그런 다음 그는 다시 천막 안으로 들어갔다. 이제 파티장은 손님들로 꽉 차 있었다. 그들은 이리저리 오가면서 만나는 사람들과 키스와 포옹을 나누고, 상대가 누구인지 알아보고는 낮은 탄성을 발했다. 다들 색깔도 다양한 칵테일 잔을 들고 있었는데, 뷔페식사가 시작될 때까지 빈손으로 기다리는 모습을 보여주기 싫어서일 것이다. 식사가 나온다 해도 그들은 허기만 채울 정도의 음식을 끼적일 것이다. 다이어트와 성형수술로 애써 유지하고 있는 몸매도 걱정해야 하고, 이따 참석해야 할 저녁만찬도 생각해야 한다. 배가 고프지 않아도 먹어야 하기 때문이다. 그게 에티켓이니까.

파티장에 있는 손님 대부분은 나이가 지긋한 사람들이었다. 그러니까 이 행사는 전문가들을 위한 자리인 모양이었다. 대부분의 사람들이 나이가 많다는 점은 그에게 유리하게 작용할 터였다. 다들 안경 없이는 제대로 보지 못하는 사람들이니까. 물론 안경을 쓰고 있는 사람은 아무도 없었다. 노안은 곧 노쇠의 확실한 신호니까. 여기서는 모든 사람이 한창때처럼 차려입고 행동한다. '마음은 청춘, 몸은 절정'이란 걸 과시하면서. 또한 그들은 다른 데 골몰해 있느라 주위에서 일어나는 일들에는 무심한 듯 행동한다. 사실은 시력이 떨어져 제대로 볼 수 없기 때문이지만. 다행히 콘택트렌즈를 착용했다면 몇 미터 거리에 있는 사람 정도는 알아볼 수 있고, 최소한 대화를 나누고 있는 상대가 누군지 정도는 알 수 있을 터다.

오직 두 사람만이 모든 사람을 또렷이 보고 있었다. 바로 저비츠의 정장들이었다. 하지만 지금은 그들 역시 관찰대상이었다.

이고르는 가느다란 침을 빨대 안에 넣은 다음, 빨대를 다시 잔에 꽂았다.

그의 테이블 가까이에 무리지어 서 있는 예쁜 여자들은 자메이카인이 늘어놓는 굉장한 이야기에 넋이 빠져 있었다. 어쩌면 그녀들은 내심 어떻게 하면 주위의 경쟁자들을 따돌리고 이 남자를 자기 침대로 데려갈 수 있을까 궁리중인지도 모른다. 침대에서는 자메이카인들이 최고라는 소문이 있으니까.

이고르는 조용히 일어나서 목표에 다가갔고, 주스 잔에서 빨대를 빼어 입에 물고는 그를 향해 침을 불었다. 그리고 사내가 자기 등에 손을 올리는 모습을 확인하는 정도에서 그곳을 떠났다. 그는 천막에서 멀어졌다. 호텔로 돌아가 잠을 청하기 위해서.

쿠라레. 남아메리카 인디오들이 사냥할 때 살촉이나 창끝에 묻히는 독이지만, 유럽의 병원에서도 찾아볼 수 있다. 용해시켜서 통제된 조건하에 사용하면 특정 부위의 근육을 마비시켜 외과의의 작업을 수월하게 해주기 때문이다. 치명적인 분량―그가 쏜 침에 바른 원액처럼―을 사용할 경우, 새들은 이 분 만에 땅에 떨어지고 멧돼지는 십오 분이면 단말마에 이른다. 저비츠처럼 덩치가 큰 대형 포유류라고 해도 이십 분이면 충분하다.

독이 혈류에 도달하면 신체의 모든 신경섬유가 이완되었다가 이윽고 기능을 멈추면서 서서히 질식을 유발한다. 가장 기이한 점은, 가장 고약한 점이랄 수도 있겠는데, 희생자가 의식을 잃지 않고 자기 몸에 일어나는 일을 알면서도 손끝 하나 까딱할 수 없다는 사실이다. 도움을 청하기 위해 움직일 수도 없고, 서서히 자신의 몸을 점령해오는 마비 과정을 두 눈 뻔히 뜨고 지켜볼 수밖에 없다는 것이다.

인디오들도 숲에서 사냥을 하다가 쿠라레를 묻힌 창날이나 화살촉에 상처를 입기도 하지만 그들은 해독방법을 알고 있다. 입으로 인공호흡을 한 다음, 빈번히 발생하는 이런 사고에 대비해 항상 지니고 다니는 약초로 만든 해독제를 사용하는 것이다. 도시에서는 구급차 안에서 응급치료를 할 테지만, 사실 전적으로 불필요한 일이다. 의료진은 환자가 심근경색을 일으켰다고 진단

할 테니까.

이고르는 한 번도 뒤돌아보지 않고 곧바로 자기 방으로 돌아왔다. 지금 두 정장이 어떻게 하고 있을지 그는 알고 있다. 한 사람은 눈에 불을 켜고 범인을 찾을 테고, 다른 사람은 구급차를 부를 것이다. 구급차는 곧바로 달려오겠지만, 저비츠에게 무슨 일이 일어났는지 파악하지 못할 것이다. 색깔 있는 제복에 빨간 조끼를 걸친 구급요원들은 자동제세동기—심장에 전기충격을 가하는 장치—와 휴대용 심전도기를 들고 차에서 뛰어내리리라. 쿠라레에 중독되었을 경우 가장 늦게 손상되는 부위가 심장이다. 심지어 쿠라레에 의한 뇌사 후에도 심장은 계속 뛰기도 한다.

구급요원들은 저비츠의 심장박동에 아무 이상이 없는 것을 확인하고는 무더위나 식중독으로 인한 일시적 쇼크상태일 수도 있다고 생각하고 혈청주사를 놓으리라. 그러면서도 만약의 경우를 대비해 산소호흡기 같은 의례적인 조치들도 빼놓지 않을 것이다. 이때쯤이면 이미 이십 분이 지나 있을 테고, 혹 숨을 놓지 않는다 해도 식물인간 상태는 피할 수 없을 것이다.

이고르는 저비츠가 그런 조치를 받아 목숨을 보전하는 일이 없기를 바랐다. 그러면 병원 침대에 누운 식물인간이 되어 남은 생을 보내게 될 테니까.

***

그렇다. 이고르는 이 모든 것을 치밀하게 계획했다. 등록되지 않은 권총, 모스크바에서 암약하는 체첸 마피아와 선이 닿는 사람들을 통해 입수한 각종 독극물, 그것들을 프랑스에 들여오기 위해 자신의 전용비행기를 이용했다. 모든 단계, 모든 움직임을 마치 비즈니스 미팅을 준비하고 계획하듯이 하나하나 치밀하게 연구하고 머릿속으로 반복 훈련했다. 희생자 리스트도 떠올려보았다. 그가 개인적으로 알고 있는 단 한 사람, 만나서 말을 나눴던 한 사람을 제외하고는 다른 사람들은 모두 계층과 연령대와 국적이 달라야 했다. 몇 달 동안 연쇄살인범들의 생을 연구하기도 했다. 그는 테러리스트들이 애용하는 컴퓨터 프로그램을 사용해 검색 기록을 전혀 남기지 않았다. 그는 미션을 수행한 후, 감쪽같이 이곳을 빠져나가기 위해 필요한 모든 조치를 취해놓았다.

이고르는 땀을 비 오듯 흘리고 있다. 후회 때문은 아니다. 에바에겐 분명 이 모든 희생을 바칠 가치가 있다. 다만 이 계획 자체가 무용한 것은 아닌가 하는 의구심 때문이다. 그는 가장 사랑하는 여인에게 알려주고 싶었다. 그녀를 위해서라면 무엇이라도 할 수 있다는 것을, 몇 개의 세계라도 파괴할 수 있다는 것을 말이다. 그런데 진정 그럴 필요가 있을까. 때로 운명을 그냥 받아들여야 하는 게 아닐까? 모든 일이 순리대로 흘러가게 놔둬야 하지 않을까? 사람들이 스스로 깨닫게 될 때까지.

피곤하다. 더이상 어떤 것도 생각할 수 없었다. 살인보다는 차라리 순교가 나을지도 모른다. 자수한다면, 그래서 더 큰 희생을 치른다면. 사랑 때문에 자신의 생명을 내주는 희생 말이다. 예수가 그러지 않았는가. 세상을 위해 자신의 생명을 던진 예수야말로 이런 행위의 가장 위대한 본보기이다. 패배한 예수를 십자가에 매단 자들은 그것으로 모든 것이 끝났다고 생각했다. 그들은 문제를 완전히 끝내버렸다고 믿었고, 승자인 자신들이 자랑스러웠을 것이다.

이고르는 혼란스럽다. 그의 계획은 세계를 파괴하는 것이었지 사랑 때문에 자신의 자유를 포기하는 게 아니었다. 그의 꿈속에 나타난 그 짙은 눈썹의 처녀. 그녀는 피에타의 성모를 닮았다. 죽은 아들을 품에 안고 있는 어머니, 자랑스러움과 고통을 모두 담고 있는 어머니.

그는 욕실에 들어가 차가운 물줄기 아래 머리를 들이민다. 잠이 부족한 탓인지도 모른다. 낯선 환경, 혹은 시차 때문일 수도 있다. 혹은 계획은 했으나 정말로 실행할 수 있으리라고는 차마 생각지 못했던 일을 하고 있기 때문인지도. 그는 모스크바 사원의 마리아 막달레나의 성물聖物 앞에서 했던 서원을 떠올렸다. 하지만 이렇게 하는 게 과연 옳은 일일까? 그는 무언가가 필요했다. 어떤 표지가.

자기희생. 그렇다, 그것에 대해 생각했어야 했다. 하지만 두 세계를 파괴한 오늘 아침의 경험은 이 사실을 분명히 깨닫기 위해 필요했는지도 모른다. 자신을 온전히 버림으로써 사랑을 구속救贖하는 것. 그의 육체는 형벌집행자들에게 넘겨질 것이고, 그들은 사회에서 '광기'로 여겨지는 행동 뒤에 숨은 의도나 이유는 전혀 고려하지 않은 채 오직 행위만으로 사람을 심판할 것이다. 하지만 예수, 사랑에는 무한한 희생을 바칠 가치가 있다는 사실을 알았던 그분께서는 그의 영을 받아줄 것이고, 에바는 그의 혼을 간직하게 되리라. 그때 그녀는 비로소 알게 되리라. 그가 한 여자를 위해 자신을 내어줄 수 있는 사람임을. 온 사회 앞에서 스스로 목숨을 바칠 수 있다는 것을. 그렇다 해도 사형에 처해지지는 않을 것이다. 프랑스에서 단두대가 폐지된 지 벌써 수십 년이니까. 대신 오랜 세월 동안 감옥에 갇혀 있게 될 것이다. 에바는 자신이 지은 죄를 회개하겠지. 감옥에 갇힌 그에게 먹을 것을 가져다줄 것이고, 두 사람은 대화하고 명상하고 사랑할 시간을 갖게 될 것이다. 비록 서로의 몸은 향유할 수 없어도 두 영혼은 어느 때보다도 가까워지리라. 바이칼 호반에 집짓고 살자던, 그들이 오래전에 꿈꾸던 일이 실현되려면 오랜 시간을 기다려야겠지만, 그 기다림의 시간은 그들을 정화하고 축복해주리라.

그렇다, 희생이다. 그는 샤워를 마치고 거울에 비친 얼굴을 바라본다. 지금 그가 바라보고 있는 것은 그 자신이 아니라 새로이 제물로 바쳐질 어린양이다. 그는 오전에 입었던 옷을 다시 걸치고 거리로 내려가 노점의 그 여자가 앉아 있던 벤치로 향했다. 그러고는 처음 눈에 띄는 경찰에게 다가갔다.

"여기 있던 처녀를 내가 죽였소."

경찰은 그를 훑어본다. 옷차림은 멀쩡하나, 머리칼이 온통 헝클어져 있고 눈 밑에는 검은 그늘이 진 남자를.

"공예품 팔던 여자 말입니까?"

이고르는 고개를 끄덕였다.

경찰은 그의 반응에는 아랑곳하지 않고, 비닐쇼핑백을 잔뜩 들고 걸어오는 부부에게 인사를 건넨다.

"아이고, 도우미를 하나 두셔야겠는데요!"

"그럴 돈이 어디 있어야지요."

여자는 미소 지으며 대답한다.

"이곳에선 웬만한 돈 가지곤 사람 구하기가 하늘의 별따기잖아요."

"돈 때문은 아니겠죠. 손가락에 끼신 다이아몬드가 매주 달라지던데요?"

이고르는 멍하니 이 광경을 바라본다. 방금 범죄를 자백했는데.

"내 말을 이해하지 못했소?"

"날씨가 무척 덥군요. 가서 주무시든가 푹 쉬세요. 칸에는 구경할 것도 많습니다."

"하지만 그 처녀는?"

"그 여잘 아세요?"

"처음 보는 여자였소. 하지만 오늘 아침 그녀는 여기 있었고, 나는……"

"…… 당신은 구급차가 와서 어떤 사람을 실어가는 걸 본 거군요. 그래, 무슨 말인지 알겠어요. 그걸 보고서 그녀가 살해되었다고 상상한 거죠. 어디서 오신 분인지는 모르겠지만, 만일 자녀분이 있다면 마약을 조심하세요. 마약이 그렇게 나쁘지만은 않다고 주장하는 인간들도 있지만, 오늘 포르투갈 부부의 그 불쌍한 딸내미에게 어떤 일이 일어났는지 한번 보세요."

그러고는 경찰은 대답도 기다리지 않고 멀어져간다.

구체적인 증거를 들이밀면서 자신이 범인이라고 더 강력하게 주장해야 했을까. 그러면 경관은 그의 말을 심각하게 받아들였을까. 물론 백주대낮의 칸 중심가에서 살인했다는 말이 터무니없이 들릴 수도 있다. 그래서 이고르는 자기가 사람들로 가득한 파티 한복판에서 또다른 세계를 파괴했다는 사실도 자백하려 했다.

하지만 법과 질서와 미풍양속의 대변인은 그의 말을 들으려 하지 않았다. 우리가 살고 있는 이 세상은 대체 어떤 세상인가. 주머니에서 무기를 꺼내어 사방에 대고 갈겨야 내 말을 믿어줄까. 야만인처럼 행동하고, 아무 이유 없는 짓거리를 해야만 마침내 귀를 기울여줄까.

이고르는 도로 건너편의 작은 스낵바로 향하는 경찰의 모습을 눈으로 쫓는다. 그는 거기 서서 얼마간 기다려보기로 했다. 경찰이 생각을 바꾸어 경찰서에 연락해 알아볼 수도 있고, 그런 다음 다시 돌아와 그 사건에 관련해 그에게 더 자세히 물어볼 수도 있으니까.

하지만 그런 일은 일어나지 않으리라는 것을 그는 알고 있다. 여인이 손가락에 끼고 있는 다이아몬드에 대해 경찰이 말했던 것이 떠오른다. 그는 그게 어디서 온 건지 알기나 할까? 물론 모를 것이다. 만일 알았다면 그 여자를 경찰서에 끌고 가 장물취득죄를 물어야 했을 테니까.

여인 또한 그런 사실을 모른다. 그녀에게 다이아몬드는, 보석상 점원의 설명처럼 네덜란드나 벨기에의 세공사들의 손에서 커팅되어 화려한 매장에 마법처럼 나타난 것이니까. 반짝이는 돌일 따름인 다이아몬드는 투명도, 색상, 무게, 커팅의 종류에 따라 등급이 매겨지고, 가격도 수백 유로에서 보통사람들은 상상조차 할 수 없는 엄청난 액수까지 천차만별이다.

다이아몬드. 혹은 혹자들이 더 좋아하는 대로 부르자면 브릴리언트. 다들 알다시피 그것은 열과 시간에 의해 변형된 석탄조각에 불과하다. 유기물이 전혀 포함되어 있지 않기 때문에 그런 구조적 변화가 일어나는 데 얼마나 많은 시간이 걸렸는지 알아내는 건 불가능하다. 하지만 지질학자들의 추정에 따르면 내략 3억 년 내지 10억 년 정도의 시간이 필요하다. 그것은 일반적으로 150킬로미터 깊이의 지하에서 형성된 후 서서히 지표로 올라와 마침내는 채굴할 수 있게 된다.

자연물질 가운데 가장 강하고 단단한 다이아몬드는 오직 다이아몬드로만 깎을 수 있다. 이러한 과정에서 생성된 미세한 가루는 연마와 절삭을 위한 기계를 만드는 데 쓰이는데, 이것이 이 입자의 유일한 생산적 쓰임새다. 그리고 다이아몬드의 진정한 가치는 바로 그것이 보석으로 쓰일 때만 드러난다. 다이아몬드는 곧 인간 허영의 결정체인 것이다.

수십 년 전, 세계는 실용성을 찾고 사회적 평등을 추구하는 방향으로 흘러가는 듯했다. 그에 따라 다이아몬드는 시장에서 사라져가기 시작했다. 그러자 남아프리카공화국에 본부를 둔 세계 최대의 광산회사가 세계 최고의 광고회사 중 하나와 광고계약을 맺었다. 슈퍼클래스와 슈퍼클래스가 만나 다각도의 연구조사가 진행되었다. 그 결과 몇 개의 글자들로 이루어진 한 문장이 탄생했다.

'다이아몬드는 영원하다.'

문제는 간단히 해결되었다. 보석상들은 이 슬로건을 채택했고, 관련 산업은 다시금 번창하기 시작했다. 다이아몬드가 영원하다면, 이론적으로 영원해야 하는 사랑을 표현하는 데 이보다 좋은 것이 있을까? 피라미드의 아랫부분에 위치하는 수십억의 인간들과 고귀한 슈퍼클래스를 구별해줄 방법으로 이보다 결정적인 것이 또 있을까? 이 돌에 대한 수요는 증가했고, 가격은 치솟기 시작했다. 그러고 나서 몇 년 후, 그때까지 국제 다이아몬드 시장을 쥐고 흔들던 남아프리카의 회사는 그들 주위에 무수한 시체들이 쌓여가는 꼴을 목도하게 되었다.

이고르는 그러한 사실을 제대로 알고 있었다. 과거에 그는 아프리카에서 부족 간 분쟁에 개입해 전투를 벌이는 용병부대를 후원했고, 이 때문에 아주 힘든 시간을 보내기도 했다. 하지만 그는 그것을 후회하지 않는다. 그 일에 관해 아는 사람은 거의 없지만, 그때 그 덕분에 수많은 생명을 구할 수 있었다. 지금은 기억 속에서도 흐릿해진 어느 만찬 자리에서, 그는 에바에게 이 사실을 지나가듯 꺼낸 적이 있었지만 자세한 내막을 말하지는 않았다. 선행을 베풀 때는 오른손이 하는 일을 왼손이 몰라야 하는 법이니까. 이런 사실이 그의 전기에 실릴 일은 결코 없겠지만, 어쨌든 그는 다이아몬드 덕분에 수많은 생명을 구할 수 있었다.

죄를 자백하는 범죄자는 쳐다보지도 않고, 화장지와 청소용품으로 가득한 비닐쇼핑백을 든 여자의 손가락을 장식한 보석을 찬양하느라 바빴던 경찰관은 그 직업을 수행할 자격이 없는 사다. 그는 이 무의미한 산업이 한 해 약 500억 달러를 움직이며, 무수한 광산노동자, 수송업자, 사설보안회사, 다이아몬드 공장, 보험회사, 그리고 도매상과 명품 숍들로 이루어진 어마어마한 군대를 창출해낸다는 사실을 알지 못한다. 또한 진흙 속에서 태어난 이 돌이 화려한 쇼윈도에 도달하기까지 수많은 피의 강을 건너야 한다는 사실도.

광부는 사람들이 그토록 갈망하는 부를 찾아내기 위해 진흙 속에 한 생애를 묻는다. 그러다 돌 몇 개를 찾아내면, 소비자 가격으로 1만 달러까지 올라가게 될 물건을 그는 개당 평균 20달러에 판다. 하지만 그는 만족해한다. 노동자 한 해 평균 수입이 50달러를 넘지 못하고 노동조건이 극히 열악한 그곳에 사는 그로서는 돌 다섯 개만 찾아내도, 비록 오래진 않아도 한동안은 행복한 나날을 누릴 수 있기 때문이다.

 돌들은 신원불명의 바이어들에게 팔리고, 그 즉시 라이베리아, 콩고, 앙골라의 비정규군에게 넘겨진다. 그들은 한 사람을 지목하여 완전무장한 호위병으로 호위한 채 비행기가 불법 착륙할 수 있는 활주로로 보낸다. 비행기 한 대가 내려앉고, 양복 차림의 사내와 와이셔츠 차림에 작은 트렁크를 든 또다른 사내가 비행기에서 내린다. 그들은 차갑게 인사를 나눈다. 호위병들에 둘러싸여 온 사내는 조그만 꾸러미를 몇 개 건넨다. 아마도 미신에서 기인한 관습인 듯, 그것들은 낡은 양말 속에 들어 있다.

 와이셔츠 차림의 사내는 주머니에서 특별한 렌즈를 꺼내어 왼쪽 눈에 끼고 보석들을 하나하나 확인하기 시작한다. 한 시간 반 정도의 시간이 흐른 후, 그는 상품을 확실히 파악하게 된다. 그는 트렁크에서 작고 정밀한 전자저울을 꺼내 양말 속의 내용물을 저울 접시에 올려놓는다. 종이쪽지에 몇 가지를 계산한 뒤, 물건을 저울과 함께 트렁크에 집어넣는다. 양복 차림의 사내가 신호를 하면 호위병 중 대여섯 명이 비행기에 올라가 커다란 나무궤짝들을 끌어내려 활주로 가장자리에 쌓는다. 비행기는 이륙한다. 이 모든 과정이 끝나는 데는 채 반나절도 걸리지 않는다.

 커다란 궤짝들이 열린다. 그 안에 든 것은 정밀사격용 장총,

대인지뢰, 물체에 부딪히면 수십 개의 치명적인 작은 금속구슬을 방출하며 폭발하는 탄환 등이다. 이 무기들은 용병들이나 병사들에게 건네지고, 곧 그 나라는 또다른 무자비한 쿠데타에 휘말리게 된다. 부족들이 몰살당하고, 아이들은 지뢰에 팔다리를 잃고, 여자들은 강간당한다. 이런 일들이 벌어지는 동안, 거기서 멀리멀리 떨어진 안트베르펜이나 암스테르담에서는 진지하고 자기 확신에 찬 남자들이 사랑과 헌신을 다해 정성스레 그 돌을 깎는다. 그들은 자신의 솜씨에 경탄하며, 시간에 의해 구조가 변형된 그 석탄조각의 새로운 면들에서 뿜어져나오는 영롱한 광채에 매료되어 최면에 걸린 듯 몽롱한 표정으로, 다이아몬드로 다이아몬드를 깎는다.

한쪽에서는 연기로 뒤덮인 하늘 아래 여인들이 절망에 울부짖고 있다. 다른 한쪽에시는 밝고 따스한 조명이 충만한 살롱의 창문 너머로 고풍스러운 아름다운 건물들이 보인다.

2002년, 유엔은 보석상들이 분쟁지역의 다이아몬드를 사들이는 것을 막기 위해 원산지 표기 증명서가 첨부되지 않은 다이아몬드의 유통을 금지하는 것을 골자로 하는, 이른바 '킴벌리 프로세스'라는 결의사항을 공표했다. 한동안, 유럽의 존경스러운 다이아몬드 세공사들은 원석을 사기 위해 다시 남아프리카공화국의 독점기업을 찾아야만 했다. 하지만 곧 사람들은 다이아몬드를 '공식적'으로 만드는 다른 길을 찾아냈고, '킴벌리 프로세스'는 정치가들로 하여금 저들도 '피의 다이아몬드를 없애기 위해 뭔가 했다'고 주장할 수 있게 해주는 허울 좋은 핑곗거리로 전락했다.

5년 전, 이고르는 무기와 다이아몬드를 교환해서 라이베리아 북부에서 벌어지는 피비린내 나는 분쟁을 종식시키기 위해 소규모 용병부대를 조직했다. 그리고 자신의 목적을 이루었다. 살인자들만을 골라 죽인 것이다. 작은 마을들에 다시 평화가 찾아왔다. 다이아몬드는 미국 보석상들에게 팔렸고, 상인들은 어떤 질문도 하지 않았다.

범죄를 막기 위해 사회가 나서지 않는다면, 남자는 자기가 올바르다고 생각하는 일을 하기 위해 나설 권리가 있는 법이다.

똑같은 일이 조금 전 이 해변에서도 일어났다. 사람들이 살해되었다는 사실이 발견되면, 누군가가 나와서 대중들에게 뻔한 소리를 발표할 것이다.

'우리는 범인을 잡기 위해 최선을 다하고 있습니다.'

그래. 내버려두자. 너그러운 운명은 다시 한번 이고르에게 길을 제시해준 것이다. 그렇다. 순교는 해결책이 되지 못한다. 곰곰 생각해보면 에바는 그의 부재로 몹시 힘들어할 것이다. 그의 석방을 기다리는 끝없는 나날과 긴긴 밤에 그녀는 함께 얘기 나

눌 사람 하나 없을 것이다. 추위에 떨면서 하얀 감방 벽을 마주하고 있을 그를 생각하면서 흐느껴 울겠지. 그리고 마침내 바이칼 호반의 집으로 함께 떠날 수 있게 된다 해도, 그때는 이미 너무 늙어 그들이 계획했던 모든 모험을 할 수 없게 될 것이다.

경찰이 스낵바에서 나와 길을 건너왔다.

"아직 여기 계셨습니까? 길을 잃으신 건가요? 도움이 필요합니까?"

"아뇨, 고맙소."

"아까도 말했지만, 가서 좀 쉬세요. 지금 이 시간에 햇볕을 쬐면 아주 위험할 수 있어요."

이고르는 호텔로 돌아와 샤워를 했다. 그리고 호텔 프런트에 전화를 걸어 오후 네 시에 깨워달라고 부탁했다. 그 정도는 자둬야 맑은 정신을 되찾고, 모든 계획을 망칠 뻔한 아까와 같은 바보짓을 두 번 다시 범하지 않으리라.

그는 접수계에 전화를 걸어, 호텔 테라스에 테이블 하나를 예약했다. 잠에서 깨면 그곳에 내려가 아무에게도 방해받지 않고 차를 마시고 싶었다. 그는 침대에 누웠다. 천장을 바라보며 잠이 오기를 기다렸다.

다이아몬드가 빛나기만 한다면 그것이 어디서 왔든 무슨 상관이랴!

세상에서 의미가 있는 건 오직 사랑뿐이다. 그밖의 어떤 것도 다 쓸모없는 것일 뿐.

살면서 여러 번 느꼈던 그 감각이 다시 한번 이고르에게 찾아왔다. 완전한 자유의 감각. 혼란은 점차 사라지고, 명징한 정신이 돌아온다.

그는 자신의 운명을 예수의 손에 맡겼고, 예수는 그가 임무를 계속해야 한다고 결정했다.

그는 이제 죄책감에서 벗어나 깊은 잠에 빠져든다.

PM 01:55

 가브리엘라는 지시받은 장소까지 천천히 걸어가기로 마음먹었다. 생각을 좀 정리하고, 마음을 가라앉혀야 했다. 살면서 간절히 꿈꾸어온 일이고 또 가장 두려워했던 일이 현실이 되어 다가올 수도 있는 순간이었다.
 휴대폰이 울렸다. 그녀의 에이전트가 보낸 문자였다.
 '축하해! 무슨 제안을 하더라도 다 받아들여! 키스를 보내며.'
 그녀는 크루아제트 대로를 오가는 군중을 바라보았다. 뭘 원하는지조차 모르는 채 우왕좌왕하고 있는 모습들. 하지만 그녀에겐 분명한 목적이 있었다. 모험을 위해 무작정 칸에 달려온 저 여자들. 이제 그녀는 저들과는 다르다. 그녀는 제대로 된 학교에서 연기공부를 했고, 어디에 내놓아도 부끄럽지 않은 배우 경력이 있다. 또 지금까지 인생을 살아오면서 외모만으로 성공하려 들지도 않았다. 그녀에겐 진정한 재능이 있었다! 누구의 도움을 받지 않고도, 야한 옷을 입지 않고도, 게다가 배역을 연습할 시간조차 없었는데도 그녀가 그 유명한 영화감독을 만날 수 있게 된 것도 바로 그 때문이었다. 감독도 물론 이 모든 상황을 고려해줄 것이다.

그녀는 뭔가 요기를 하기 위해 잠시 멈춰 섰다. 아침부터 지금까지 아무것도 먹지 못했다. 커피 한 모금이 들어가자마자 정신없이 들떠 있던 생각이 다시 현실로 돌아왔다.

그런데 왜 내가 뽑힌 거지?

그리고 영화에서 무슨 배역을 맡게 될까?

깁슨이 오디션 녹화테이프를 보고 난 후, 자기가 원하는 사람이라고 생각할까?

진정해. 그렇게 떨 필요 없어. 어차피 잃을 것도 없잖아.

그때 목소리가 들려온다.

'이건 네 인생의 유일한 기회야.'

유일한 기회라고? 그런 건 존재하지 않아. 삶은 항상 또다른 기회를 제공하니까. 그러자 목소리는 다시 주장한다.

'그럴 수도 있겠지. 하지만 그게 언제 다시 찾아오는데? 네 나이가 지금 몇인 줄이나 알아?'

물론 알고 있다. 스물다섯. 배짱 두둑한 여배우라 해도, 그 나이에 이 바닥에선 어쩌구저쩌구 하는 소릴 듣는 나이.

여기서 또 이런 생각을 반복할 필요는 없다. 그녀는 샌드위치와 커피 값을 치르고 부두 쪽으로 걸으며 낙관적으로 생각하려고 애썼다. 그녀와 같은 상황에 있었던 여자들을 '무작정 모험을 좇는 사람'으로 매도하지 않기로 했다. 긍정적인 사고방식을 불러오는 규칙들을 떠올리며, 잠시 후에 있을 미팅을 잊으려 애썼다.

'승리를 믿으라. 그러면 승리가 니를 믿을 것이다.'

'행운을 믿고 모든 것을 걸어라. 그리고 네게 안락한 세계를 제공하는 모든 것으로부터 벗어나라.'

'재능은 모든 사람에게 주어지는 선물이다. 하지만 그것을 사용하는 데는 큰 용기가 필요하다. 최고가 되는 것을 두려워하지 말라.'

하지만 이런 위대한 말씀들에 집중하는 것만으로는 충분치 않았다. 무엇보다도 하늘이 도와야 한다. 그녀는 기도하기 시작했다. 불안감에 사로잡힐 때마다 그녀는 늘 기도했다. 그녀는 어떤 맹세가 필요하다는 걸 느낀다. 그녀는 배역을 얻게 되면 이곳 칸에서 바티칸까지 순례를 하겠노라 맹세했다.

만일 영화가 정말로 만들어지면.

만일 영화가 세계적인 성공을 거두면.

아니, 그냥 깁슨의 영화에 출연하는 것으로 충분하다. 그럼 다른 감독들과 제작자들의 눈을 끌 수 있을 테니까. 정말 그렇게만 된다면 그녀는 순례를 떠날 것이다.

정해진 장소에 도착한 그녀는 바다를 한번 둘러본 다음, 에이전트에게서 받은 문자를 다시 확인한다. 벌써 에이전트까지 알고 있다면, 그 감독이 정말 관심이 있긴 한 모양이었다. 하지만 뭐든 다 받아들이라는 것은 무슨 뜻일까. 감독하고 같이 자라는 얘기일까? 아니면 주연을 맡을 남자배우하고?

한 번도 해본 적 없는 일이지만, 지금 그녀는 뭐든 할 각오가 되어 있다. 사실, 영화계의 대스타와 자는 것을 꿈꿔보지 않은 사람이 어디 있으랴.

그녀는 다시 바다로 눈길을 돌렸다. 집에 들러 옷을 갈아입고 나올 수도 있었지만 지금 그녀는 미신적인 느낌에 사로잡혀 있다. 오늘 청바지와 티셔츠를 입고 나온 덕분에 이곳 부두까지 이르게 된 것이라면, 적어도 오늘 하루가 끝날 때까지는 옷차림을 바꿔서는 안 된다. 그녀는 허리띠를 풀고 책상다리를 하고 앉아 요가를 시작했다. 그렇게 천천히 심호흡을 하고 있으니 몸과 마음과 생각, 모든 것이 제자리에 돌아오는 느낌이었다.

그녀는 보트 한 척이 다가오는 것을 보았다. 한 남자가 보트에서 뛰어내려 그녀에게 다가왔다.

"가브리엘라 셰리?"

그녀가 고개를 끄덕이자 남자는 따라오라고 말했다. 두 사람은 보트에 오르고, 배는 바다를 뒤덮은 각양각색의 크고 작은 요트들 사이를 요리조리 빠져나갔다. 남자는 딴 생각에 사로잡혀 있는 듯, 그녀에게 아무 말도 하지 않는다. 어쩌면 남자는 저 작은 요트들의 선실에서 일어나는 일들을 꿈꾸고 있는지도 모른다. 나도 저런 배를 한 척 가져봤으면 참 좋겠다, 라고 속으로 중얼거리면서. 가브리엘리는 망설였다. 그녀의 머릿속은 온갖 질문들과 의문들로 가득했다. 저 낯선 남자에게 상냥한 말 몇 마디를 건네어 내 편으로 만들 수는 없을까. 그래서 어떻게 행동해야 할지 도움이 될 귀중한 정보들을 얻어낼 수는 없을까. 하지만 저 사람은 대체 누구지? 깁슨에게 어떤 영향력을 행사할 수 있는 사람일까, 아니면 단지 무명 여배우를 주인에게 데려다주는 게 전부인 일개 조수에 불과할까.

아무래도 그냥 입을 다물고 있는 편이 낫겠다.

5분 뒤, 그들은 선체를 온통 하얗게 칠한 엄청난 크기의 요트에 닿았다. 뱃머리에 새겨진 배 이름이 눈에 들어왔다. 산티아고 호. 한 선원이 사다리를 내려 그녀가 배에 오르도록 거들었다. 두 사람은 오늘 저녁에 열릴 큰 파티를 준비하는 것으로 보이는 널찍한 중앙 살롱을 지나고, 조그만 풀장 주위로 파라솔을 드리운 두 개의 테이블과 기다란 의자 몇 개가 놓인 배의 고물에 이르렀다.

거기서 이른 오후의 태양을 즐기고 있는 사람은…… 깁슨과 한 스타였다!

'그래. 이들이라면, 둘 중 누구랑 자도 괜찮겠어.'

그녀는 속으로 이렇게 외치고는 활짝 미소 짓는다. 심장이 평소보다 세차게 뛰고 있었지만 한결 자신감이 느껴진다.

스타는 그녀를 위아래로 훑어본 다음, 친절한 미소로 그녀를 안심시켰다. 깁슨은 그녀의 손을 꽉 잡아 악수를 하고는, 일어나서 다른 테이블 옆에 놓인 의자 하나를 가져와 그녀에게 앉으라고 청했다.

그러고는 누군가에게 전화를 걸더니 호텔의 방 번호를 묻는다. 저쪽에서 번호를 불러주는지, 그는 그 번호를 크게 반복했다. 그녀를 흘끔흘끔 쳐다보면서.

그녀가 상상했던 대로였다. 호텔방.

깁슨은 전화를 끊고 가브리엘라를 바라보았다.

"이따가 우리랑 헤어지면 힐튼 호텔의 이 방으로 가봐요. 거기에 하미드 후세인의 옷들이 당신을 기다리고 있을 거요. 오늘 당신은 카프당티브*에서 열리는 파티에 초대받았어요."

그녀가 방금 상상했던 것과 달랐다. 배역을 맡은 것이다! 그리고 카프당티브의 파티에 초대받았다! 카프당티브의 파티에!

깁슨은 스타 쪽으로 고개를 돌린다.

"당신 생각은 어때?"

"우선 그녀의 얘기를 좀 들어보는 게 좋지 않을까요."

깁슨은 고개를 끄덕이고는 '당신 자신에 대해 얘기해보라'는 손짓을 했다. 가브리엘라는 연기학교와 그녀가 출연한 광고 이야기부터 시작했다. 두 사람은 별로 관심이 없는 표정이었다. 하긴 이런 이야기는 수천 번도 넘게 들었을 테니까. 하지만 멈출 수가 없었다. 그녀는 오히려 더 빠른 속도로 계속했다. 일생일대의 기회가 아직 그녀가 찾아내지 못한 적절한 말 한 마디에 달려 있다고 느끼면서. 그녀는 숨을 깊게 들이마시며 침착한 모습을 보이려 애썼다. 독창적이고 재치 있는 사람으로 보이기 위해 농담도 해보지만, 결국은 이런 인터뷰를 위해 에이전트가 가르쳐준 시나리오에서 한 걸음도 벗어나지 못했다.

그렇게 이 분가량 흐르자, 깁슨이 그녀의 말을 끊었다.

"좋아요. 우리가 이미 알고 있는 내용이오. 당신 이력서에 다 나와 있으니까. 왜 당신 자신에 대해서는 얘기하지 않는 거죠?"

---

* 칸 근처 해안에 위치한 고급 휴양지.

갑자기 그녀 내부의 어떤 벽이 허물어지는 것 같았다. 하지만 그녀는 당황하지 않았다. 오히려 그녀의 목소리는 더 차분하고 분명해졌다.

"그래요. 세상엔 이런 요트에 앉아 바다를 바라보면서, 두 분 같은 사람들과 함께 일하게 되기를 꿈꾸는 수백만의 사람이 있죠. 저 역시 그중 한 사람일 뿐이에요. 그건 두 분이 잘 알고 계시죠? 이게 제가 나 자신에 대해 말할 수 있는 전부이고, 이 사실에 뭘 덧붙인들 변하는 건 별로 없을 거예요. 혹시 제가 싱글인지 알고 싶으신가요? 네, 싱글이에요. 하지만 싱글들이 다 그렇듯, 날 사랑하는 남자가 있어요. 지금 시카고에서 나를 기다리면서, 이곳 일이 잘 안 되기만을 열심히 빌고 있죠."

두 남자는 웃음을 터뜨렸다. 그녀는 긴장이 약간 풀리는 걸 느낀다.

"알아요. 저는 영화계의 기준으로 볼 때 일을 시작하기에는 거의 한계에 이른 나이죠. 하지만 할 수 있는 데까지 해볼 거예요. 난 알고 있어요. 나보다 재능이 훨씬 뛰어난 사람들이 수도 없이 많다는 걸요. 그런데 오늘 이 자리에 온 건 저예요. 어떻게 해서 뽑힌 건지는 모르겠지만, 어떤 배역이든 전 받아들이기로 결심했어요. 이게 내 마지막 기회일 수도 있으니까요. 이렇게 말하면 제 가치가 떨어지겠지만, 지금 제겐 다른 선택이 없어요. 살아오는 내내 상상해왔어요. 오디션에 참가해서 선발되고, 진짜 프로들과 함께 일하게 되는 그런 순간을 말예요. 그런데 그 순간이 실제로 온 거예요. 혹시 내 운이 여기까지 뿐이라서 빈손으로 돌아가게 될 수도 있겠죠. 하지만 난 최소한 한 가지 사실만큼은 알고 있어요. 내가 여기 이 자리까지 올 수 있었던 건 내가 자부하는 두 가지 장점, 성실함과 끈기 덕분이었다는 것을요.

난 나 자신의 가장 좋은 친구인 동시에 최악의 적이기도 해요. 여기에 오면서 생각했어요. 난 이 자리에 올 만한 자격이 충분하다고요. 그러면서도 동시에, 내겐 기대에 부응할 능력이 없어, 사람들이 날 뽑은 것은 큰 실수야, 라고도 생각했지요. 하지만 제 마음 한구석에서는 여전히 이렇게 말하고 있어요. 넌 포기하지 않았기 때문에 보상을 받은 거야. 선택을 했고, 끝까지 싸웠기 때문이야, 라고요."

그녀는 두 남자에게서 눈길을 돌렸다. 갑자기 울고 싶은 강렬한 욕구가 솟구쳤다. 하지만 그녀는 참았다. 남자들에게 동정표를 얻으려는 짓으로 비칠 염려가 있으니까. 스타의 부드러운 음성이 침묵을 깼다.

"어느 분야나 다 마찬가지겠지만, 영화계에도 열정을 가진 정직한 사람들이 있어요. 내가 오늘 이 위치까지 오를 수 있었던 것도 그 덕분이죠. 여기 계신 감독님도 마찬가지고요. 지금 당신이 처한 상황, 나도 거쳐왔어요. 우린 지금 당신이 어떻게 느끼고 있는지 잘 알고 있어요."

지금까지 살아온 삶 전체가 그녀의 눈앞을 스쳐 지나갔다. 아무 소득도 없이 찾아 헤매고, 열리지 않는 문들을 두드리고, 마치 그녀가 세상에 존재하지도 않는다는 듯 완전한 무관심으로 무장한 채 한마디 대답도 없는 사람들에게 애걸해야 했던 그 모든 세월이. 그리고 그 모든 거절의 말들. 그녀가 살아 있는 존재라는 걸 알 텐데도, 어떤 사람인지 한 번쯤은 돌아봐줄 수 있을 텐데도 어김없이 돌아왔던 그 모든 '노'라는 말들.

'울면 안 돼.'

그녀가 이룰 수 없는 꿈을 좇는 거라고 말했던 그 모든 사람들. 이 기회가 정말 내 것이 된다면 그들은 말하리라. '난 네게 재능이 있다는 걸 알고 있었어!' 그녀는 입술이 떨리기 시작했다. 갑자기 이 모든 생각들이 가슴 속에서 터져나올 것 같았다. 그녀는 자신의 인간적이고 연약한 모습을 용기 있게 보여줄 수 있었다는 게 기뻤다. 이제 그녀의 영혼 안의 모든 것이 변하고 있었다. 깁슨이 자신의 선택을 후회하고 뒤바꾼다 해도 그녀는 아무런 여한 없이 보트를 타고 돌아갈 수 있었다. 최소한 싸움의 순간에 용기 있는 모습을 보여주었으니까.

그녀 역시 다른 사람들에게 의지하고 있었다. 이 교훈을 배우기까지 오랜 세월이 걸렸지만, 결국 그녀는 자신이 다른 사람들에게 기대어 살고 있다는 사실을 인정하게 되었다. 정서적으로 독립된 존재라고 자부하는 사람들도 알고 있다. 하지만 그들 역시 사실은 그녀 못지않게 연약해서 남몰래 눈물을 흘리면서도 다른 사람에게 도움을 청하지 못한다는 것도. '세계는 강자의 것'이라든가 '적자생존' 같은 불문율을 믿는 사람들도 있다. 만일 이 말이 사실이라면 인류는 생존하지 못했을 것이다. 누군가의 보살핌과 보호가 없으면 생존할 수 없는, 성장기간이 가장 긴 종이 바로 인간이니까. 언젠가 아버지는 그녀에게 재미있는 얘기를 들려준 적이 있었다. 인간이 혼자 생존할 능력을 갖추려면 아홉 살이 되어야 하지만, 기린은 다섯 시간이면 되고 꿀벌은 태어난 지 불과 오 분 만에 독립할 수 있다는 거였다.

"무슨 생각 해요?"

스타가 물었다.

"내가 강한 척할 필요가 없다는 생각을 하고 있었어요. 그렇게 생각하니까 마음이 너무 편해요. 한동안 나는 사람들과의 관계에서 문제가 많았어요. 난 내가 원하는 것을 얻어내는 방법을 누구보다도 잘 알고 있다고 생각했죠. 남자친구들은 나의 그런 점을 싫어했지만, 난 그 까닭을 몰랐어요. 어느 날 극단에서 공연 투어를 했을 때 독감에 걸려서 호텔방을 나올 수 없었어요. 그렇게 침대에 누운 채로 다른 사람이 내 배역을 가로챌지 모른다는 생각에 너무도 두려웠죠. 난 먹지도 못했고 고열에 들떠 헛소리를 했어요. 사람들이 의사를 불렀고, 의사는 내게 집으로 돌아가야 한다고 말했어요. 집에 돌아와 난 이제 일도, 동료들의 신뢰도 다 잃게 되었다고 생각했죠. 그런데 그게 아니었어요. 사람들은 꽃을 보내왔고, 이 사람 저 사람에게서 전화가 걸려왔어요. 다들 내 건강을 걱정해주었죠. 무대에서 한 자리를 두고 경쟁해야 하는 적으로만 여겼던 그 사람들이 나를 걱정해주고 있었어요! 그중 한 사람은 내게 카드를 보내왔는데, 거기에는 먼 나라로 일하러 떠났다는 한 의사의 글이 적혀 있었어요.

'우리는 중앙아프리카에 수면병이라는 병이 존재한다는 걸 안다. 하지만 기억해야 할 것은, 우리의 영혼을 공격하는 유사한 질병이 세상 곳곳에 존재한다는 사실이다. 이는 진정 위험한 병이다. 병에 걸려도 초기에는 전혀 느낄 수 없기 때문이다. 만일 타인에 대한 관심이나 열정이 사라지기 시작했다면 주의해야 한다! 이 병을 막을 유일한 방법은, 우리가 영혼에게 피상적인 삶을 강요할 때 영혼이 너무나 고통당한다는 사실을 깨닫는 것뿐이다. 영혼은 아름답고 깊은 것들을 사랑한다.'"

멋진 글이다. 스타는 자신이 좋아하는 시구를 떠올린다. 학교 다닐 때 배운 시인데, 특히 그 구절은 날이 갈수록 더욱 두려움을 느끼게 한다. '당신은 다른 모든 것을 포기해야 할 것입니다. 나만이 홀로 그대의 유일하고 절대적인 기준이 될 테니까요.' 선택한다는 것, 그것은 인간의 삶에서 가장 어려운 일이다. 가브리엘라의 말을 들으며, 그는 자신이 걸어온 길을 돌아보았다.

 연극배우의 재능 덕분에 얻게 된 최초의 큰 기회. 하루아침에 변하게 된 삶. 그리고 변화에 적응할 시간조차 없이 순식간에 치솟은 명성. 그 때문에 그는 결과적으로 가지 말아야 할 자리의 초대를 받아들였고, 배우로서 훨씬 더 큰 성장을 이끌어 줄 수 있었을 만남들은 거절하기도 했다. 돈, 비록 엄청난 액수를 가져본 건 아니지만 자신이 전능하다고 느끼게 해주었던 돈. 어색하기만 했던 세계로 발을 디딘 이후 그는 많은 변화를 겪었다. 값비싼 선물들, 미지의 세계로 떠난 여행들, 전용비행기, 최고급 레스토랑, 어릴 때 꿈꾼 왕과 왕비의 침실과도 같은 호텔의 스위트룸. 그의 출연작에 대한 최초의 리뷰들. 그 속에 가득한 경의와 찬사 그리고 그의 영혼과 가슴을 감동시킨 말들. 세계 각지에서 날아온 팬레터들. 처음에 그는 일일이 답장을 써보냈고, 사진을 보내온 여자들과 직접 만나기까지 했다. 그리고 얼마 후, 이런 리듬을 계속 유지하는 게 불가능하다는 걸 깨닫게 되었다. 그의 에이전트는 그런 만남을 만류하면서 그러다 잘못하면 덫에 걸릴 수도 있다고 경고하여 그를 불안에 떨게 했다. 하지만 그는 지금도 팬들을 만날 때면 환희를 느낀다. 그의 커리어를 한 걸음 한 걸음 따라오면서 오직 그만을 위한 웹사이트를 만들고, 그의 삶에 벌어지는 사소한 일들까지 들려주는—대부분 좋은 얘기들이지만—작은 잡지를 만들어 배포하는 팬들. 그리고 그의 연기가 좋은 평을 얻지 못할 때 언론의 모든 공격에 맞서 그를 옹호해주는 팬들.

세월이 흘렀다. 스타는 자신이 기적, 혹은 행운이라고 믿었던, 그리고 자신은 결코 그것의 노예가 되지 않으리라 맹세했던 그 시간들에 의존하게 되었다. 그것만이 그가 살아가는 유일한 이유가 되었다. 이제 앞날을 바라보면 심장이 조여드는 것 같은 두려움을 느낀다. 이 모든 게 언젠가 끝나버릴 수도 있다. 더 많은 일거리와 인지도를 얻기 위해 작은 출연료에도 만족하는 젊은 배우들이 줄을 서 있다. 이제 사람들은 그에 대해 이야기할 때 그에게 명성을 가져다주었던, 모든 사람들이 말하는 그 위대한 작품만을 이야기한다. 그가 출연했던 다른 아흔아홉 작품은 기억해주지 않는다.

주머니 사정도 벌써 예전 같지 않다. 자신에게는 일거리가 한없이 들어오리라고 착각했던 실수도 있었고, 에이전트에게 자신의 출연료를 절대 낮추지 못하게 한 탓도 있었다. 그 결과, 일거리는 점점 줄어들었고 이제는 출연료도 예전의 절반 수준으로 뚝 떨어졌다. 항상 더 멀리, 더 높이, 더 빨리 나아가려는 야심으로만 채워졌던 그의 삶에 절망의 감정이 꿈틀대기 시작했다. 더 이상 자신의 존재가치가 추락하는 것을 보고만 있을 여유가 없었다. 영화 출연제의가 들어오면 그는 이렇게 말하지 않을 수 없었다. "역할이 너무 마음에 들어서 출연하기로 마음먹었어요. 출연료는 내가 받는 액수하고는 차이가 있지만요." 제작자들은 그의 말을 믿는 척했다. 에이전트도 그들을 속이는 데 성공한 척했다. 그러나 에이전트는 현실을 알고 있다. 에이전트는 자신의 '상품'인 그가, 영화계의 전설들이 그렇듯이, 이런 영화제들을 빼놓지 않고 찾아다니면서, 계속 분주하고 정중하면서도 약간은 차가운 모습을 보여주어야 한다는 것을 알고 있다.

그의 홍보담당은 넌지시 제의했다. 유명 여배우와 키스하는 장면을 사진 찍히면 어떻겠느냐고. 그러면 연예지 표지에 실릴 수 있다. 이를 위해 홍보담당은 이미 그럴 만한 여배우와 접촉하고 있던 터였고, 그 여배우 역시 추가적인 홍보거리가 필요한 시점이었다. 관건은 오늘 저녁 갈라파티의 어느 시점에 그 일을 벌이느냐다. 자연스럽게 보이도록 장면을 연출해야 한다. 주위에 사진기자들이 있는지 확인하는 동시에, 누군가가 지켜보고 있다는 사실을 전혀 눈치채지 못한 척해야 한다. 나중에 사진이 발표되면, 그들은 신문 1면에 복귀하여 스캔들을 부정하면서 사생활 침해라고 주장할 것이다. 변호사들은 잡지사에 소송을 벌이고, 양측 홍보담당들은 사건이 가급적 오래 언급되도록 애쓸 것이다.

스타는 이 세계에서 오랫동안 활동해왔고 세계적인 명성을 얻었지만, 사실 그의 사정은 눈앞에 앉아 있는 이 젊은 여자와 크게 다르지 않았다.

'당신은 다른 모든 것을 포기해야 할 것입니다. 나만이 홀로 그대의 유일하고 절대적인 기준이 될 테니까요.'

요트, 태양, 시원한 음료, 갈매기 울음소리, 상쾌한 바닷바람……이 완벽한 배경에 30초가량의 침묵이 흘렀다. 그걸 깬 것은 깁슨이었다.

"가브리엘라, 당신이 어떤 배역을 맡게 될지 그게 가장 궁금하겠지? 영화 제목이야 개봉 전에 언제든 바뀔 수 있는 거니까. 자, 대답해주겠소. 이 사람 상대역이오."

그는 스타를 가리켰다.

"이 영화의 주요 인물 중 하나지. 주연급으로 캐스팅된 거요. 그럼 논리적으로 당신 질문은 이럴 거요. 다른 스타들도 많은데, 왜 나지?"

"네, 맞아요."

"그건 돈 때문이오. 이번에 내가 연출할 영화는 하미드 후세인이 제작하는 첫 작품이기도 한데, 예산이 한정돼 있어요. 그나마 그 절반은 제작비가 아니라 프로모션 비용으로 쓰일 거요. 그래서 우리는 사람들의 관심을 끌 수 있는 스타 한 명과 출연료가 저렴하면서도 미디어의 관심을 끌 수 있는 신인배우를 캐스팅하기로 했어요. 사실 이건 새로운 방법은 아니오. 영화산업이 전세계적인 영향력을 얻게 된 이래, 영화사들은 '명성은 곧 돈이다'라는 관념을 유지하기 위해 늘 이런 수법을 사용했지. 나도 꼬마였을 때는 할리우드의 호화주택들을 보면서 배우들은 모두 엄청난 돈을 벌 거라고 생각했어요.

하지만 다 거짓말이오. 전세계에서 불과 열 내지 스무 명 정도의 스타만이 정말로 큰돈을 벌었다고 말할 수 있을 거요. 나머지는 다 외관에 불과하지. 영화사가 임대해준 집, 디자이너들과 보석상들이 빌려주는 옷과 보석, 자동차 회사들이 브랜드 홍보를 위해 일정기간만 빌려주는 승용차, 이 모든 건 그들을 화려한 삶과 연결시키기 위한 영화사의 전략이오. 영화사가 이런 휘황찬란한 것들을 주선하고 얼마간 돈을 대지만, 대신 배우들은 돈을 적게 받게 되오. 당신도 마찬가지일 거요. 물론 당신 앞에 앉아 있는 이 친구에게 해당되는 얘기는 아니지만."

스타는 지금 깁슨이 진심으로 자신을 메이저급 인기배우로 생각하고 그렇게 말하는 건지, 아니면 신인배우 앞에서 체면을 세워주려고 그러는 건지 짐작할 수 없다. 하지만 상관없는 일이다. 중요한 것은 계약서에 사인을 하는 것이다. 제작자들이 마지막 순간에 생각을 바꾸지 않고, 시나리오 작가들이 정해진 시간까지 원고를 넘겨주고, 예산에 맞추어 프로젝트가 진행되고, 홍보 마케팅이 제대로 진행되기만 하면 된다. 물론 그러한 노력들에도 불구하고 무수한 프로젝트들이 엎어지는 걸 그는 보아왔다. 흔히 일어나는 일이고, 그게 세상의 진실일 것이다. 하지만 그가 출연했던 지난번 작품이 주목을 거의 받지 못했던 터라 그로서는 결정적인 성공이 절실한 형편이었다. 그리고 깁슨에게는 그럴 능력이 있었다.

"난 받아들이겠어요."

가브리엘라가 말했다.

"당신 에이전트하고는 벌써 얘기가 됐소. 우린 당신하고 전속 계약을 맺을 거요. 당신은 첫 작품의 출연료로 일 년간 매달 5천 달러씩 받게 될 거요. 또 각종 파티에도 참석해야 하고, 우리 홍보부서에서 원하는 대로 따라줘야 해요. 우리가 보내는 곳이면 어디든 가야 하고, 우리가 시키는 대로 말해야 해요. 당신 생각이 아니고 우리가 원하는 말을. 자, 이해했죠?"

가브리엘라는 고개를 끄덕였다. 달리 무슨 말을 할 수 있으랴. 5천 달러는 유럽에서 여비서가 받는 봉급밖에 안 된다고? 이 제안을 받아들이거나 포기하는 것 외엔 달리 길이 없다. 그녀는 선택에 조금이라도 주저하는 모습을 보이고 싶지 않았다. 당연히 그녀도 게임의 법칙을 알고 있다!

"그래서," 깁슨은 말을 잇는다. "당신은 백만장자처럼 살고 대스타처럼 행동해야 해요. 하지만 그 모든 게 진실이 아니라는 걸 잊어서는 안 돼요. 이번 일이 잘 되어서 당신이 다음 영화에 출연할 때는 매달 받는 돈이 1만 달러로 오를 거요. 그다음에는 이런 이야기를 처음부터 다시 논의해야겠지. 당신 머릿속에는 '언젠가는 이 모든 것에 복수하고 말 거야!'라는 생각뿐일 테니까. 당신 에이전트는 우리한테 들어서 계약조건을 다 알고 있어요. 이런 사정을 당신이 알고 있었는지 모르겠군요."

"상관없어요. 그리고 복수할 생각도 없고요."

깁슨은 그녀의 말을 못 들은 척했다.

"내가 당신을 여기 오게 한 건 오디션에 대해 얘기하기 위해서가 아니었소. 그건 훌륭했어요. 그렇게 마음에 든 테스트는 아주 오랜만이었소. 우리 캐스팅 담당도 같은 생각이었고. 내가 당신을 이곳으로 부른 건, 앞으로 당신이 어떤 세계에 발을 들여놓게 될지 확실하게 알려주기 위해서요. 많은 배우들은 첫 작품을 하고 나면, 세상이 자기 발밑에 있다고 믿게 돼요. 그래서 규칙을 바꾸고 싶어하지. 하지만 이미 계약서엔 사인을 했으니 바꾼다는 게 불가능하다는 것도 알고 있고. 때문에 깊은 우울증에 빠져들거나 자기파괴적인 행동 따윌 해요. 그래서 나는 앞으로 당신에게 일어날 일에 대해 가능한 한 솔직하게 말해주고 싶었소. 당신이 성공한다면, 당신은 두 여자와 함께 살아가는 법을 배워야 할 거요. 하나는 전세계가 사랑하고 숭배하는 여자이고, 다른 하나는 자신에게 아무 힘도 없다는 사실을 잘 알고 있는 연약한 여자요."

김슨은 말을 이었다.

"난 당신에게 충고하고 싶어요. 오늘 밤 파티에 입을 옷을 찾으러 힐튼 호텔에 가는 동안 모든 결과에 대해 잘 생각해봐요. 당신이 그 호텔 스위트룸에 들어가면 두툼한 계약서 네 개가 기다리고 있을 거요. 그 계약서에 서명하기 전에는 이 세상은 당신 것이고, 원하는 대로 당신의 삶을 살 수 있어요. 하지만 서명하는 순간, 당신은 더이상 그 어떤 것의 주인도 아니오. 당신 인생을 통제하는 사람은 당신이 아닌 우리가 될 테니까. 헤어스타일에서부터 식사하는 장소까지 우리가 결정하오. 설사 당신이 배고프지 않더라도 그곳에 가야 하오. 물론 당신은 유명세를 업고 광고출연으로 돈을 벌 수 있소. 바로 그것 때문에 사람들은 이 조건들을 받아들이는 거지."

두 남자는 자리에서 일어섰다. 김슨이 스타에게 묻는다.

"어때? 그녀와 연기하게 돼서."

"잘할 겁니다. 다른 사람들은 자기 실력을 드러내려고 안달하는데, 그녀는 진심을 보여주었어요."

"그리고 말이오. 이 요트, 내 것이 아니오."

부두로 돌아갈 보트까지 그녀를 데려다줄 사람을 부른 뒤 깁슨은 말했다.

가브리엘라는 그가 하는 말을 완전히 이해했다.

pm 03:44

"2층에 가서 커피나 한잔 해요." 에바가 말한다.
"패션쇼 시작이 한 시간밖에 안 남았소. 그리고 알잖소, 사람들이 얼마나 많은지."
"그래도 커피 한잔 할 시간은 있잖아요."
그들은 계단을 오른 다음 오른쪽으로 돌아 복도 끝으로 향한다. 문 앞에 배치된 안전요원은 그들을 알아보고 가볍게 인사한다. 그들은 귀금속—다이아몬드, 루비, 에메랄드 등—이 가득한 유리진열대를 지나, 햇빛 가득한 이층 테라스로 나간다. 한 유명 귀금속 브랜드가 친구들과 스타들, 기자들을 초대하기 위해 매년 임대하는 공간이다. 고상한 취향의 가구들이며, 끊임없이 새로이 채워지는 음식들이 가득 차려져 있다. 두 사람은 파라솔 그늘이 드리운 테이블에 앉는다. 웨이터가 다가오고, 그들은 탄산이 든 미네랄워터와 에스프레소 커피를 주문한다. 웨이터는 뷔페 음식 중 원하는 거라도 있는지 묻는다. 그들은 벌써 점심식사를 마쳤다고 사양한다. 이 분도 못 되어 웨이터는 주문한 음료를 가지고 돌아온다.

"불편한 점은 없으십니까?"

"좋아요. 아무 문제 없어요."

에바는 속으로 생각한다.

'모든 게 엉망이에요. 키피만 빼고.'

하미드는 아내에게서 뭔가 이상한 낌새를 느끼지만, 깊은 대화는 나중으로 미룬다. 아니, 그것에 대해 생각하고 싶지 않다. '당신을 떠나겠어요' 같은 선언을 듣게 될 위험을 무릅쓰고 싶지 않다. 그는 자신의 감정을 통제할 줄 아는 절제된 사람이다.

저쪽 테이블에 세계적인 유명 디자이너가 카메라를 옆에 내려놓은 채 앉아 있는 모습이 보였다. 먼 곳을 향해 있는 그의 시선은 지금 누구에게도 방해받고 싶지 않다는 의사를 분명히 표시하고 있다. 아무도 그에게 다가가지 않는다. 누군가가 눈치 없이 다가가려 하면, 호텔 홍보담당인 호감 가는 얼굴의 오십대 여인이 나서서 상냥하게 부탁한다. 저분을 혼자 있게 해달라고, 모델이나 기자, 고객, 혹은 행사 주최자들에게 끊임없이 시달리는 분이기 때문에 지금은 약간의 휴식이 필요하다는 설명과 함께.

하미드는 그를 처음 보았을 때를 기억한다. 너무 오래전이라 마치 까마득한 옛날처럼 느껴진다. 파리에 온 지 11개월 되던 때였다. 당시 그는 패션계에서 친구도 몇 사람 사귀고 여기저기 문도 두드렸다. 그러다가 결국 셰이크가 소개해준 사람들 덕분에 (셰이크는 패션계에는 지인이 없다고 말했지만, 대신 다른 분야의 유력인사들을 알고 있었다) 이 분야에서 최고의 명성을 누리는 디자인하우스 중 한 곳에서 디자이너로 일하게 되었다. 그곳에서 그는 낮에는 주어진 재료를 가지고 디자인을 했고, 밤에는 늦게까지 남아 고국에서 가져온 직물들을 가지고 작업했다. 이 시기에 그는 두 차례 귀국했다. 한 번은 부친이 가업인 직물가게를 그에게 물려주고 작고했다는 소식을 들었을 때였다. 그가 가게를 어떻게 처리할지를 깊이 생각해보기도 전에, 셰이크가 보낸 신하가 뜻밖의 사실을 알려주었다. 가게는 하미드의 소유로 남게 되지만, 누군가 다른 사람이 사업을 대신 맡아 운영해줄 것이고, 사업이 번창하도록 투자도 해줄 거라는 거였다.

그는 이유를 물었다. 그가 알기로 셰이크는 이 분야에 대해 전혀 모르고, 관심도 없었기 때문이다.

"한 프랑스 가방 브랜드가 여기에다 사업을 벌이려고 한다네. 그들은 오자마자 이곳 직물공장들을 찾아다니면서, 그들의 명품 가방 제조에 우리 전통직물을 사용하겠다고 약속했어. 그러니 지금 우리에게는 고객이 확보되어 있는 셈이지. 이 사업을 통해 우리의 전통을 계속 빛낼 수 있고, 또 우리의 원자재에 대한 통제권을 유지할 수 있게 되는 거야."

이제 부친의 영혼은 천국에 있고, 그분의 기억은 당신이 그토록 사랑하던 이 나라에 남게 될 터였다. 파리로 돌아온 하미드는 밤늦게까지 디자인하우스에 남아서 베두인 의상들을 주제로 스케치를 하고, 또 고국에서 가져온 직물들로 실험을 계속했다. 대담하고도 세련된 취향의 브랜드로 널리 알려진 그 프링스 가방 회사가 고국의 산물에 관심을 갖고 있다면, 그 소식은 곧 이 패션의 수도에도 이를 테고, 이에 대한 큰 수요가 생길 것이었다. 그것은 시간 문제였다. 하지만 소식은 그의 생각보다 훨씬 빨리 도착한 모양이었다.

어느 날 아침, 디자인하우스의 실장이 그를 불렀다. 하미드는 처음으로 그 신성한 사원, 유명 디자이너인 실장의 방으로 들어갔다. 첫 인상은 놀라웠다. 실장의 방은 너무도 산만했다. 사방에 신문이며 잡지들이 굴러다니고 있었고, 고풍스러운 책상 위에는 종이가 잔뜩 쌓여 있었다. 또 명사들과 함께 찍은 실장의 사진들, 액자에 넣은 잡지 표지들, 직물 샘플들, 그리고 다양한 크기의 깃털들이 잔뜩 꽂힌 항아리 등이 여기저기 널려 있었다.

"당신 작업, 아주 흥미롭더군요. 스케치한 것들을 훑어보았어요. 한데 아무나 볼 수 있게 함부로 방치했더군. 내가 당신이라면 그렇게 하지 않을 거야. 누군가가 당장 여기 일을 그만두고, 당신의 그 기막힌 아이디어를 훔쳐서 다른 브랜드로 빼돌릴 수도 있으니까."

하미드는 누군가 자신의 작업을 엿보았다는 사실이 유쾌하지는 않았지만 아무 말도 하지 않았다. 실장은 말을 이었다.

"왜 당신 작업을 흥미롭게 생각하는지 궁금해요? 당신은 우리와는 다른 방식으로 옷을 입는 나라에서 왔지만, 그 옷들을 서양 감각에 맞추는 방법을 이해하고 있기 때문이죠. 그런데 한 가지 문제가 있어. 그런 종류의 직물은 이곳에서는 구할 수가 없다는 거예요. 그리고 당신의 디자인은 종교적 함의가 너무 강해. 패션은 정신이 말하고자 하는 바를 반영한다고 해도, 결국은 무엇보다도 몸을 위한 건데 말이죠."

실장은 한쪽 구석에 쌓인 잡지 무더기로 다가갔다. 그리고 무엇이 어디에 있는지 다 외우고 있기라도 한 듯, 그중 몇 권을 곧바로 빼냈다. 부키니스트, 나폴레옹 시대 때부터 파리의 센 강변에 책을 늘어놓고 팔아온 고서적상에서 샀을 성싶은 것들이었다. 그는 크리스티앙 디오르가 표지에 실려 있는 오래된 〈파리 마치〉 한 부를 펼쳤다.

"무엇이 이 남자를 전설로 만들어주었을까? 인간이 무엇인지를 이해하고 있었기 때문이에요. 그는 패션계에 무수한 혁명을 가져왔지만, 그중에서도 특히 주목할 만한 게 하나 있어요. 이차대전이 끝난 후, 유럽에서는 천이 무척이나 귀해서 몸에 걸칠 것조차 없는 형편이었죠. 그런 상황인데도 디오르는 엄청난 양의 천을 사용하는 드레스를 디자인했어요. 왜 그랬을까? 그걸 통해 그는 잘 차려입은 아름다운 여인들을 보여주었을 뿐 아니라, 모든 것이 이저처럼, 즉 우아함과 풍요로움과 과도함이 넘쳐흐르던 시대로 돌아갈 수 있다는 꿈을 보여준 거예요. 이 때문에 그는 비판도 많이 받았어요. 하지만 그는 자기의 방향이 옳다는 걸 알고 있었죠. 디오르의 방향, 그것은 항상 다른 사람들과 거꾸로 가는 거였어요."

그는 〈파리 마치〉를 빼낸 곳에 정확히 다시 갖다놓은 후 다른 잡지 한 권을 가지고 왔다.

"그리고 이건 코코 샤넬. 어릴 때 부모에게 버림받고, 카바레에서 노래도 해야 했던, 말하자면 최악의 인생을 살 수도 있었던 여자죠. 하지만 그녀는 자신의 삶에 주어진 유일한 기회인 돈 많은 애인들을 이용했고, 결과적으로 짧은 시간 안에 당대 패션계에서 가장 중요한 인물이 되었어요. 어떻게? 여자들을 코르셋의 노예상태에서 해방시켜준 거요. 흉곽을 꽉 고정시키고, 자연스러운 움직임을 방해하는 그 고문기구에서 말이죠. 하지만 그녀도 한 가지 실수를 범했죠. 자신의 과거를 숨긴 거예요. 그걸 숨기지 않았다면 '모든 역경을 이겨내고 살아남은 위대한 여자'라는 더욱 강력한 전설이 됐을 텐데 말이죠."

그는 잡지를 제자리에 갖다놓은 후 다시 말을 이었다.

"당신은 이렇게 생각하겠지. 왜 이전 사람들은 그런 걸 시도하지 않았을까. 그 이유는 결코 알 수 없을 거예요. 아마 이전에도 시도한 사람들이 분명히 있었겠지. 하지만 그들은 그들이 살았던 시대의 정신을 컬렉션에 반영하는 데 실패했고, 그 때문에 완전히 잊혀진 것이죠. 샤넬의 작업이 반향을 일으키기 위해서는, 그녀의 창조적 재능이나 부유한 애인들의 도움만으로는 충분치 않았어요. 무엇보다도 당시의 사회가 페미니즘 혁명을 받아들일 준비가 되어 있었던 것이죠."

디자이너는 잠시 뜸을 들였다.

"이제는 중동이에요. 지금 세계를 사로잡고 있는 긴장과 불확실성의 근원지가 바로 당신네 땅 중동이니까. 중동의 차례가 왔어요. 난 그걸 알아요. 난 이 디자인하우스의 디렉터니까. 결국 모든 것이 시작되는 곳은 바로 주요 염료업체들의 회의장이에요."

'결국 모든 것이 시작되는 곳은 바로 주요 염료업체들의 회의장이에요.' 하미드는 실장의 말을 떠올리며 카메라를 옆 의자에 내려놓고 혼자 외로이 앉아 있는 디자이너를 쳐다보았다. 아마도 그는 하미드가 이곳 테라스에 들어오는 걸 보았으리라. 그리고 자신의 가장 강력한 라이벌로 성장한 하미드의 막강한 돈줄에 대해 생각하고 있을지도 모른다.

지금 먼 곳을 바라보며 짐짓 무심한 표정을 짓고 있는 그는 과거 하미드가 패션협회에 입회하는 것을 막으려고 수단과 방법을 가리지 않았다. 그는 하미드가 오일머니의 후원을 받고 있고, 이것은 불공정한 경쟁이라고 주장했다. 하지만 그가 모르는 사실들도 있었다. 당시 하미드가 한때 상사였던 명품 브랜드의 디렉터에게서 더 높은 직위를 제의받고 있었다는 사실을 그는 알지 못했다. 물론 그 회사로 자리를 옮긴다고 해서 하미드가 당장 명성을 얻게 되는 것은 아니었다. 그 회사에는 패션쇼에서 스포트라이트를 받는 간판디자이너가 따로 있었으니까. 또 그런 제의를 받은 지 두 달 후, 다시 말해 부친이 사망한 지 여덟 달 되던 때, 하미드가 셰이크의 부름을 받아 귀국하여 그와 독대하였다는 사실도 알 리 없었다.

당시 셰이크의 부름을 받고 돌아간 고향 도시는 알아볼 수 없을 정도로 변해 있었다. 도시의 유일한 대로를 따라 신축중인 마천루의 골조들이 끝없이 줄지어 서 있었고, 교통체증은 견딜 수 없을 정도였으며, 구 공항은 혼돈에 가까운 상태였다. 셰이크의 계획이 서서히 구체화되어가고 있었던 것이다. 셰이크의 꿈, 그것은 전란 한복판에 평화의 장소를, 요동치는 세계 금융시장의 위험에서 벗어난 투자의 천국을, 수많은 사람들이 장난처럼 비난하고 모욕하며 편견을 가지고 대하던 아랍 민족의 진정한 얼굴을 만드는 것이었다. 주변의 다른 나라들도 사막 한복판에 솟아나는 이 도시를 믿기 시작했고, 그에 따라 돈이 흘러들어오기 시작했다. 처음에는 한 방울 두 방울 정도였지만, 나중에는 세찬 강물처럼 콸콸 쏟아져들어왔다.

하지만 왕궁은―훨씬 더 큰 다른 궁이 근처에 지어지고 있었지만―옛 모습 그대로였다. 왕을 만난 그는 한껏 들뜬 기분으로 말했다. 다른 회사에서도 아주 좋은 제의를 받고 있고, 회사에서 인정받는 디자이너가 되었다고. 그래서 더이상의 경제적 후원은 필요 없으며, 셰이크가 그동안 지원한 돈도 모두 돌려드리겠다고.

"이제 그만 사직하게나."

셰이크가 말했다.

하미드는 이해할 수 없었다. 지금 선친의 유업이 훌륭한 결과를 낳고 있다는 사실은 잘 알고 있었지만, 그에게는 다른 꿈이 있었다. 하지만 자신을 너무도 많이 도와준 분의 뜻을 거역할 수는 없었다.

"지난번 전하를 뵈었을 때, 전 '아니오'라고 말했지만, 그건 선친이 이 세상에서 가장 소중하게 여기신 권리를 지키기 위함이었습니다. 하지만 지금은 저의 연로한 주군이신 전하의 뜻에 순종하지 않을 수 없습니다. 만일 전하께서 제 학업에 투자한 당신의 돈을 허비하였다고 생각하신다면, 전 전하의 뜻대로 하겠습니다. 이곳에 돌아와 선친이 유업을 돌볼 것입니다. 제 부족의 영예로운 관습을 지키기 위해 제 꿈을 포기해야 한다면, 기꺼이 그렇게 하겠습니다."

그는 결연한 목소리로 말했다. 상대의 힘을 존중하는 남자 앞에서 약한 모습을 보일 수 없었다.

"돌아오리는 말이 아니네. 디자이너로서 인정을 받고 더 높은 직위를 제안받았다고? 그렇다면 자네 브랜드를 만들 자격을 갖췄다는 뜻이겠지. 그게 내가 원하는 바일세."

"제 브랜드를 만든다고요? 무슨 말씀이신지요."

"점점 더 많은 외국 패션 브랜드들이 여기서 사업을 벌이고 있네. 그들은 저희들이 하는 일을 아주 잘 알고 있더군. 우리 여인들이 다른 식으로 생각하고 옷을 입기 시작했으니 말일세. 패션은 그 어떤 외국인 투자보다도 더 큰 변화를 우리 지역에 가져오고 있네. 난 그 분야에 대해 잘 알고 있는 사람들과 대화해보았지. 그리고 내가 아무것도 모르는 베두인 노인네에 불과하다는 사실을 깨달았어. 처음 자동차를 보았을 때 저것도 낙타들처럼 먹여야 하나보다 생각하는 그런 노인네 말일세.

나는 외국인들이 우리 시를 읽고, 우리 음악을 들으며, 우리 조상들의 기억을 통해 대대로 전해내려온 가락에 맞춰 춤추고 노래하기를 바라네. 하지만 우리 것에 관심을 갖는 외국인은 아무도 없는 것 같아. 그들에게 우리의 전통을 배우고 존중하게 하려면 길은 오직 한 가지야. 바로 지금 자네가 하고 있는 작업이지. 만일 저들이 우리가 옷 입는 방식을 통해 우리를 이해하게 된다면, 결국은 나머지 것들도 이해하게 될 걸세."

이튿날, 하미드는 셰이크의 주선으로 일단의 외국 투자자들을 만났다. 그들은 엄청난 액수의 투자금을 제시하면서, 상환 기일을 알려주었다. 그리고 도전해볼 의사가 있는지, 준비가 됐는지 물었다.

하미드는 생각할 시간을 달라고 부탁했다. 그는 선친의 무덤으로 가서 오후 내내 기도했다. 그리고 그날 밤, 뼛속까지 스며드는 차가운 바람을 느끼며 사막을 거닐었다. 그는 외국인 투자자들이 묵고 있는 호텔로 돌아오면서 아랍 속담을 떠올렸다. '자손들에게 날개와 뿌리를 남겨줄 수 있는 자는 복이 있도다.'

그에게는 뿌리가 필요했다. 세상에는 우리가 태어난 땅이 있다. 그곳에서 모국어를 배우고 조상들이 어려움을 어떻게 극복했는지를 배운다. 그리고 언젠가는 우리가 그 땅에 대해 책임감을 느끼게 되는 때가 오는 법이다.

그에게는 날개도 필요했다. 날개는 우리에게 무한한 상상의 지평을 열어주고, 우리를 꿈꾸게 하고, 먼 곳으로 데려간다. 우리로 하여금 다른 사람들의 뿌리를 알게 하고, 그들로부터 배움을 얻을 수 있게 하는 것은 날개의 힘이다.

그는 영감을 달라고 신께 간구하고 기도했다. 두 시간 후, 그의 머릿속에 한 대화가 떠올랐다. 선친이 당신의 직물가게를 자주 방문했던 친구와 나눈 대화였다.

"오늘 아침에 내 아들 녀석이 양을 한 마리 사겠다고 돈을 달라더군. 내가 도와주어야 할까?"

"급한 건 아니지 않은가. 일주일만 기다렸다 주게."

"난 지금 바로 도와줄 형편이 되네. 지금 바로 주나 일주일 후에 주나 마찬가지 아닌가?"

"아니지. 큰 차이가 있네. 내 경험에 따르면, 어떤 것의 진정한 가치를 알려면, 그것을 얻을 수 있을지 없을지를 자문해볼 시간이 필요하더군."

하미드는 투자자들과 셰이크의 신하들에게 일주일간 기다려달라고 했다. 그런 다음, 그는 도전을 받아들였다. 그리고 자기가 필요한 것이 무엇인지 말했다. 우선 돈을 관리하고, 그의 지시대로 투자해줄 사람들이었다. 그는 스태프가 필요했고, 가급적 고향마을 출신을 원했다. 그리고 부족한 것들을 마저 배우려면 현재의 직장에서 일 년 더 일해야 한다고 했다. 그것이 전부였다.

'모든 것이 시작되는 곳은 바로 주요 염료업체들의 회의장이에요.'

글쎄, 정확하게 말하면 그렇지 않다. 모든 것은 시장 흐름을 포착하는 데서 시작된다. 프랑스어로는 카비네 드 탕당스cabinet de tendance 영어로는 트렌드 어댑터trend adapter라 불리는 회사가 시장동향을 연구하고 조사하여 사회의 어느 특정계층이 어떤 것들—패션과 직접적인 관계가 없는 것들—에 관심을 갖고 있는지 밝혀내면서부터다. 이 조사의 기반이 되는 것은 우선 소비자 인터뷰와 표본추출 연구지만, 무엇보다도 나이트클럽에 드나들고 거리를 쏘다니며 인터넷 블로그에 나오는 것이라면 빼놓지 않고 찾아보는 일군의 사람들—주로 이삼십대—에 대한 면밀한 관찰이다. 트렌드 어댑터들이 쇼윈도를 직접 들여다보는 일은 거의 없다. 아무리 고급 브랜드라 할지라도 마찬가지다. 쇼윈도에 진열되어 있는 것들은 이미 일반 대중에게 도달한 것들, 다시 말해 곧 사라질 것들이기 때문이다.

트렌드 어댑터들이 알아내려는 것은 소비자들이 다음에 어떤 관심과 어떤 호기심을 갖게 될 것인가이다. 젊은이들은 고급 물건을 살 돈이 없기 때문에, 스스로 새로운 형태의 옷들을 고안해내게 된다. 그리고 항상 컴퓨터 앞에 붙어살기 때문에 자신의 관심사를 타인과 공유하며, 그 결과 이 흥밋거리들이 바이러스처럼 공동체 전체를 감염시키게 된다. 그뿐만이 아니다. 젊은이들은 정치, 독서, 음악 등의 분야에서 그들 부모에게 영향을 미친다. 순진한 사람들은 그 반대라고 생각하지만 천만의 말씀이다. 물론 부모의 영향력이 전혀 없는 것은 아니다. 그들은 이른바 '가치체계'의 측면에서 자녀들에게 영향을 준다. 청소년들은 본질적으로 반항적인 존재이지만, 그들은 여전히 자신의 가족이 옳다고 믿는다. 괴상한 옷을 입고 다니거나 괴성을 지르며 기타를 부숴대는 가수들에 열광하기도 하지만, 그건 어쨌거나 거기까지다. 그들에게는 그 이상 나아갈 용기, 진정한 풍속의 혁명을 일으킬 용기는 없다.

'그들도 전에는 그렇게 했지요. 하지만 다행히도 그 물결은 왔다가 바다로 돌아가버렸어요.'

현재 트렌드 어댑터들에 의하면, 사회가 여성참정론자들(20세기 초반에 여성투표권을 위해 싸웠던 사람들)과 지저분한 장발의 히피들(자유연애와 평화가 진정 가능하다고 믿었던 사람들)에게서 느꼈던 위협으로부터 멀찌감치 벗어나, 전보다 보수적인 스타일로 회귀하고 있다고 한다.

예를 들어 1960년대는 경세기 번영하는 한편, 탈식민시대의 참혹한 전쟁의 그림자에 사로잡힌 채 핵전쟁의 위험에 떨고 있었다. 이 시기의 사람들은 이 모든 우울한 그림자를 떨쳐낼 약간의 즐거움을 절실히 필요로 했다. 크리스디앙 디오르가 풍요로움에 대한 희망이 과도한 텍스타일의 사용을 통해 표현될 수 있다는 사실을 깨달았다면, 1960년대의 디자이너들은 사람들의 기분을 고조시킬 색채들의 조합을 찾아 나섰고, 그 결과 붉은색과 보라색이 마음을 가라앉히는 동시에 자극하는 효과가 있다는 결론에 이르게 되었다.

그로부터 40년 후, 일반적인 시각은 완전히 바뀌었다. 세계를 위협하는 것은 더이상 전쟁이 아니라 심각한 환경문제들이다. 하여 디자이너들은 사막의 모래, 숲, 바다 같은 자연과 관련된 색들을 선택하고 있다. 그리고 이 두 시기 사이에 수많은 경향들이 떠오르고 가라앉았다. 이른바 사이키델릭, 미래주의, 귀족풍, 복고풍 등이다.

트렌드 어댑터들은 다음 시즌 컬렉션의 내용이 결정되기 전에, 세상 사람들의 현재 심리상태에 대한 전반적인 분석을 제공한다. 그리고 지금 사람들의 주요 관심사는—전쟁과 아프리카의 기아, 테러리즘, 인권침해, 몇몇 선진국들의 오만한 행태 등 산적한 많은 문제들에도 불구하고—어떻게 하면 사회가 만들어낸 수많은 위협으로부터 우리의 불쌍한 지구를 구해낼 것이냐인 듯하다.

'생태주의? 지구를 구하자? 다 우스운 얘기지.'

하지만 하미드는 집단무의식에 맞서 싸워봐야 아무 소용없음을 잘 알고 있다. 색깔, 액세서리, 원단, 슈퍼클래스들이 참석하는 자선행사, 출간되는 책, 라디오에서 흘러나오는 노래, 은퇴한 정치인들에 대한 다큐멘터리, 새로 나온 영화, 새로운 신발 소재, 자동차 연료공급 시스템, 국회의원들에게 넘겨지는 청원서, 세계적인 대형은행들이 팔고 있는 채권, 이 모든 것들의 초점은 오직 하나, '지구를 구하자'인 듯 보인다. 엄청난 액수의 돈이 하루아침에 만들어진다. 거대 다국적기업들은 그들이 행하는 것과는 전혀 상관없는 이런저런 활동으로 신문에 자리를 얻어내고, 뻔뻔스러운 비정부기구들은 주요 TV채널에 광고를 내고 수억 달러에 달하는 기부금을 뽑아낸다. 모두 지구의 운명을 끔찍이도 염려하는 표정들을 짓고 있기에 가능한 일이다.

정치가들이 신문이나 잡지를 통하여 지구온난화나 환경파괴

등의 이슈를 선거 캠페인으로 사용하는 걸 볼 때마다 하미드는 생각했다.

'어떻게 우리는 이처럼 교만할 수 있을까? 지구는 언제나 우리보다 강했고, 지금도 강하고, 또 앞으로도 그럴 거야. 우리가 지구를 파괴한다고? 우린 지구를 파괴할 수 없어. 우리가 어느 한계를 넘어서면 지구는 지표면에서 우리를 완전히 제거해버리고 계속 존재해나갈 거야. 왜 '지구가 우리를 파괴하지 못하게 하자'라고 말하지 않는 거지?'

그것은 '지구를 구하자'는 말은 힘과 행동력과 숭고함을 느끼게 하는 반면, '지구가 우리를 파괴하지 못하게 하자'는 말에는 절망과 무력함이 묻어나며, 우리의 능력이 얼마나 제한되어 있는지를 깨닫게 하기 때문이다.

어찌됐든 이것이 최신 트렌드이며, 패션은 소비자들의 그런 욕구에 적응해야 한다. 이를 위해 염색공장들은 다음 컬렉션을 위해 가장 아름다운 색조들을 만들어낸다. 직물업자들은 천연섬유를 찾아나선다. 또 허리띠, 가방, 안경, 손목시계 등 액세서리를 만드는 이들도 새로운 트렌드에 적응하기 위해 최선을 다한다. 아니, 친환경 재생지로 만든 제품설명서를 끼워넣음으로써 환경을 위해 최선을 다하는 척한다. 그리고 이 모든 것들은 '프르미에르 비지옹première vision'이라는 의미심장한 이름의 세계 최대 상품 전시회에서—일반에는 공개되지 않고—일급 디자이너들에게만 공개될 것이다.

그후 각 디자이너는 저마다 창조성을 발휘해서 자신의 컬렉션을 디자인하리라. 그리고 다들 오트쿠튀르야말로 정말로 창의적이고 개성적이고 차별적인 것이라고 느끼게 되리라. 하지만 실상은 전혀 그렇지 않다. 다들 시장동향분석가들이 제시하는 시장의 흐름을 그대로 따르고 있을 뿐이다. 큰 브랜드일수록 모험에 뛰어들려 하지 않는 법이다. 선세계 수십만 명의 밥줄이 한 작은 그룹의 결정에 달려 있고, 또 패션계의 슈퍼클래스라 할 수 있는 그룹들은 6개월마다 신상품을 내놓는 시늉을 하는 데 진력이 나 있기 때문이다.

디자인의 첫 단계는, 언젠가는 자신의 이름을 상표에 새기기를 꿈꾸는 '아직은 인정받지 못한 천재들'이 맡는다. 그들은 대략 6개월에서 8개월간 작업한다. 처음에는 연필과 종이만으로 작업하다가, 다음에는 싸구려 옷감으로 견본들을 만든다. 이 견본들이 모델에게 입혀져 사진 촬영되고, 실장들은 이것들을 분석하여 백 점 중에 스무 점 정도를 추려낸다. 다음 패션쇼를 위해 선택된 것들이다. 다음에는 세부를 조정한다. 새 단추를 달고, 소매 모양도 달리 해보고, 색다른 형태의 바느질을 시도해보는 것이다.

다시 사진촬영과 수정이 여러 차례 반복된다. 이번에는 모델들로 하여금 앉거나 눕거나 걸어가는 포즈를 취하게 하여 관찰한다. '패션쇼에서나 입을 수 있는 옷'이라는 평가는 컬렉션 전체를 망치고, 브랜드의 명성 자체를 위태롭게 할 수 있기 때문이다. 이런 과정이 진행되는 중에 '인정받지 못한 천재들' 중 몇 사람은 곧바로 해고된다. 보상도 없다. 그들 대부분 '인턴'에 불과하기 때문이다. 재능 있는 사람들은 남아서, 그들의 창작품이 아무리 큰 성공을 거두더라도 결국 알려지는 것은 브랜드 이름뿐이라는 사실을 인식하면서 패션쇼에 나갈 작품들을 끝없이 수정해야 한다.

그들은 모두 맹세한다. 언젠가는 복수하리라고. 언젠가는 자신의 부티크를 열 테고, 마침내 인정받고야 말리라 각오를 다진다. 하지만 겉으로는 자신의 작품이 선택되어 너무도 흥분된다는 듯이 미소 지으며 계속 일한다. 그리고 출품작들이 최종적으로 선택됨에 따라 더 많은 사람들이 해고되고, 또다른 사람들이 다음 컬렉션을 위해 고용된다. 그리고 마침내, 패션쇼에 소개될 드레스가 진짜 천으로 제작된다. 마치 세상에 처음 공개되는 양 요란을 떨어대면서. 물론 그것은 전설의 일부일 뿐이다. 사실 벌써 그 단계에 이르면, 전세계 소매상들의 손에는 온갖 포즈를 취하고 있는 모델들의 사진, 액세서리에 대한 세부적 사항, 천의 종류, 권장가격, 그리고 원단 공급자에 대한 상세한 정보가 들려 있기 때문이다. 브랜드의 규모와 영향력에 따라 그 '뉴 컬렉션'은 이미 전세계 도처에서 대규모로 생산되고 있는 것이다.

드디어 그날이 온다. 좀더 정확히 말하자면 '새로운 시대'(모두가 알다시피 한 '시대'는 6개월이다)의 시작을 알리는 3주간이 온다. 그날은 런던에서 시작되어 밀라노를 거쳐 파리에서 끝난다. 전세계 기자들이 초대되고, 사진기자들이 가장 좋은 자리를 차지하기 위해 다투는 가운데, 모든 것은 극히 비밀스러운 분위기 속에서 행해진다. 신문과 잡지들은 새 컬렉션에 수많은 지면을 할애하며, 여자들은 황홀해하고, 남자들은 그들이 보기에 일시적 유행에 불과한 이 모든 것들을 약간은 경멸 어린 눈으로 쳐다보지만, 한편으로는 그들 자신에게는 아무짝에도 쓸모없으나 그들의 아내늘이 슈퍼클래스의 위대한 상징이라고 믿는 그것을 위해 돈 몇 천 달러 정도는 준비해두어야겠다고 생각한다.

그리고 일주일 후, '독점'이라고 표시된 것들이 세계 도처의 숍에 벌써 걸려 있다. 어떻게 해서 그것이 이렇게 빨리 여기까지 올 수 있었는지, 또 이렇게 짧은 시간에 만들어질 수 있었는지 묻는 사람은 아무도 없다. 전설이 현실보다 더 중요하기 때문이다.

소비자들은 모른다. 이 새로운 패션을 '창조한' 사람들은 사실은 단순히 기존의 패션을 모방하고 있다는 사실을. 특정 디자인 하우스의 '독점' 컬렉션이라는 것이 실상은 그들이 믿고 싶어하는 거짓말에 불과하다는 것을. 전문지들이 예찬하는 컬렉션 중 상당수가 각종 호사품을 생산하는 세계적 대그룹에 속해 있고, 이 대그룹들이 신문과 잡지들에 전면광고를 실음으로써 매스컴을 지원하고 있다는 사실을.

물론 예외는 있다. 수년간의 투쟁 끝에 하미드 후세인은 그 예외 중 하나가 되었으며, 그에게 힘이 있는 것은 바로 이 때문이었다.

그는 에바를 바라본다. 그녀는 다시 휴대폰을 들여다보고 있다. 평상시 모습이 아니다. 그녀는 휴대폰을 몹시 싫어하는 편이다. 휴대폰을 볼 때마다 옛사람이, 그들 부부간에 한 번도 얘기한 바 없기에 그로서는 무슨 일이 있었는지 알 수 없는 그녀 생의 한 시절이 되살아나기 때문인지도 모른다. 그는 손목시계를 들여다본다. 아직 여유 있게 커피 한잔 즐길 시간은 남아 있다. 그는 다시 저쪽 테이블에 혼자 앉아 있는 디자이너에게 눈길을 돌린다. 그 역시도 예전의 실장이 그랬듯, 모든 것이 염료공장에서 시작하여 패션쇼로 끝나기를 바랐을지도 모른다. 하지만 그렇게 되지 않았다.

하미드가 지금 홀로 수평선을 바라보고 있는 사내를 처음 만난 건 프르미에르 비지옹에서였다. 하미드가 아직 그 유명 브랜드의 실장 밑에서 디자이너로 일하던 때였다. 셰이크는 패션을 통하여 그의 세계와 종교와 문화를 알리겠다는 뜻을 실현하고자 열한 명의 작은 군대를 만들기 시작했지만, 하미드는 아직 부족한 부분을 채우기를 원했다.

하미드는 이렇게 말했다.

"이곳 사람들이 실명하는 방식은 거의 항상 똑같아요. 간단한 것을 최대한 복잡하게 연출하는 것이죠."

두 사람은 전시장을 돌아다니며, 각 부스가 소개하는 새 직물들, 혁명적인 기술들, 향후 이 년간 사용될 색깔들, 점점 더 복잡해지고 있는 액세서리들, 즉 백금 버클이 달린 허리띠, 버튼을 눌러 열게 돼 있는 신용카드용 손지갑, 다이아몬드가 박힌 다이얼로 정교한 조절이 가능한 팔찌 등을 구경하던 중이었다.

이 말을 들은 사내는 고개를 돌리고 하미드를 위아래로 훑어보았다.

"세상은 항상 복잡했어요. 앞으로도 그럴 거고."

"난 그렇게 생각 안 해요. 지금 일하고 있는 회사를 떠나게 되면 난 내 사업을 벌일 거고, 지금 우리가 보고 있는 것들과는 정반대의 방향으로 나갈 겁니다."

디자이너는 웃었다.

"패션계가 어떤 곳인지 잘 알 텐데? 협회에 대해서는 들어봤겠죠? 외국인이 거기에 들어가기란 하늘의 별따기라는 사실도."

프랑스 오트쿠튀르 협회는 세계에서 가장 폐쇄적인 클럽 중 하나다. 1868년에 장립된 이 단체는 '파리 패션위크'에 참가할 사람을 결정하고, 참가자들이 지켜야 할 기준을 설정하는 등 엄청난 힘을 가지고 있다. '오트쿠튀르'라는 명칭에 대한 상표권이 있기 때문에 누구든 이 표현을 함부로 사용하게 되면 소송을 당하게 된다. 또 매년 두 차례 열리는 언례행사의 공식 카탈로그를 1만 부 찍어내고, 전세계 기자 중에서 행사장 출입카드를 얻게 될 이천 명을 선별하고, 주요 바이어를 정하며, 각 디자이너의 중요도에 따라 패션쇼 장소를 선택해준다.

"네. 알고 있습니다."

하미드는 이렇게 말하며 대화를 끝냈다. 그는 자기 앞에 서 있는 이 사내가 앞으로 유명한 디자이너가 될 것임을 예감했다. 동시에 그들이 결코 친구가 되지 못하리라는 것도.

여섯 달 후, 모험을 위한 모든 준비가 끝났다. 그는 직장에 사직서를 내고 생제르맹데프레 거리에 첫번째 부티크를 열어 힘껏 싸우기 시작했다. 그는 많은 전투에서 패했지만, 이를 통해 한 가지 분명한 사실을 깨닫게 되었다. 패션 트렌드를 지배하는 회사들의 전횡에 결코 굴복할 수 없다는 사실이었다. 그는 독창적이어야 했고, 결국 그것에 이를 수 있었다. 그에게는 베두인족의 순박함과 사막에서 배운 지혜, 그리고 일 년 넘게 몸담았던 직장에서 일하며 배운 것들이 있었다. 또 주위의 금융전문가들의 조언도 큰 도움이 되었고, 무엇보다도 그에게는 진정 새롭고도 독특한 천들이 있었다.

이 년 만에 그는 프랑스에 대여섯 개의 대형매장을 열 수 있었고, 마침내 협회에도 가입할 수 있었다. 이는 그의 재능만으로 이뤄진 일은 아니었다. 셰이크의 인맥이 크게 작용했다. 프랑스 회사들은 셰이크의 나라 안에 자회사를 설립하기 위해 그의 눈치를 보지 않을 수 없었던 것이다.

그렇게 다리 아래 강물은 흐르고, 사람들의 생각은 바뀌어갔고, 대통령들이 선출되고 퇴임했다. 신기술은 점점 더 힘을 얻어 갔고, 인터넷은 세계의 커뮤니케이션을 지배하게 되었고, 인간 활동의 모든 분야는 여론 앞에 투명하게 열렸고, 럭셔리와 화려함은 잃었던 과거의 자리를 되찾았다. 하미드의 사업은 성장했고 전세계로 퍼져나갔다. 이제 그가 다루는 것은 패션뿐만이 아니라 액세서리, 가구, 화장품, 시계, 고급 직물 등이 포함되어 있었다.

하미드는 한 제국의 주인이 되었고, 그의 꿈에 투자했던 사람들은 두둑한 배당금으로 보상받았다. 그는 그의 기업들이 생산하는 것들 대부분을 직접 감독하고, 중요한 사진촬영이 있을 때는 꼭 참석하며, 아직도 대부분의 옷을 직접 디자인한다. 일 년에 세 번씩은 선친의 무덤 앞에서 기도하기 위해 사막을 찾고, 자신의 활동상황을 세이크에게 보고한다. 그리고 지금 또하나의 새로운 도전을 눈앞에 두고 있다. 영화제작이었다.

그는 손목시계를 들여다보고 이제 갈 시간이 되었다고 에바에게 말했다. 그녀는 그게 그렇게 중요한 일이냐고 묻는다.

"그렇게 중요한 건 아니지만, 난 참석하고 싶소."

에바는 몸을 일으킨다. 하미드는 유명 디자이너를 다시 한번 쳐다본다. 주위를 도외시한 채 혼자 앉아 지중해를 바라보는 그 외로운 사내를.

pm 04:07

 우리가 어릴 때 갖는 꿈은 모두 같다. 세상을 구하는 것이다. 하지만 어떤 사람들은 이 꿈을 금방 잊어버린다. 인생에는 다른 중요한 일들이 있다고 생각하게 되면서. 한 가정을 이루는 일, 돈을 버는 일, 여행을 하고 외국어를 배우는 일 따위가 그것이다. 하지만 생을 달리 결정하는 이들도 있다. 그들은 사회에 변화를 가져다줄 수 있는 무언가를 하고, 다음 세대에게 물려줄 만한 세계를 만드는 게 가능하다고 생각한다.
 이를 위해 그들은 먼저 적절한 직업을 선택한다. 그래서 정치가(처음에는 다들 공동체를 돕고자 하는 의지로 충만하다), 사회운동가(이들은 계급 간의 차이가 범죄를 낳는다고 생각한다), 예술가(이들은 모든 게 끝장났으니 원점에서 다시 시작해야 한다고 생각한다), 그리고…… 경찰관이 된다.

사부아 역시 자신이 정말로 유용한 존재가 될 수 있으리라는 확신이 있었다. 탐정소설을 수없이 읽었던 그는, 악당들을 창살 속에 처넣기만 하면 착한 사람들이 항상 밝은 햇빛 아래에서 안심하고 살 수 있다고 믿었다. 그는 열정을 품고 경찰학교를 다녔다. 이론시험에서 높은 점수를 받았고, 위험한 상황에 대처할 수 있도록 신체를 단련했고, 그 누구에게도 총을 쏠 일이 없기를 바랐지만 사격술도 충분히 훈련했다.

부임 첫 해에 그는 벌써 이 직업의 현실에 눈뜨게 되었다. 동료들은 끊임없이 불평해댔다. 박봉에 대해, 무능력한 판사들에 대해, 그들에 대한 일반인들의 편견에 대해, 그리고 너무도 무미건조한 업무에 대해. 그렇게 세월이 흘러갔지만 불평으로 가득 채워지는 경찰의 삶에는 전혀 변화가 없었고, 오직 한 가지만 쌓여가고 있었다. 바로 서류였다.

사건의 '어디서', '어떻게', '왜'에 대한 끝없는 보고서들. 누군가가 남의 집 앞에 쓰레기를 가져다버린 아주 간단한 사건이 발생했다고 치자. 그럼 먼저 범법자를 찾아내기 위해 문제의 쓰레기들을 이리저리 뒤적여봐야 했다(그런 것에는 항상 편지봉투라든가 비행기표 같은 단서들이 나오게 마련이니까). 그다음에는 문제의 장소를 사진으로 찍어놓아야 하고, 주변지도도 세심하게 그려놓아야 했다. 그런 식으로 범법자가 확인되면 우선은 쌍방의 합의를 권하는 권고장, 다음에는 좀더 강한 어조의 경고장이 발송되고, 그래도 범법자가 콧방귀만 뀔 경우에는 법정소환장이 발부된다. 그 다음에는 진술, 선고, 그리고 유능한 변호사들에 의한 항소 등이 뒤를 잇는다. 이런 식으로 꼬박 이 년을 보내고 나면 양측 모두 별다른 결과를 얻지 못한 채 사건이 종결되곤 한다.

살인사건은 극히 드물었다. 최근 통계에 의하면, 칸에서 발생하는 사건의 대부분은 나이트클럽에서 벌어진 부잣집 자녀들끼리의 싸움질, 여름별장의 가택침입 절도, 교통법규 위반, 불법노동에 대한 고발, 그리고 부부싸움 따위였다. 물론 그로서는 기뻐해야 할 일이었다. 갈수록 혼란해져가는 이 시대에 이 남프랑스 지방이야말로 한조각 평화의 오아시스가 아닌가. 그것은 해변을 방문하거나 영화를 사고팔려고 외지인들이 떼지어 몰려오는 영화제 기간에도 마찬가지였다. 그가 작년 한 해 동안 처리해야 했던 일은 네 건의 자살(그에게는 타자기로 쳐서 항목을 채우고 사인해야 할 6, 7킬로그램의 서류를 의미한다)과 두 건의, 단 두 건의 폭행치사 사건이 전부였다. 그런데 오늘은 불과 몇 시간 사이에 두 명이 살해당했다. 대체 무슨 일이 벌어지고 있는 것인가.

희생자의 경호원들은 진술도 하지 않고 사라져버렸다. 사부아는 시간이 나는 대로 담당경관들을 크게 한번 혼내주리라 마음먹는다. 지금 대기실에 앉아 있는 여자가 아무것도 모르는 게 사실이라면, 두 경호원이야말로 사건의 유일한 증인일 터인데 멍청하게도 그들이 돌아가도록 놔두다니. 그는 그녀와 이야기를 시작한 지 채 이 분도 지나지 않아 바로 알 수 있었다. 독극물이 발사된 순간에 그녀는 멀리 떨어져 있었고, 단지 유명 영화배급업자에게 접근하기 위해 이 상황을 이용하고 있을 뿐이라는 사실을. 그렇다면 이제 그가 해야 할 일은 보고서를 읽고 또 읽는 것이다.

병원 대기실에 앉은 그의 앞에는 보고서 두 건이 놓여 있다. 첫번째 보고서는 당직의사가 작성한 두 페이지짜리 지루한 기술적 문건으로, 지금 병원 중환자실에 누워 있는 남자의 신체가 어떤 손상을 입었는지 분석한 것이다. 지금 실험실에서 검사중인 어떤 미확인 물질에 의한 중독으로, 독극물은 왼쪽 등허리 부위에 박힌 침을 통해 혈관에 유입되었다. 목록에 기재되어 있는 독극물 중 그렇게 격렬하고 빠른 반응을 초래할 수 있는 유일한 것은 스트리크닌 정도지만, 그것은 대개 격렬한 경련을 유발한다. 하지만 경비원들의 증언에 따르면, 구급요원들과 대기실 여자가 진술한 대로 희생자는 그런 증상을 보이지 않았다. 오히려 희생자는 근육이 즉시 마비되었고 가슴을 뻣뻣하게 뒤로 젖혔으며, 덕분에 그를 부축해서 밖으로 데리고 나갈 때 아무도 눈치채지 못했을 정도였다고 한다.

훨씬 더 두툼한 두번째 보고서는 EPCTF(유럽 내무부 협력작업단)과, 희생자가 유럽 땅에 발을 디딘 이후 줄곧 그를 감시해온 유로폴이 보내온 것이었다. 유로폴 요원들은 서로 교대해가며 그를 감시해왔고, 사건이 발생했을 때는 과달루페 출신이지만 자메이카인처럼 보이는 흑인요원이 가까이에서 지켜보고 있었다고 했다.

'하지만 감시를 맡은 요원은 아무것도 보지 못했다. 좀더 정확히 말하자면 사건이 일어난 순간, 요원의 시야는 파인애플주스 잔을 들고 지나가는 한 남자에 의해 부분적으로 가려졌다'고 보고서에는 기재되어 있다.

희생자는 경찰기록에는 올라 있지 않고, 현재 영화계에서 가장 혁신적인 영화 배급업자 중 하나로 꼽히는 인물이었다. 하지만 그의 영화배급업은 사실 훨씬 커다란 수익을 내는 다른 사업을 은폐하기 위한 외관에 불과했다. 유로폴의 설명에 따르면, 원래 저비츠 와일드는 일개 B급 영화제작자에 불과했으나, 오 년 전에 미국 내에 코카인을 공급하는 한 카르텔에 포섭되어 더러운 돈을 세탁하는 일을 도맡아왔다는 것이었다.

'흐음, 재미있어지는데!'

경찰생활을 시작한 이래 처음으로 사부아는 자신이 읽는 서류에 흥미를 느끼고 있다. 지금 그의 손에 들린 이 사건은 꽤 중요한 것일 확률이 높다. 쓰레기를 둘러싼 문제들, 부부싸움, 여름 별장의 가택침입 그리고 일 년에 단 두 건 일어나는 폭행치사 사건 따위의 무미건조한 일상과는 전혀 다른 그 무엇일 터이다.

그는 그 메커니즘을 안다. 이 보고서가 무엇에 대해 말하고 있는지 잘 알고 있는 것이다. 마약밀매업자들은 '제품'의 판매를 통해 막대한 돈을 벌어들인다. 하지만 그 돈이 어디서 나왔는지 밝힐 수 없으므로 은행구좌를 열 수도, 아파트를 살 수도, 자동차나 보석을 살 수도, 투자를 할 수도, 한 나라에서 다른 나라로 큰돈을 송금할 수도 없다. 정부에서 이렇게 물어올 것이기 때문이다. "당신은 대체 어떻게 그렇게 부자가 될 수 있었습니까? 어디서 이 많은 돈이 나온 거지요?"

이를 극복하기 위해 그들은 이른바 '돈세탁'이라는 금융메커니즘을 사용한다. 불법수단으로 번 돈을 경제시스템의 일부로 편입시켜 더 많은 돈을 낳을 수 있는 흠 잡을 데 없는 금융자산으로 바꾸는 것이다. '돈세탁'이라는 표현은 미국의 유명한 갱 두목 알 카포네 때문에 생겨났다. 그는 '위생세탁소'라는 세탁 체인점을 사들인 다음, 이곳을 금주법 시대 동안 불법 주류 판매를 통해 벌어들이는 돈을 은행에 입금하는 창구로 사용했다. 만일 누군가가 어떻게 해서 그렇게 돈을 많이 벌었느냐고 물으면 그는 이렇게 대답했다. "요즘 사람들은 빨래를 엄청 많이 한다니까. 세탁업에 투자하길 정말 잘했어."

'일은 제대로 처리했군.' 사부아는 생각한다. '다만 수익을 세무서에 신고하는 걸 잊었을 뿐.'

돈세탁을 애용하는 것은 마약밀매업자들뿐만이 아니다. 다른 여러 목적들을 위해서도 매우 유용하게 쓰일 수 있다. 공사비용을 부풀린 서류를 통과시켜주는 대가로 건설업자들에게서 뇌물을 받아먹는 정치가들, 세계 각처의 공작원들에게 돈을 보내려는 테러리스트들, 주주들에게 손익을 감추려하는 회사들, 소득세라는 것을 인정할 수 없는 제도라고 생각하는 납세자 등. 세금이 없는 모나코 같은 '조세 피난처'에 번호계정을 하나 개설하는 걸로 이 모든 문제를 충분히 해결하던 시절도 있었다. 하지만 각국 정부들은 상호협력을 취하기 시작했고, 이에 따라 돈세탁을 하려는 사람들은 새 시대에 맞는 방법을 찾아야만 했다.

하지만 한 가지 사실만은 확실했다. 범죄자들은 당국이나 세무서보다 언제나 한 발 앞서 간다는 점이다.

그러면 요즘은 어떤 식으로 이루어질까? 전보다 훨씬 더 우아하고, 복잡하고, 창의적인 방식을 통해서다. 명확히 규정된 다음의 세 단계만 충실히 지키면 된다. 배치, 은폐, 그리고 통합. 여러 개의 오렌지를 가져다가, 한 잔의 오렌지주스를 만들어, 그것을 사람들에게 따라주면 된다. 이렇게 하면 과일이 어디서 났는지 전혀 알 수 없다.

오렌지주스를 만드는 건 비교적 쉬운 일이다. 여러 개의 계좌를 만들어놓고, 주로 온라인 시스템을 사용하여 돈을 조금씩 A계좌에서 B계좌로 그리고 C와 D계좌로 계속 옮기다보면, 어느 날 원금이 다시 한 곳에 모이게 된다. 이러한 경로는 너무도 복잡다단한 것이라서 그 전자 부호들이 남긴 자취를 일일이 추적한다는 건 거의 불가능하다. 돈이 계좌에 예치되는 순간, 그것은 더이상 종잇조각이 아니라 0과 1의 두 숫자로 이루어진 디지털 코드로 바뀌기 때문이다.

사부아는 자신의 은행계좌를 생각해본다. 거기 예치된 몇 푼 안 되는 돈의 운명은 전선을 타고 오가는 코드들에 달려 있다. 만일 은행이 갑자기 전산시스템 전체를 바꾸기로 결정한다면? 그리고 그 새 시스템이 제대로 작동하지 않는다면? 내가 거기 돈을 예치해놓았다는 사실을 어떻게 증명할 수 있을까. 0과 1로 이루어진 이 코드들을 집이라든가 슈퍼마켓에서 사는 음식처럼 뭔가 좀더 구체적인 것으로 바꿀 방법이 과연 있을까.

시스템 안에 갇힌 그는 아무것도 할 수 없다. 하지만 그는 결심한다. 이 병원을 나서는 길에 아무 곳이든 자동인출기에 들어가서 잔고증명을 한 장 떼어놓으리라. 그는 매주 이렇게 해야겠다고 수첩에 적어둔다. 그렇게 해놓으면 어떤 대재앙이 일어난다 해도 구체적인 증거를 제시할 수 있다. 잔고증명이라는 서류를 통해.

서류. 가만 있자. 어쩌다 생각이 이리로 흘렀지? 아, 그래! 돈세탁.

돈세탁에 대해 그가 알고 있는 것으로 상념이 되돌아간다. 마지막 단계는 가장 쉽다. 여러 계좌를 통과한 돈이 어느 흠잡을 데 없는 계좌로 모인다. 예를 들자면 부동산투자회사나 금융투자펀드 같은. 만일 국가가 "당신 회사계좌에 들어온 이 돈, 어디서 났지?" 하고 물으면 "우리 회사가 유망하다고 믿는 소액투자자들로부터요"라고 대답하면 된다. 이제 돈은 다른 곳에 마음껏 '투자'될 수 있다. 주식, 토지, 비행기, 명품, 수영장이 딸린 집, 무한도 신용카드. 이런 회사의 공동사주들은 마약, 무기 혹은 기타 불법물품을 거래할 때 돈을 댔던 사람들이다. 하지만 이제 돈은 깨끗하다. 사실 증권이나 부동산 투기 등으로 수백만 달러를 벌 수 있는 건 어떤 회사나 마찬가지 아닌가.

이제 남은 것은 가장 어려운 질문 하나. "그 소액투자자들이라는 게 대체 누구요?"

바로 여기서 범죄자들의 창의성이 요구된다. 우선 '오렌지'를 만들어야 한다. 예를 들어 어떤 '친구'에게 빌린 돈을 가지고서, 부패가 만연하고 도박에 대한 규제가 느슨한 어떤 나라의 카지노를 전전하는 사람, 그들이 바로 '오렌지'다. 이런 곳에서는 운만 좋으면 누구든 일확천금을 할 수 있다. 이 경우, 도박 테이블 위를 오가는 돈에서 일정비율을 챙기는 카지노 주인과 먼저 얘기가 되어 있어야 한다. 이제 도박사는 평소 수입도 변변치 않은 그가 어떻게 그 많은 돈을 은행에 넣을 수 있게 되었는지를 설명할 수 있게 된다. 바로 '재수가 좋아서'다.

그리고 다음날, 그는 예치금의 거의 전체에 해당하는 액수를 그에게 돈을 빌려준 '친구'에게 이체한다. 물론 일정비율은 자기 몫으로 남기고.

사람들이 과거에 즐겨 쓰던 방법으로는 식당을 사는 것이 있다. 음식 한 그릇에 말도 안 되게 높은 액수를 책정해두면 조금도 의심받지 않고 큰돈을 예치시킬 수 있었다. 지나가다 들여다보면 식당은 텅 비어 있지만, 그래도 하루 종일 손님이 한 명도 없었다고 증명할 수는 없는 노릇이니까. 하지만 레저산업이 발달함에 따라 훨씬 더 창의적인 길이 열리게 되었다. 예를 들면 미술품 시장. 그야말로 알쏭달쏭하고 제멋대로이며 이해할 수 없는 곳이다!

돈도 별로 못 버는 중산층 부부가 조부모의 집 다락방에서 찾아냈다고 주장하면서, 엄청나게 귀중한 그림들을 경매장에 들고 온다. 그림은 아주 비싼 값에 팔리고, 그다음 주에는 그보다 열 배, 스무 배 높은 가격으로 전문 화랑에 다시 팔린다. '오렌지'들은 기뻐하며 인심 후한 신들에게 감사한다. 그리고 돈을 그들 계좌로 입금시켰다가 그중 일부만 남기고—그들, 오렌지의 몫이다—나머지는 모두 외국에 투자하기로 결정한다. 이 경우 '신들'이란 다름 아닌 그림들의 진짜 주인으로, 이들은 화랑에서 그것들을 다시 사들인 다음, 이번에는 다른 대리인들을 통해 시장에 내놓는다.

물론 세상에는 미술품보다 훨씬 비싼 것들도 있다. 극장, 그리고 영화의 제작과 배급 같은 것이다. 돈세탁의 보이지 않는 손들이 정말로 신나게 잔치를 벌일 수 있는 영역은 바로 이곳이다.

사부아는 지금 중환자실에 누워 있는 사내의 삶을 요약한 보고서를 읽어내려간다. 군데군데의 공백들은 상상력을 발휘하여 채워가면서.

세계적 스타가 되기를 꿈꿨던 배우가 있었다. 결국 그는 변변한 역 하나 맡지 못했지만—그래도 여전히 자기가 스타나 되는 양 외모에 신경깨나 쓰고 다녔다—어쨌든 이 바닥이 어떻게 돌아가는지는 배우게 되었다. 벌써 중년의 나이에 이른 그는 투자가들에게 얼마간의 돈을 끌어모아 영화 한두 편을 찍었다. 하지만 괜찮은 배급사를 찾아내지 못해 참담한 실패로 끝났다. 그래도 그의 이름은 영화의 엔딩 크레디트에 오르게 되었고, 영화 전문지들은 그를 메이저 영화사들의 틀에 박힌 도식에서 벗어난 실험적인 사람으로 언급해주었다.

이렇게 절망의 시기를 통과한 뒤, 그는 이제부터 어떻게 살아야 할지 막막하기만 했다. 그에게 다시 기회를 주려는 사람은 아무도 없었고, 그 자신 또한 확실한 성공이 보장된 영화에만 투자하려는 사람들을 찾아다니며 애걸하는 데 진력이 나 있었다. 그러던 어느 날, 일단의 인물들이 그를 찾아왔다. 그중 몇 사람은 매우 상냥한 어조로 이야기를 늘어놓고, 다른 사람들은 단 한 마디도 하지 않고 침묵을 지켰다.

그들은 한 가지 제안을 했다.

"당신은 영화를 배급하는 일을 하게 될 겁니다. 처음 구매하는 영화는 많은 관객을 끌어모을 수 있는 확실한 것으로 합시다. 물론 메이저 영화사들은 그 영화를 사려고 큰돈을 제시할 겁니다. 하지만 걱정 안 해도 됩니다. 그 액수가 얼마든 당신 친구인 우리가 다 대줄 테니까. 영화는 많은 영화관에서 상영될 거고, 많은 돈을 벌어들일 겁니다. 그리고 당신은 당신이 가장 필요로 하는 것, 즉 명성을 얻게 될 겁니다. 이 단계에서는 실패한 영화 제작자에 불과한 당신의 인생에 대해 조사하려들 사람은 아무도 없지요. 물론 그렇게 두세 편의 영화를 배급하고 나면 당국은 이 모든 돈이 어디서 나왔는지 묻기 시작할 수도 있습니다. 하지만 이미 그때는 세무조사 시효인 오 년이 지났을 터이고, 첫번째 단계는 그렇게 묻힐 겁니다."

이렇게 해서 저비츠의 빛나는 경력이 시작되었다. 과연 그가 처음 배급한 몇 편의 영화들은 큰 수익을 남겼다. 극장주들은 그에게 시장에서 통할 수 있는 최고의 영화를 골라내는 재능이 있다고 믿게 되었다. 감독들과 제작자들은 그와 함께 일하기 위해 줄을 섰다. 그럴듯해 보이기 위해 그는 육 개월마다 두세 편의 저예산 영화를 받아들였다. 하지만 나머지는 항상 초대형 예산에 국제적인 스타들, 최고의 기술진으로 만들어지는 영화들이었다. 마케팅 비용으로도 엄청난 액수가 들어가는데, 이 모든 돈은 세계 각지의 '조세 천국'의 그룹들에서 댄 것이었다. 흥행수익은 영화의 '지분'을 가지고 있는 정상적인—그 누구도 의심할 수 없는—투자펀드로 돌아갔다.

이런 식으로 더러운 돈이 경이로운 예술작품으로 변신했다. 물론 기대한 만큼의 수익이 발생하지는 않았지만, 최소한 수백만 달러의 돈을 그 투자펀드의 공동사주 중 한 사람이 곧바로 '투자'할 수 있는 합법적인 돈으로 변신시킬 수 있었다.

하지만 어느 순간, 좀더 날카로운 한 세무조사관 혹은 한 영화사의 내부고발자가 아주 간단한 사실 하나를 주목하게 된다. 어떻게 무명에 가까운 제작자가 갑자기 세계적인 스타들과 재능 있는 감독들을 캐스팅하고 광고에 엄청난 돈을 쏟아부을 수 있을까? 게다가 그 많은 제작자들은 왜 특정 배급업자만 찾아가는 것일까? 일견 대답은 간단해 보인다. 대형 영화사들은 자기들이 제작한 작품들에만 관심이 있다. 반면 저비츠는 영웅이다. 그는 거대 영화사의 독재에 맞서 싸우는 사람이며, 새로운 신화이고, 불공정한 시스템을 타파하기 위해 골리앗과 투쟁하는 다윗이다.

하지만 꼼꼼한 세무조사관은 이런 합리적인 설명에 만족하지 않고 자신이 직접 뒷배경을 캐봐야겠다고 마음먹는다. 그는 처음에는 은밀하게 작업한다. 그러다가 이상한 사실을 발견하게 된다. 대박을 터뜨린 영화들에 투자한 회사들은 예외 없이 바하마, 파나마, 혹은 싱가포르에 소재한 이름 없는 회사들이다. 일이 여기까지 이르면 세무기관에 박혀 있는 스파이(이런 종류의 스파이는 항상 존재하는 법이다)가 저비츠의 후원자들에게 경고한다. 이 루트는 발각되었으니 이제 돈세탁을 해줄 다른 배급업자를 찾아보는 편이 낫겠다고.

저비츠는 절망한다. 그는 억만장자의 삶에, 신처럼 떠받들리는 데 익숙해져 있다. 그는 칸으로 날아간다. 영화제는 '투자자'들과 만나 문제를 해결하고, 번호계정의 디지털코드를 건네줄 최적의 무대이다. 그는 자신이 오래전부터 감시당하고 있다는 사실을 전혀 눈치채지 못한다. 또 자신의 체포가 어둑한 사무실에 앉아 있는 넥타이 차림 사내들의 결정에 달려 있다는 사실도 알지 못한다. 그들은 더 많은 증거를 확보하기 위해 얼마 동안 그를 계속 놔둘 수도 있고, 이야기를 여기서 바로 끝내버릴 수도 있다.

하지만 저비츠의 후원자들은 설대 불필요한 모험을 하지 않는다. 이제 저비츠는 언제든 체포될 수 있다. 그가 검사와 거래를 해서 사기극의 내막을 낱낱이 불어버릴지도 모를 일이다. 관련자들의 이름도 대고, 모르는 사이에 찍힌 사진에 함께 나온 사람들을 확인해줄 수도 있다.

문제를 해결하는 방법은 오직 하나, 그를 죽이는 것이다.

모든 게 분명했다. 사부아는 일이 어떻게 진행되어왔는지 분명하게 알 수 있었다. 하지만 그는 늘상 해오던 대로 하고 말 생각이었다. 서류만 몇 장 더 채우는 것이다. 그는 보고서를 대충 한 부 써서 유로폴에 보낼 생각이다. 그리고 거기 있는 관료양반들이 알아서 살인범들을 찾도록 놔둘 것이다. 이 건을 통해 여러 사람이 승진할 수도 있고, 부진한 경력들을 틔워줄 수도 있을 테니 열심히들 하겠지. 하지만 사부아 자신은 이 사건에 덤벼들지 않을 작정이다. 본격적으로 수사를 시작하면 반드시 어떤 구체적인 결과에 이르러야 할 터인데, 과연 상관들이 그를 적극적으로 밀어주겠는가? 그들 중에 일개 시골 형사가 그런 대단한 발견을 할 수 있다고 믿는 사람은 아무도 없다(영화제 기간에는 그토록 화려하고 현란하지만, 나머지 기간의 칸은 그저 조그만 지방도시일 뿐이다).

그는 독을 투입하기 위해서는 아주 가까운 거리에 있어야 한다는 점 때문에, 두 경호원 중 하나를 의심하고 있다. 하지만 그는 이 사실을 언급하지 않을 생각이다. 그저 파티장에 있던 종업원들에게 혐의를 두는 식으로 보고서를 채울 것이다. 물론 아무런 증언도 얻지 못할 테고, 그렇게 며칠 동안 상급기관들과 이메일과 팩스 교환을 거친 다음, 자기 관할 내에서의 수사종결을 결정하게 될 것이다.

그리고 그는 일 년에 두 번 일어나는 폭행치사 사건과 애들의 싸움질과 벌금딱지의 세계로 되돌아갈 것이다. 국제적인 반향을 일으킬 수도 있었던 무언가에 아주 가까이까지 다가갔다가 말이다. 이렇게 사춘기 시절의 꿈—세상을 좀더 나은 곳으로 만들고, 더 안전하고 공정한 사회를 만드는 데 기여하고, 승진하고, 법무부에 자리 하나를 얻고, 아내와 아이들에게 더 안락한 삶을 선사하고, 정직한 경찰관들이 아직 남아 있다는 사실을 보여줌으로써 공권력에 대한 인식을 변화시키는 데 일조하리라는 꿈—은 늘 한 단어로 귀결된다. 바로 '서류'라는 단어다.

PM 04:16

 마르티네스 호텔 바의 테라스는 사람들로 꽉 차 있다. 이고르는 자신의 용의주도함에 자부심을 느낀다. 이 도시에 한 번도 와보지 않았지만 지금 보는 이러한 상황을 예상하고 좌석을 예약해두었던 것이다. 그는 차와 토스트를 주문하고 담배 한 대를 피워 물고 주위를 둘러본다. 주위에 펼쳐진 광경은 이 세상의 그 어떤 '세련된' 장소에서도 똑같이 볼 수 있는 풍경이다. 보톡스 혹은 거식증의 흔적이 뚜렷한 여자들, 보석으로 온몸을 휘감고 아이스크림을 먹고 있는 귀부인들, 자기보다 한참 나이 어린 여자들과 함께 있는 사내들, 권태로운 표정의 부부들, 그리고 젊은 여자들. 미소 띤 얼굴로 열량 없는 소다수를 홀짝대면서 대화에 열중하고 있는 듯 보이지만 실은 누군가 흥미로운 사람을 만나려는 희망에 장소 전체를 훑어보고 있는 젊은 여자들.

한 군데 예외가 있기는 하다. 남자 세 명과 여자 두 명이 맥주 캔들 사이로 무슨 종이들을 펼쳐놓고서, 연신 계산기를 두드리고 숫자들을 비교해가며 나직한 목소리로 토론을 벌이고 있다. 얼핏 보면 여기에서 어떤 계획을 가지고 작업하고 있는 사람은 오직 그들뿐인 것처럼 느껴진다. 하지만 사실은 그렇지 않다. 여기 있는 모든 사람들이 나름대로 작업하고 있다. 그리고 저들이 추구하는 것은 오직 한 가지이다. 자기 얼굴을 세상에 알리는 것. 저들은 이렇게 믿고 있겠지…… 얼굴이 알려지고 일이 순조롭게 풀리면 명성을 얻을 수 있으리라고. 또 거기서 모든 게 잘 풀린다면 권력도 얻게 되리라. 권력, 그 어떤 인간도 신 같은 존재로 바꿀 수 있는 마법의 단어. 권력, 그것만 있으면 우리는 도저히 도달할 수 없을 것만 같았던 '아이콘'이 될 수 있으리라. 신처럼 보였던 그 사람들. 별로 말이 없고, 언제나 원하는 모든 것을 얻는 사람들. 검은 차창의 리무진이나 최고급 스포츠카를 타고 지나갈 때면 선망과 질투를 일으키는 사람들. 마음만 먹으면 오르지 못할 산이 없고, 더이상 정복할 것도 없는 사람들.

이 테라스 바에 출입하는 사람들은 이미 하나의 장벽은 넘은 이들이다. 최소한 지금 저 바깥의 금속 울타리 뒤에 서서 카메라를 들고 누군가가 정문으로 나와서 그들의 우주를 환히 비춰주기만을 기다리고 있는 가련한 중생은 아니다. 그렇다. 저들은 적어도 이 호텔 로비까지는 도달한 사람들이고, 저들에게 부족한 것은 다만 권력과 명성뿐이다. 어떤 분야에 속하든 저들은 이제 권력과 명성만 얻으면 완전해질 것이라 믿고 있다. 저 남자들. 저들은 나이는 문제가 되지 않으며, 이제라도 인맥만 잘 뚫으면 모든 게 해결된다고 여기고 있을 것이다. 노련한 경호원 못지않은 예리한 눈으로 테라스를 살피고 있는 저 새파란 여자들. 그네는 자신이 위험한 나이에 다가가고 있고, 그네의 아름다움으로 무언가를 이룰 수 있는 기회들이 순식간에 사라져버릴지 모른다는 생각에 초조해하고 있을 것이다. 또 좀더 나이든 저 여자들은 자신의 재능과 총명함으로 인정받고 싶어하리라. 사람들이 그 재능보다는 그녀의 다이아몬드를 먼저 쳐다본다는 사실을 외면하고서 말이다. 아내와 함께 있는 저 사내들은 누군가가 지나가다가 인사를 건네주기를 기대하고 있겠지. 모든 사람이 자기들에게 눈을 돌리며 '제법 알려진 사람인가봐. 아니 굉장히 유명한 사람인지도 몰라' 하고 생각하기를 바라면서.

  유명인 신드롬! 경력과 가정과 기독교적 가치들을 파괴하고, 배운 자들이나 무지한 자들이나 모두를 눈멀게 하는 욕구. 위대한 과학자들은 어떤 큰 상을 받게 되면 인류의 삶을 향상시킬 수 있는 연구를 내팽개치고, 대신 그들의 자아와 은행계좌를 채워줄 수 있는 각종 강연회를 들락거리게 된다. 아마존 숲에서 순진 무구하게 살다가 어느 날 유명가수에게 입양되어 유명세를 타게 된 인디오는 자신이 가난해서 이렇게 이용당하고 있다는 생각을 품게 된다. 가난한 사람들의 권리를 보호해주려 열심히 활동하던 인권운동가는 공직 선거에 출마할 생각을 하게 된다. 하지만 당선되어서는 자신이 모든 법 위에 있는 듯 행동하게 되고, 결국은 어느 날 모텔에서 납세자의 돈으로 산 창녀와 함께 발견된다.

유명인 신드롬! 자신이 누구인지를 잊어버리고, 다른 사람들이 자신에 대해 말하는 것을 믿기 시작할 때 그것은 찾아온다. 저들이 꿈꾸는 것은 무엇인가. 슈퍼클래스다. 모든 사람들의 꿈, 그늘도 어둠도 없는 세계, 그 무엇을 요구하든 오직 '예'라는 대답만을 듣는 세계……

이고르는 힘 있는 자이다. 그는 현재의 위치에 이르기 위해 평생을 싸워왔다. 힘을 갖기 위해 지루한 만찬들과 끝없이 계속되는 회의들에 참석해야 했고, 끔찍이도 싫은 사람들을 만나야 했다. 속에서는 욕이 터져나오는데도 미소지어야 했고, '희생양이 되어야 하는' 불쌍한 사람들에게 동정을 느끼면서도 욕설을 퍼부어야 했다. 그는 밤낮으로 일했고, 주말에도 쉬지 않았다. 전속변호사들, 행정관료들 혹은 홍보담당자들과 만나 숙의를 거듭해야 했다. 공산체제 붕괴 직후 맨주먹으로 출발한 그는 정상에 이르는 데 성공했다. 어디 그뿐이랴. 새로운 체제의 첫 이십 년 동안 그의 나라에 몰아친 정치적 경제적 광풍 속에서도 살아남았다. 왜 그토록 열심히 일해왔는가? 신을 경외했기 때문이다. 또 지금까지 걸어온 길이 존중해야 마땅한 축복임을 알았기 때문이다. 그러지 않았더라면 그는 모든 것을 잃었으리라.

물론, 내면의 무언가가 이렇게 말하는 때도 있었다. '넌 이 축복 중의 가장 중요한 부분, 바로 에바를 소홀히 하고 있어.' 하지만 여러 해 동안 그는 확신을 잃지 않았다. 그녀는 이해해줄 거라고. 이것은 일시적인 과정에 불과하고, 우리가 원하는 만큼 함께 시간을 보낼 수 있는 때가 곧 온다는 사실을 받아들일 거라고. 그들은 굉장한 계획들을 꿈꾸곤 했다. 여행, 크루즈 여행, 그리고 멀리 떨어진 어느 산속에 위치한 활활 타오르는 벽난로가 있는 외딴 집. 그곳에서 그들은 돈 걱정 빚 걱정에서, 그리고 모든 의무에서 벗어나 원하는 만큼 머물 수 있다는 확신을 만끽할 수 있으리라. 또 그들이 가지려는 많은 아이들이 다닐 학교를 찾아보리라. 오후 내내 근처의 숲속을 산책하고, 작지만 훈훈한 분위기의 동네 레스토랑에 걸어가 저녁식사를 하리라.

그때는 정원을 돌볼 시간이 있고, 책을 읽고, 영화를 보러 가고, 모든 사람들이 꿈꾸는 소박한 일들을 할 시간이 있으리라. 모든 이들의 삶을 진정으로 채워줄 수 있는 그 일들을 말이다.

그러나 실제의 삶은 어떠했던가? 집에 돌아오면 침대 위에 서류를 잔뜩 펼쳐놓고서 조금만 더 기다려달라고 부탁했다. 함께 저녁식사를 하기로 했던 바로 그날 휴대폰이 울리면, 그는 대화를 중단하고 휴대폰 저쪽에 있는 상대방과 아주 오랫동안 얘기하면서, 에바에게는 조금만 더 기다려달라고 또 부탁했다. 그는 에바가 그의 마음을 편하게 해주려고 최선을 다하고 있음을 알고 있었다. 하지만 그녀도 때로 참지 못하고―어조는 아주 부드러웠지만―불평을 터뜨리기도 했다. "우린 아직 젊을 때 인생을 즐겨야 해요. 우리에겐 다섯 세대가 충분히 먹고살 만한 돈이 있잖아요."

이고르는 그럴 때마다 이렇게 말했다. "그래! 오늘 당장 그만둘게." 에바는 환히 미소지으며 그의 얼굴을 어루만져주었다. 하지만 바로 그 순간, 그는 뭔가 중요한 일을 떠올리고는 전화기나 컴퓨터로 달려가 누군가와 통화하거나 이메일을 보내곤 했다.

사십대로 보이는 한 남자가 일어나더니 주위를 둘러본 다음, 손에 든 신문을 흔들어 보이며 소리친다.

"'도쿄를 뒤흔든 폭력과 공포', 1면 머릿기사입니다. '전자장난감 가게에서 일곱 명이 살해당하다'."

모두가 그를 쳐다본다.

"폭력이라! 그들은 자기들이 무슨 말을 하는지도 몰라요. 폭력이 일어나고 있는 곳은 바로 이곳인데 말입니다!"

이고르는 등에 전율이 이는 것을 느낀다.

"어떤 정신병자 하나가 무고한 사람들을 칼로 찔러 죽이고 다니면 온 세상이 두려움에 휩싸이죠. 하지만 칸을 지배하고 있는 이 지적 폭력에 대해서는 아무도 신경쓰지 않아요. 지금 저들 권력을 독점하고 있는 자들이 우리의 영화제를 죽이고 있어요. 저들이 하는 일이 뭔지 압니까? 저들은 최고의 영화를 뽑는 게 아니라, 반인류 범죄를 저지르고 있는 거란 말입니다. 사람들로 하여금 원치도 않는 작품들을 사게 만들고, 패션을 예술 위에 두게 만들고, 시사회는 내팽개치고 런치파티, 디너파티에나 돌아다니게 만들고 있어요. 이건 정말이지 수치스러운 일입니다! 내가 여기 온 것은……"

"조용히 하쇼!"

누군가가 외친다.

"당신이 왜 여기 왔는지 알고 싶어하는 사람은 아무도 없어요."

"……내가 여기 온 것은 인간 욕망의 노예화를 고발하기 위해섭니다. 지금 인간은 자신의 판단으로 무언가를 선택하지 않아요. 광고에 현혹되고, 거짓말에 속아 선택하고 있어요. 왜 여러분은 도쿄에서 일어난 칼부림은 그토록 걱정하는 척하면서, 한 세대의 영화인 전체가 당하고 있는 이 칼부림에는 아무런 의미도 부여하지 않습니까?"

사내는 잠시 말을 멈춘다. 사람들이 자기 말에 박수라도 쳐주기를 기대하는 모양이다. 하지만 그의 말에는 성찰의 침묵조차 뒤따르지 않았다. 모두가 그의 말에 아무런 관심도 보이지 않고 각자의 테이블에서 하던 얘기를 계속하기 시작했다. 그는 다시 제자리에 앉는다. 애써 근엄한 표정을 유지하고 있지만, 우스꽝스러운 짓을 한 자신 때문에 마음은 갈가리 찢어져 있을 것이다.

'나름대로 시선을 끌어보려고 애는 썼는데.'

이고르는 생각한다.

'문제는 아무도 거들떠보지 않는다는 사실이지.'

이제 그는 주위를 둘러본다. 에바는 같은 호텔에 묵고 있다. 오랜 시간 함께 결혼생활을 한 그이기에 육감으로 알 수 있다. 지금 그녀는 이 테라스 어딘가에 앉아서 커피나 차를 마시고 있으리라. 그가 보낸 메시지를 보았을 터이고, 지금은 분명히 그가 가까이 있음을 알고 눈으로 찾고 있으리라.

그녀의 모습은 보이지 않는다. 하지만 이고르의 생각은 계속 그녀에게 가 있다. 강박관념이다. 러시아에서의 어느 날 밤이 떠오른다. 외제 리무진을 타고 귀가하던 이고르는 경호원이기도 한 운전기사에게 캄핀스키 호텔에 차를 세우라고 말했다. 운전기사는 아프가니스탄 전장에서 함께 싸운 전우지만, 이후의 운수는 서로 같지 않았다. 이고르는 휴대폰과 서류를 차 안에 두고 호텔의 테라스 바로 올라갔다. 여기 칸의 테라스 바와는 달리 그때 그곳은 거의 비어 있었고, 막 문을 닫으려는 참이었다. 그는 종업원들에게 팁을 듬뿍 쥐여주고, 그를 위해 한 시간 더 영업하게 만들었다.

그리고 바로 거기서 그는 깨달았다. 자신이 다음 달에도, 다음 해에도, 아니 십 년 후에도 멈추지 않으리라는 걸. 그들은 꿈꾸던 시골집을 영원히 갖지 못할 것이고, 꿈꾸던 아이들도 갖지 못할 것이었다. 그날 밤, 그는 그게 왜 불가능한지를 자문했다. 그리고 대답은 오직 하나였다.

권력의 길이란 돌아설 수 없는 길이었다. 그는 자신이 내린 선택의 영원한 노예로 남게 될 테고, 만일 모든 것을 내던지겠노라는 그 꿈을 정말로 실현하게 된다면 깊은 우울에 빠지게 될 터였다.

대체 왜 이렇게 되어버렸을까? 무엇이 그를 이렇게 만들었을까? 밤마다 꾸는 악몽 속에서 다시 만나는 참호들, 자신의 선택과는 상관없이 살인의 의무를 수행하느라 겁에 질려 있던 청년 때문인가? 아니면 그의 첫번째 희생자, 붉은군대와 아프간 반군이 맞붙은 전장에서 그의 사선射線 안에 들어왔던 그 농부를 잊을 수 없기 때문인가? 세계의 미래는 휴대폰에 있다고 생각하고 투자자를 찾아나선 그를 비웃고 모욕했던 사람들 때문에? 사업 초기 자금마련을 위해, 매춘업으로 벌어들인 돈의 세탁을 원했던 러시아 마피아들과 손을 잡아야 했던 과거의 어두운 그림자 때문에?

그는 그 문제의 돈을 다 갚아버리는 데 성공했다. 자신은 부패의 늪에 빠지지 않았고, 누구에게도 채무를 남기지 않았다. 어둠과 거래를 하였으나 자신의 빛은 지킬 수 있었다. 이제 전쟁은 먼 과거에 속한 일이고, 다시 전장에 돌아가는 일은 결코 없을 것임을 알고 있었다. 일생을 바쳐 사랑할 여인도 만났다. 그리고 항상 하고 싶어하던 일을 하고 있었다. 그는 부자였다. 엄청난 거부였다. 내일 공산체제가 다시 시작된다 해도 걱정할 일이 없도록 재산 내부분을 해외로 옮겨놓았다. 그는 각 정당과 좋은 관계를 유지하고 있었고, 세계적인 유명 인사들과도 친분이 있었다. 또 그는 아프가니스탄 침공 때 전사한 소련군 병사들의 고아들을 위한 재단도 설립했다.

아니었다. 결코 그런 이유들 때문만은 아니었다. 그 붉은광장 근처의 테라스 바에서, 엄청난 재력과 권력으로 종업원들에게 밤새 일을 시킬 수도 있었던 그곳에서, 그는 마침내 깨달았다.

왜 그의 아내에게도 똑같은 일이 일어났는지. 왜 그녀는 해외출장을 그리 많이 다니고, 모스크바에 있을 때에도 밤늦게 귀가하고, 귀가해서도 곧장 컴퓨터 앞에 달려가 앉아 있는지. 그는 깨달았다. 대부분의 사람들이 생각하는 것과는 달리, 절대적인 권력은 절대적인 노예상태를 의미한다는 것을. 누구든 거기에 이르면 포기하려 하지 않는 법이다. 항상 올라야 할 새로운 산이 보이고, 정복하거나 짓밟아야 할 또다른 경쟁자가 나타나는 법이니까. 그는 매년 한 번씩 스위스 다보스에서 열리는 세계 경세포럼에 모이는, 세계에서 가장 폐쇄적인 클럽의 회원이었다. 클럽 회원 2천 명 모두가 억만장자였고, 모두가 힘이 있었다. 그들 모두가 아침부터 밤까지 일을 했고, 항상 더 멀리 나아가길 원했고, 항상 똑같은 얘기만 했다. 매입, 증시, 시장동향, 돈, 돈, 돈…… 그들이 일하는 것은 필요 때문이 아니라, 스스로가 꼭 필요한 존재라고 판단했기 때문이었다. 그들은 자신이 무수한 가정을 책임지고 있으며, 정부와 파트너들에 대해 크나큰 의무를 지고 있다고 생각했다. 요컨대 그들은 자신이 세계에 공헌하고 있다고 진심으로 믿었다. 그건 어쩌면 사실일지도 모르지만, 어쨌든 그들은 이를 위해 자신의 삶이라는 대가를 지불하고 있었다.

다음날, 그는 평소 몹시 싫어하던 일을 한 가지 했다. 정신과 의사를 찾아간 것이다. 자기에게 뭔가 문제가 있을 것 같아서였다. 거기서 그는 자신이 평범한 사람들은 엄두도 못 내는 목표를 이루어내는 사람들에게서 흔히 보이는 병을 앓고 있다는 사실을 알게 되었다. 그는 강박적으로 일하는 사람, 이른바 워커홀릭이었다. 정신과의사의 설명에 따르면, 워커홀릭은 어떤 목표를 이루기 위한 도전이나 문제해결에 골몰해 있지 않으면 깊은 우울증에 빠질 위험이 있다는 거였다.

"우리는 이 장애의 원인이 무엇인지 잘 몰라요. 단지 유년기에 겪는 불안전성에 대한 공포, 그리고 현실을 거부하고자 하는 욕구와 연결되어 있다는 사실만을 알고 있죠. 이것은 마약만큼이나 심각한 의존증입니다. 하지만 마약은 생산성을 감소시키는데 반해, 워커홀릭은 나라의 부에 크게 기여하고 있지요. 그래서 이걸 굳이 치료하려고 애쓰지 않는 거지요."

"그럼, 치료하지 않으면 어떤 결과가 오게 됩니까?"

"환자분이 잘 아실 것 아닙니까? 바로 그 때문에 여기 찾아오신 것 아닌가요? 가장 심각한 결과는 가정생활에 끼치는 해악이죠. 워커홀릭이 가장 빈발하는 나라 중 하나인 일본에서는 때로 치명적인 결과를 수반하는 이 강박증을 제어하기 위한 다양한 방법들이 개발되어왔지요."

이고르는 문득 자신이 앞에 앉아 있는 이 콧수염 기른 안경잡이 의사의 말을 경청하고 있다는 걸 깨달았다. 누군가의 말을 이

토록 경청해본 적은 적어도 지난 2년간의 기억에는 없었다.

"그렇다면 이 병에 대한 치료법이 있단 말입니까?"

"워커홀릭이 정신과의사를 스스로 찾아온다는 것 자체가 치료받을 준비가 되어 있다는 뜻이지요. 사실 워커홀릭 중에 자신이 도움이 필요하다고 생각하는 경우는 천에 하나 있을 정도입니다."

"난 도움이 필요합니다. 돈도 충분히 있고……"

"그게 바로 워커홀릭이 전형적으로 하는 말이지요. 그래요, 당신이 돈이 많다는 건 저도 압니다. 다른 워커홀릭들이 다 그렇듯이 말입니다. 저는 당신이 누군지 알아요. 일전에 국회 자선파티에 참석하신 걸 사진으로 봤죠. 대통령과 면담하는 사진을 본 적도 있고요. 말이 나왔으니 말인데, 대통령 그 양반도 같은 증세를 보이고 있죠.

돈만 있다고 치료할 수 있는 건 아니에요. 제가 알고 싶은 건 이겁니다. 당신은 정말 변화를 원하세요?"

이고르는 에바와 산 속의 집과 그가 갖고 싶어하는 가족을 생각했고, 은행에 쌓아둔 수억 달러의 돈을 생각했다. 그리고 자신의 사회적 지위와 자신이 소유한 힘을 생각했다. 이것들을 버리기란 너무도 힘들 것 같았다.

"당신이 하고 있는 일이나 가지고 있는 모든 것을 포기하라고 말하는 건 아니에요."

정신과의사는 마치 그의 생각을 읽고 있기나 한 듯 말했다.

"단지 당신의 일을 강박이 아닌 행복의 원천으로 생각해보라는 거죠."

"좋아요. 그렇게 하겠습니다."

"그런데 그렇게 하려는 동기가 뭐죠? 사실 워커홀릭들은 모두 자기가 하는 일에 만족하고 있다고 생각하거든요. 당신 정도의 위치에 있는 사람이라면, 자기가 도움이 필요하다는 사실을 절대 인정하지 않는데 말이죠."

이고르는 시선을 떨어뜨렸다.

"그 동기가 대체 뭐죠? 제가 대신 대답해볼까요? 좋아요, 제가 한번 맞혀보죠. 말씀드렸듯이, 지금 당신은 당신의 가정을 파괴하고 있어요. 바로 그 때문이죠."

"······사실 상황은 더 심각합니다. 아내도 똑같은 증상을 보이고 있어요. 바이칼 호수에 여행 다녀온 후로는 내게 거리를 두고 있고요. 그런데 이 세상에 내가 누군가를 위해서 또다시 사람을 죽일 수······"

이고르는 자신이 너무 많은 말을 하고 있다는 걸 깨달았다. 하지만 테이블 너머 정신과의사의 표정에는 변화가 없었다.

"이 세상에 내가 누군가를 위해 무엇이든, 정말로 무엇이든 할 사람이 있다면, 그건 바로 내 아내입니다."

정신과의사는 간호사를 불러 상담 일정을 잡으라고 말했다. 그러면서 그는 그 날짜들에 시간이 되냐고 이고르에게 물어보지도 않았다. 다른 약속들, 일과 관련된 스케줄은 그것이 아무리 중요할지라도 연기될 수 있음을 분명히 보여주는 것이 치료의 일부였던 것이다.

"질문 하나 해도 되겠습니까?"

정신과의사는 고개를 끄덕였다.

"일을 많이 한다는 것은 오히려 고귀한 그 무언가로 생각될 수 있지 않을까요? 신께서 우리의 생에 허락하신 기회들에 대해 깊은 경의를 표하는 것이라 생각할 수는 없을까요? 혹은 이 사회를 바로잡기 위한 하나의 수단으로, 비록 내가 이따금 사용하는 방법들이 약간은……"

침묵이 흘렀다.

"약간은, 뭔데요?"

"아닙니다. 아무것도 아닙니다."

이고르는 혼란과 안도를 동시에 느끼며 상담실을 나왔다. 의사는 그가 말하고자 했던 바를 제대로 이해하지 못했으리라. 삶에는 항상 어떤 이유가 있다. 인간 존재는 모두 연결되어 있고, 전체의 건강을 위해서는 종양을 제거해야 하는 경우가 있다. 사람들은 저마다의 작고 이기적인 세계 속에 틀어박힌 채 이웃을 고려하지 않고 계획들을 세운다. 그들은 지구가 단지 이용해먹을 땅뙈기에 불과하다고 생각하고, 사회적 공동선을 위해서는 아무것도 내놓지 않고 각자의 본능과 욕망만을 추구한다.

내가 가정을 파괴하고 있다고? 천만에. 이고르는 단지 그가 갖기를 꿈꾸는 아이들에게 보다 나은 세계를 물려주고 싶을 뿐이다. 마약과 전쟁과 추잡한 성매매가 없는 세상, 사랑이 모든 부부, 모든 민족, 모든 나라, 모든 종교를 하나로 묶어주는 위대한 힘이 되는 그런 세상을 밀이다. 에바는 그걸 이해하리라. 비록 지금 그들의 결혼생활이 분명 악령의 장난인 위기를 통과하고 있지만 말이다.

다음날, 그는 비서를 시켜 의사와의 상담 약속을 취소했다. 지금 그에게는 더 중요한 일들이 있었다. 세상을 정화하기 위한 위대한 계획을 세우고 있는 중이었고, 이를 위해서는 도움이 필요했다. 사실은, 그와 함께 일할 사람들과의 접촉을 이미 시작한 터였다.

그리고 두 달 후, 그는 사랑하는 아내로부터 버림받았다. 필경 그녀를 사로잡고 있는 악령 때문이리라. 그렇다, 그로서는 그녀의 행동을 전혀 이해할 수 없었다.

요란하게 끌리는 의자 소리에 이고르는 칸의 현실로 되돌아왔다. 그의 앞에는 한 손에 위스키 잔을 들고 다른 손에는 담배를 든 여자가 앉아 있다. 우아한 옷차림이지만 벌써 어지간히 술에 취해 있었다.

"여기 앉아도 될까요? 남은 자리가 하나도 없어서요."

"벌써 앉아 있잖소."

"아, 이건 정말 말도 안 돼요!" 그녀는 오래전부터 알아온 사람에게 하듯 다짜고짜 이야기를 시작한다. "말도 안 되는 일이라고요. 경찰이 나를 병원에서 쫓아내는 거예요. 난 그 사람을 만나려고 꼬박 하루가 걸려 여기까지 날아왔고, 정상가의 두 배를 내고 호텔에 묵었는데. 젠장, 지금 그 사람은 생사를 오락가락하고 있어요!"

경찰에서 나온 여자일까? 아니면 이 여자가 말하는 것은 지금 내가 생각하는 그 일과는 아무 관계 없는 것일까?

"그런데 당신은 여기서 뭐 하고 있죠? 덥지 않아요? 왜 그렇게 옷을 껴입고 있죠? 그 우아한 차림으로 사람들에게 폼을 잡고 싶은 건가요?"

사람들은 항상 자신의 운명을 선택한다. 지금 이 여자가 하고 있는 짓이 바로 그거다.

"난 기온에 상관없이 항상 재킷을 입어요. 당신은 영화배우요?"

여자는 웃음을 터뜨린다. 거의 히스테리에 가까운 모습이다.

"내가 배우냐고요? 네, 맞아요, 난 배우예요. 난 지금 어떤 사람의 역할을 연기하고 있는 중이죠. 어떤 사람이냐고요? 소녀시절부터 하나의 꿈을 안고 자랐고, 그 꿈을 현실이 되게 하려고 비참한 팔 년을 보내야 했던 인물이죠. 집도 저당 잡히고, 쉴새 없이 일해야 했던……"

"무슨 말인지 알겠소."

"아뇨. 당신은 몰라요. 밤이나 낮이나 오직 한 가지만 생각했어요. 초대받지 않은 곳에도 찾아가서 경멸스러운 사람들과 악수해야 했어요. 나의 반만큼의 가치도 없는 사람들의 관심을 조금이라도 끌어보려고 한 번, 두 번, 열 번을 전화했어요. 내가 가진 용기의 절반도 갖지 못했지만 운이 좋았든 어쨌든 높은 자리에 앉아서 지들의 가정불화에서 쌓인 스트레스까지 남들에게 푸는 사람들에게, 불가능한 꿈을……"

"꿈을 추구하는 것 외에는 인생에 다른 즐거움이 없었겠죠. 그 외의 다른 모든 것은 무미건조하게 느껴졌겠고. 결국 당신 가정을 파괴하는 것으로 끝나는 그런 삶."

여자는 놀란 눈으로 그를 쳐다본다. 취기가 싹 가신 얼굴이다.

"당신 누구죠? 어떻게 내 마음을 그리 잘 알죠?"

"당신이 들어올 때 나 역시 그런 생각을 하고 있었으니까. 하던 대로 그렇게 털어놓고 계속 얘기해도 괜찮아요. 내가 당신을 도와줄 수도 있다고 생각하니까."

"아뇨. 아무도 날 도와줄 수 없어요. 날 도와줄 수 있는 유일한 사람이 지금 병원 중환자실에 누워 있는데요. 그리고 경찰이 오기 전에 주워들은 바로는 그는 가망이 없대요. 오, 맙소사!"

그녀는 남은 술을 마저 들이켠다. 이고르는 웨이터에게 손짓을 한다. 하지만 웨이터는 그의 손짓을 외면하고 다른 테이블로 가버린다.

"여태까지 살아오면서 나는 항상 건설적인 비판보다는 입에 발린 칭찬을 더 좋아했죠. 자, 나한테 예쁘다고 한번 말해줄래요?"

이고르는 웃는다.

"왜 내가 당신을 도와줄 수 없다고 생각하는 거요?"

"혹시 영화배급 일을 하나요? 전세계 영화관들과 접촉하는 일을 하냐고요. 아니잖아요."

어쩌면 지금 두 사람은 동일한 인물을 생각하고 있는 건지도 모른다. 그렇다면 이건 함정이다. 도망가기에는 이미 늦었다. 누군가가 그들을 지켜보고 있을 테고, 그가 몸을 일으키자마자 체포될 것이다. 그는 뱃속이 팽팽히 긴장되는 것을 느낀다. 하지만 두려워할 이유가 무엇인가? 몇 시간 전에 스스로 경찰에 자수하려 하지 않았던가? 순교를 택했고, 자신의 자유를 희생물로 내놓았지만, 신은 그 제물을 거부했지 않은가? 그런데 지금, 하늘은 그 결정을 재고한 모양이다.

앞으로 전개될 상황 속에서 자신을 방어할 방법을 생각해야 한다. 용의자가 확인되면, 취한 척하는 여자가 좀더 앞으로 다가와 몇 가지를 물어보는 것이다. 그런 뒤, 한 사내가 조용히 들어와 그에게 잠시 얘기할 게 있으니 같이 좀 가자고 말하리라. 그 사내는 경찰이리라. 이고르의 재킷 속에는 만년필처럼 생긴 물건이 하나 들어 있긴 하지만 그것은 조금도 의심을 사지 않을 것이다. 하지만 베레타 권총이 문제다. 그의 눈앞에 지난 삶 전체가 스쳐간다.

권총을 사용해야 할까? 그의 혐의가 확인되자마자 경찰이 나타날 터이지만, 필경 그 뒤에서 지켜보고 있는 다른 경찰들이 있을 테고, 그는 무언가를 시도해볼 시간도 없이 죽고 말 것이다. 더구나 그가 이곳에 온 것은 야만스럽고도 무차별적으로 죄 없는 사람들을 죽이고자 함이 아니었다. 그가 하는 이 모든 일은 한 가지 사명을 위해서이다. 그의 희생자들—더 정확하게는 '사랑을 위한 순교자들'—은 그 드높은 목적에 부합해야 한다.

"아니오. 난 영화배급업자가 아니오." 그는 말한다. "난 영화계나 패션계 같은 화려한 세계와는 아무 관계 없는 사람이오. 난 전기통신 분야에서 일해요."

"오, 멋지네요! 부자겠군요. 당신도 꿈을 갖고 인생을 살아온 분이겠죠? 그렇담 지금 내가 무슨 말을 하는지도 잘 알겠네요."

'영화배급업자' 얘기로 잠시 놓치고 있던 여자와의 대화 내용이 다시 떠오른다. 그는 또다른 웨이터에게 손짓을 하고, 이번에는 성공한다. 그는 차 두 잔을 주문한다.

"지금 내가 위스키 마시고 있는 거 안 보여요?"

"알아요. 하지만 조금 전에 말했듯 난 당신을 도와줄 수 있다고 생각해요. 그러기 위해서는 우선 맑은 정신이어야 하오. 최소한 지금 자신이 뭘 하고 있는지 정도는 알아야 할 거 아니오?"

모린은 이고르를 똑바로 바라보았다. 사실 아까 이 낯선 사내가 자신의 생각을 읽어냈을 때부터 정신이 번쩍 드는 기분이었다. 정말로 이 사람은 자기를 도와줄 수 있을지 모른다. 영화계에서 오가는 상투적인 표현, '난 영향력 있는 친구들을 알고 있소'라는 말로 그녀를 유혹하려는 사람을 만난 것도 대체 언제 적 일이던가. 남자가 자신을 욕망하고 있음을 느끼는 것만큼 여자의 심리상태를 확실하게 바꿔놓는 것도 없다. 그녀는 당장에라도 일어나 화장실로 달려가서 거울을 들여다보고 화장을 고치고 싶은 마음이었다. 하지만 그건 잠시 후에 해도 된다. 지금은 자기도 그에게 관심이 있다는 신호를 분명히 보내야 한다.

승자는 혼자다

그래, 지금 그녀에겐 누군가가 필요하다. 또 그녀는 운명이 예비해둔 어떤 반전에도 기꺼이 응할 준비가 되어 있다. 신은 한쪽 문을 닫으면 다른 쪽 창문을 열어주는 분이 아니던가. 이 테라스 바의 많은 테이블 중에서 왜 유독 이 자리만 비어 있었겠는가? 분명 어떤 의미가 있다. 두 사람은 반드시 만나리라는 숨겨진 표지가.

그녀는 이러한 자신을 의식하고 속으로 피식 웃는다. 하긴 더할 수 없이 절망적인 상황에서는 모든 것이 표지요, 희망이요, 희소식으로 느껴지지 않겠는가.

"우선, 당신이 필요한 게 뭔지를 알고 싶소."

남자가 말한다.

"도움이 필요해요. 난 톱라인 캐스팅으로 꽤 괜찮은 영화를 한 편 만들었어요. 그리고 그것을 어떤 분이 배급해줄 참이었어요. 그분은 거대 영화사의 독점시스템에 속하지 않는 나 같은 사람의 재능을 믿어주는 몇 안 되는 분 중 하나죠. 난 그분을 내일 만날 예정이었고요. 오늘 점심때는 우연히 그와 같은 장소에 있었죠. 그런데 갑자기 그가 불편해하는 모습을 보았어요."

이고르는 긴장을 풀기 시작한다. 여자의 말이 그대로 사실일지 모른다. 현실의 일들이란 소설 속 이야기보다 더 터무니없는 법이니까.

"난 그를 따라 나갔어요. 그가 이송된 병원을 알아내서 거기로 갔지요. 그렇게 달려가면서 그를 만나서 할말을 생각했어요. 난 당신의 친구고, 우린 같이 일하려던 참이다, 이렇게 말하면 될까 어떨까 생각했죠. 사실 그와는 한 번도 말해본 적이 없거든요. 하지만 위급한 상황에서는 누구라도 옆에 있어주면 마음이 놓이 잖아요."

'그러니까 이 여자는 저비츠의 비극적 상황을 자기 목적을 위해 이용하려던 거였군.'

이고르는 생각한다. 인간들이란 다 똑같다.

"그런데 그 톱라인 캐스팅이란 게 뭐죠?"

그가 묻는다.

"잠시 실례해도 될까요? 화장실에 다녀올게요."

이고르는 그녀를 배려하여 정중히 일어서서 검은 선글라스를 걸친다. 그리고 그녀가 멀어지는 동안 최대한 차분한 모습을 유지하려 애쓴다. 그는 차를 마시며 테라스 바 전체를 눈으로 살핀다. 일단 눈에 띄는 위험요소는 없지만, 어쨌든 여자가 돌아오는 대로 이 장소를 뜨는 게 좋을 것이다.

모린은 새로 만난 친구의 신사다운 행동에 감명을 받았다. 부모가 가르쳐준 교양 있는 예의규범에 맞게 행동하는 사람을 본 지가 참으로 오래됐다. 테라스를 떠나면서 그녀는 예쁘장한 젊은 여자들이 바로 옆 테이블에 앉아 있는 것을 보았다. 그 여자들은 이쪽의 대화를 들은 모양인지, 그에게 미소를 보내고 있었다. 또 그녀는 이고르가 검은 선글라스를 끼는 것을 보았다. 슬그머니 그 여자들을 훔쳐보기 위해서겠지. 화장실에 다녀오면 그들은 벌써 합석하여 같이 차를 즐기고 있으리라.

산다는 게 본래 그런 것이다. 불평하지도, 지나치게 기대하지도 말자.

그녀는 거울에 비친 자신의 모습을 들여다본다. 어떻게 그 남자가 자기 같은 여자에게 관심을 가질 수 있단 말인가? 그가 말했던 대로, 정신을 차리고 현실을 직시할 필요가 있다. 그녀의 눈은 흐릿하고 피곤에 찌들어 있다. 영화제 참가자들이 모두 그렇듯 그녀 역시 진이 빠져 있는 상태다. 하지만 그녀는 자신 앞에 아직 싸움이 기다리고 있다는 것을 알고 있다. 칸은 아직 끝나지 않았다. 저비츠가 회복될 수도 있고, 그의 대리인을 만날 수도 있다. 그녀에게는 시사회 티켓이 몇 장 있고, 프랑스에서는 매우 권위 있는 잡지인 〈갈라〉지가 개최하는 파티 초대장도 가지고 있다. 또 차제에 유럽의 독립영화 제작자들과 감독들이 영화를 어떻게 배급하는지 알아볼 수도 있다. 빨리 마음을 다잡고 다시 일어서야 한다.

그럼 그 잘생긴 남자는? 환상은 떨쳐버리는 편이 낫다. 그녀는 두 젊은 여자가 그와 합석해 있으리라 확신하면서 테이블로 돌아간다. 하지만 그는 여전히 혼자다. 그는 정중히 일어서서 그녀가 앉게끔 의자를 당겨준다.

"아직 내 소개를 안 했네요. 난 모린이에요."

"이고르요. 반갑소. 아까 우리는 당신의 톱라인 캐스팅에 대해 얘기하던 중이었소. 그 톱라인 캐스팅이란 게 뭐냐고 내가 물었소."

그녀는 옆 테이블에 앉은 두 여자를 슬쩍 훑어본다. 그러고는 평소보다 목소리를 높여 설명하기 시작한다.

"어떤 영화제에서도 마찬가지지만, 이곳 칸에서는 매년 신인 여배우들이 발굴되죠. 또 매년 정말로 실력 있는 여배우들이 기회를 잃기도 하고요. 아직 젊은 나이고 열정도 넘치지만 영화산업은 그들이 너무 늙었다고 생각하는 거죠. 그런데 새로 발굴되는 신인들 중에……" 모린은 옆자리에 앉아 있는 애들이 이 말을 좀 들었으면 좋겠다고 생각하며 또박또박 말한다. "어떤 이들은 덧없는 화려함의 길을 택하죠. 사실 그녀들은 영화로는 돈을 많이 벌지 못해요. 감독들은 모두가 이 사실을 알고 있고, 이를 최대한 이용해먹죠. 그래서 그녀들은 투자해서는 안 될 것에다 모든 걸 투자하게 되죠."

"그게 뭐죠?"

"미모죠. 어쨌든 그녀들은 스타가 돼요. 그리고 파티에 얼굴을 보이는 대가로 돈을 받고, 광고를 찍고, 제품을 프로모션하는 자리에 여기저기 불려다녀요. 또 힘 있는 사내들과 전세계 모든 여자들이 갈망하는 스타 남자배우들도 만나게 되고요. 돈도 엄청나게 벌지요. 아직 젊고 예쁘니까 에이전트들이 쉴새없이 계약을 물어오거든요.

사실 그녀들은 끊임없이 허영을 자극하는 에이전트들에 끌려다니고 있을 뿐이에요. 어쨌든 그녀들은 그렇게 가정주부들과 소녀들의 꿈이 되는 거죠. 또 이웃도시에 여행할 돈도 없는 배우지망생들의 꿈이고요. 지망생들은 여배우들을 자신도 체험해보고 싶은 세계에 먼저 들어가 있는 친구처럼 느끼기도 해요. 여배우들은 영화를 계속 찍지만 출연료는 조금씩밖에 오르지 않아요. 하지만 그녀들의 홍보담당은 아주 높은 출연료를 받는다는 소문을 흘리죠. 물론 거짓말이에요. 기자들조차 믿지 않는 거짓말. 하지만 기자들은 이 거짓말을 기사화해요. 대중은 정보가 아닌 뉴스를 좋아한다는 사실을 잘 아니까요."

"정보와 뉴스라…… 그 차이가 뭐죠?"

이고르가 묻는다. 그는 점점 더 긴장이 풀리는 걸 느끼지만, 주위에서 일어나는 일들에 계속 주의를 기울이고 있다.

"예를 들어 당신이 두바이의 경매장에서 금도금한 컴퓨터를 한 대 사서, 그 놀라운 최첨단 기계로 책을 한 권 쓰기 시작했다고 해요. 그런데 이 사실을 알게 된 기자가 전화를 해서 묻죠. '당신의 황금컴퓨터는 어떻습니까?' 이게 바로 뉴스지요. 그 컴퓨터로 당신이 쓰고 있는 책이 무언지, 어떤 내용인지 그런 정보는 조금도 중요하지 않은 거예요."

'혹시…… 지금 에바도 뉴스만 받고 정보는 받지 못한 게 아닐까?' 그로시는 한 번도 해보지 않은 생각이었다.

"배우들 얘기, 계속해봐요."

"시간이 흐르고, 더 정확히 말하면 7, 8년이 지나가죠. 갑자기 출연제의가 뚝 끊겨요. 행사 건도, 광고 건도 점점 말라가죠. 에이전트는 예전처럼 바쁘게 뛰는 것 같지 않고 전화해도 잘 안 받아요. 대스타는 발끈하죠. 어떻게 나한테 이럴 수가 있어? 위대한 섹스심벌이자 영화계 최고의 아이콘인 나한테! 그녀는 에이전트를 욕하고 다른 사람을 찾아보리라 결심해요. 그런데 놀랍게도 에이전트는 눈 하나 까딱하지 않죠. 오히려 서명해달라며 종이 한 장을 내밀고는, 그동안 함께 일해서 즐거웠다, 행운을 빌겠다, 하고는 떠나가버려요. 그걸로 땡인 거죠."

모린은 자기가 얘기하고 있는 내용의 예가 될 만한 사람들이 있는지, 바 안을 눈으로 훑어본다. 아직까지 명성은 남아 있지만 일선에서 완전히 사라진, 절망적으로 새로운 기회를 찾고 있는 여배우들 말이다. 그녀들은 여전히 손에 닿지 않는 위대한 여신인 양 행동하며 도도한 자세를 유지하고 있지만, 마음은 쓰라림으로 가득 차 있고 피부는 보톡스와 보이지 않는 성형수술 자국들로 덮여 있다. 모린의 눈에는 여기저기 보톡스와 성형수술 자국들은 들어오지만, 지난 10년간 활약했던 스타는 한 사람도 보이지 않는다. 어쩌면 이런 영화제에 올 돈마저 없어서일지도 모른다. 그녀들은 지금 지방도시의 댄스파티, 또는 초콜릿이나 맥주의 판촉행사에 특별손님으로 초대되어 있을지도 모른다. 거기서 자신이 여전히 과거 한때의 그 존재, 하지만 더이상은 아니라는 걸 누구보다 자신이 더 잘 아는 그 존재인 양 행동하고 있는지도.

"아까 다른 종류의 여배우들도 있다는 듯이 말했던 것 같은데?"

"그래요. 다른 유형의 여배우들도 있어요. 그녀들 역시 똑같은 문제에 봉착하게 되죠. 하지만 한 가지 분명한 차이점이 있어요."

그녀의 목소리는 조금 더 높아진다. 옆 테이블의 여자들이 이 바닥 사정에 정통한 사람의 얘기에 관심을 보이는 기색이 역력하기 때문이었다.

"이들은 미모는 일시적인 거라는 사실을 알아요. 그녀들의 모습은 광고 포스터나 잡지 표지 같은 데는 잘 안 보이죠. 왜냐면 연기를 연마하느라 정신이 없으니까요. 공부도 게을리하지 않고 미래에 도움이 될 사람들을 만나고 다니죠. 그들 역시 자기 이름과 얼굴을 어떤 상품에 빌려주기도 하지만 얼굴만 파는 모델로서가 아니라 사업파트너로서죠. 당장의 수입은 많지 않아요. 대신 평생 들어올 수입이 보장되는 기죠.

또 그녀들 앞에는 바로 나 같은 사람이 나타나죠. 훌륭한 시나리오와 충분한 자금을 갖춘 나 같은 사람이 그녀들과 함께 작업하길 원하죠. 그녀들에게는 맡겨진 역을 충분히 소화할 수 있는 재능이 있으니까요. 그녀들은 받아들여요. 작품이 설사 대박을 터뜨리지 못한다 해도. 이 영화를 통해 여전히 원숙미와 능력을 갖춘 연기자로 스크린에 남아 있다는 이미지를 심어줄 수 있거든요. 좋은 기회라는 걸 알 만큼은 똑똑한 사람들이죠. 또 누가 알아요? 그러다가 다른 제작자가 그들의 연기에 다시 관심을 갖게 될지."

이고르 역시 젊은 여자들이 그들의 대화를 주의 깊게 듣고 있다는 사실을 발견한다.

"밖에 나가 좀 걷는 게 어떻겠소?"

그는 나직이 말한다.

"여긴 사람들의 이목이 있어서 좀 그렇군요. 내가 호젓한 장소를 알고 있소. 해가 지는 광경도 볼 수 있는 아주 아름다운 곳이오."

　그녀가 기대했던 말이다. 산책으로의 초대! 아직 해가 질 시간은 아니지만, 그래도 일몰을 함께 보자고! 저속한 남자들 같으면 이렇게 말했을 것이다. '신발을 갈아신어야 하니 잠시 내 방에 함께 올라갑시다.' 그리고 '아무 일도 없을 거요. 약속할게요.' 하지만 일단 올라가면 뻔한 스토리가 시작될 거다. '당신에게 도움이 될 만한, 내가 아는 사람들이 있소. 당신에게 뭐가 필요한지 잘 알고 있소'라고 붙잡으면서 호시탐탐 키스의 기회를 노릴 것이다.

　솔직히 이렇게 매력적인 남자라면 키스를 받아도 무방할 듯하다. 물론 아직 아무것도 모르는 사람이긴 하지만, 이렇게 우아하게 유혹하는 남자는 쉽게 잊히지 않을 것이다.

　그들은 자리에서 일어난다. 나가면서 그는 음료수 값은 자기 이름으로 달아놓으라고 말한다. '그래, 마르티네스 호텔에 묵는 사람이었어!'

　크루아제트 대로에 이르자, 그는 왼쪽 길로 가자고 제의한다.

"이쪽이 더 호젓하오. 경치도 훨씬 더 좋지요. 해가 저 언덕 너머로 지는 광경을 볼 수 있어요."

"이고르, 당신은 어떤 분이죠?"

"좋은 질문이오. 실은 나 역시 그 답을 찾고 싶어요."

이 또한 마음에 드는 점이다. 그는 자신이 얼마나 부자이며 똑똑한지, 얼마나 유능한지 따위를 늘어놓지 않는다. 단지 그녀와 함께 일몰을 보려 할 뿐. 그들은 말없이 해변의 끝까지 걸어가면서 다양한 사람들을 지나친다. 영화제에는 전혀 관심이 없어 보이는, 마치 딴 세상 사람 같은 늙은 부부들. 몸에 꼭 끼는 옷을 입고 아이팟을 낀 채 인라인스케이트를 타는 젊은이들. 보자기 위에 상품을 진열해놓은 행상들. 그들의 보자기 네 귀퉁이는 끈 하나로 꿰어져 연결되어 있는데, 이는 단속원이 나타나면 끈을 당겨 그들의 '쇼윈도'를 순식간에 가방으로 둔갑시키기 위함이다. 그리고 무슨 이유에선지 경찰이 접근금지 테이프를 둘러놓은 장소. 다가가 살펴보니 그 안에는 평범한 벤치 하나가 있을 뿐이다. 그녀는 길동무가 꼭 누군가를 기다리는 사람처럼 두세 번 뒤쪽을 살피는 것을 본다. 그럴 리는 없을 테고, 아마도 아는 사람이 지나가는 걸 본 거겠지.

그들은 잔교 위로 걸어올라간다. 양쪽에 줄지어 정박해 있는 요트들 때문에 해변 풍경이 부분적으로 가려져 있는 잔교에서 그들은 호젓한 장소를 찾아낸다. 두 사람은 등받이가 있는 벤치에 나란히 앉는다. 그들 외에는 아무도 없다. 하긴 아무 일도 일어나지 않는 그곳을 누가 찾아오겠는가? 그녀는 기분이 너무도 좋다.

"아, 경치 좋네요! 혹시 그 얘기 알아요? 왜 하느님은 일곱번째 날에 휴식하기로 결정했는지."

뜬금없는 질문에 이고르가 어리둥절한 표정을 짓자 그녀는 말을 잇는다.

"여섯번째 날, 하느님은 인간들에게 줄 세계를 거의 다 완성해가고 있었대요. 그런데 한 무리의 할리우드 제작자들이 그분에게 오더니 이렇게 말했다는 거예요. '나머지는 그냥 놔두십시오! 테크니컬러*의 석양, 폭풍우를 위한 특수효과, 완벽한 조명과 음향효과는 저희가 맡겠습니다. 인간들이 파도소리를 들으면 진짜 바다로 착각할 정도로 해드리겠습니다!'"

모린은 혼자서 깔깔댄다. 하지만 그녀 옆에 앉은 남자의 표정은 한층 엄숙해진다.

"아까 내가 어떤 사람이냐고 물었죠?" 그가 묻는다.

"난 당신이 누구인지 몰라요. 하지만 이 도시에 대해 잘 알고 계신 것 같네요. 솔직히 말하면 당신을 만난 건 내겐 행운이에요. 하루 동안에 희망과 절망과 고독, 그리고 새 친구를 만나는 기쁨을 맛보았어요. 이렇게 다양한 감정들이 이 짧은 시간 속에 함께하다니요!"

---

* 할리우드의 초기 컬러영화.

이고르는 주머니에서 뭔가를 꺼낸다. 15센티미터가 채 안 되어 보이는 나무대롱처럼 생긴 물건이다.

"세상은 위험한 곳이오. 당신이 어디에 있든, 아무런 죄책감도 느끼지 않고 당신을 공격하고, 파괴하고, 죽이려 하는 자들이 접근해올 수 있소. 그런데 아무도 스스로를 방어하는 법을 배우려하지 않지. 하여 우리 모두의 운명은 더 강한 자들의 손아귀에 들게 되는 거요."

"맞아요. 그렇담 바로 그 나무대롱이 그 위험한 자들을 물리치는 당신만의 방법인가요?"

그는 물건의 윗부분을 비튼다. 자신의 걸작품에 마지막 터치를 가하는 화가의 섬세한 손길로 그는 뚜껑을 뽑아낸다. 사실 그 것은 뚜껑이 아니라 길쭉한 못같이 생긴 것의 머리 부분이었다. 드러난 금속 부분이 햇빛에 번득인다.

"이런 게 트렁크에 들어 있으면 공항 검색대를 통과하지 못하겠죠?"

그녀가 웃으면서 말한다.

"그렇소. 통과하지 못하오."

그녀는 흐뭇함을 느낀다. 지금 함께 있는 남자, 그는 정중하고 미남이며 부자로 보이는데다가 모든 위험으로부터 자기를 보호해줄 수 있을 것 같았다. 이곳 칸의 범죄율에 대해서는 아는 바가 없지만, 아무튼 모든 상황에 대비하는 건 언제나 좋은 일이다.

모든 상황에 대비하는 것…… 남자들이 해줄 일은 바로 그런 것 아닌가.

"물론 이 물건을 사용하기 위해서는 일격을 가할 지점을 정확히 알고 있어야 하오. 이건 강철로 만들어지긴 했지만 너무 가늘어서 연약한데다 심각한 손상을 입히기에는 너무 작기 때문이오. 아주 정확하게 사용하지 않으면 아무런 결과를 얻을 수 없소."

그는 강철 날을 들어 모린의 귀 옆에 가져다댄다. 그녀의 최초의 반응은 두려움이었지만, 그 두려움은 이내 흥분으로 바뀐다.

"예를 들어 여기는 이상적인 지점이오. 조금만 더 위쪽으로 올라가면 두개골에 막히고, 조금 더 아래쪽은 목정맥이 있는 곳이지. 목정맥을 찔리면 죽을 수도 있지만, 즉사하지는 않기 때문에 반격을 당할 수 있소. 특히 상대가 총을 가지고 있을 경우, 나를 향해 쏘겠지요. 이렇게 가까운 거리에선 아주 위험하오."

강철 날은 그녀의 몸을 타고 천천히 내려간다. 그것은 젖가슴 위에 이르고, 모린은 그가 이런 살 떨리는 공포를 통해 짜릿한 흥분을 느끼게 하려는 거라고 생각한다.

"통신분야에서 일하는 분이 이런 분야에 대해 어쩜 그렇게 많이 알고 있죠? 그런데 당신의 말대로라면, 그걸로 사람을 죽이는 건 꽤나 복잡한 일인 것 같네요."

사실 그녀가 정작 말하고 싶었던 것은 이것이다.

'당신 정말 재미있고 매력적이에요. 더이상 주저하지 말고 내 손을 잡아줘요. 그리고 우리 함께 해지는 광경을 구경하자고요.'

강철 날은 젖가슴 위에서 멈추지 않고 미끄러져 내려간다. 하지만 그것만으로도 그녀의 흥분은 고조된다. 결국 그것은 그녀의 팔과 가슴 사이에서 멈춘다.

"이 높이에 당신의 심장이 있소. 하지만 심장은 천연적 장벽, 흉곽으로 보호되고 있지요. 만일 두 사람이 뒤얽혀 격투하고 있다면 이 조그만 무기로 심각한 타격을 입히는 건 불가능하오. 날이 몸에 박힐 수는 있지만, 그 정도 상처로는 사람이 죽을 만한 출혈을 초래할 순 없으니까. 하지만 이곳, 여기는 치명적이오."

이 외딴 장소에서 그녀는 대체 무얼 하고 있는 걸까? 생면부지의 사내와 앉아 소름 끼치는 얘기를 듣고 있다니. 바로 그 순간, 그녀는 전류에 감전된 것처럼 온몸이 마비되는 것을 느낀다. 그가 강철 날을 그녀의 몸속으로 밀어넣은 것이다. 그녀는 숨이 막혀오는 느낌에 호흡해보려 애쓰다가 곧바로 의식을 잃고 만다.

이고르는 그녀를 품에 안는다. 첫번째 희생자에게 그랬던 것처럼. 하지만 이번에는 그녀의 몸이 벤치에 앉은 자세를 유지하도록 해놓는다. 그런 다음 장갑을 끼고서 그녀의 힘없는 머리를 가슴 앞으로 툭 떨어뜨린다.

누군가 해변의 끝에 위치한 외진 이곳까지 와볼 생각을 했다면, 그는 다만 고개를 숙이고 잠든 한 여인을 보게 되리라. 영화제에서 제작자들과 배급업자들을 찾아서 뛰고 또 뛰다가 마침내 기진하여 잠들어버린 한 여인을.

해안가 낡은 창고 뒤에 한 소년이 숨어 있었다. 연인들이 와서 애무하는 모습을 훔쳐보면서 자위를 즐기곤 하던 소년이었다. 하지만 지금 소년은 새파랗게 질린 얼굴로 경찰에 전화를 걸고 있다. 모든 것을 본 것이다. 처음에는 남자가 장난하는 거라고 생각했다. 하지만 그는 정말로 송곳칼을 여자의 몸에 박아넣었다! 경찰이 도착할 때까지 꼼짝말고 숨어 있어야 할 터였다. 저 미친 남자가 언제 돌아올지 모르고, 그러면 인생 끝이었다.

이고르는 강철 날을 바다에 던져버리고 호텔을 향해 걷기 시작한다. 이번에 죽음을 택한 것은 희생자였다. 자기는 호텔 테라스에 혼자 앉아 과거를 되돌아보면서, 앞으로 어떻게 해야 할지 생각하고 있었을 뿐이었다. 그런데 그녀가 제 발로 찾아왔다. 생면부지의 사내가 외딴 곳으로 가자고 제의했을 때, 그녀가 선뜻 받아들이리라고는 상상도 못 했다. 그가 조그만 물건 하나가 치명상을 가할 수 있는 신체의 다양한 지점들을 설명해주기 시작했을 때만 해도 그녀는 얼마든지 도망갈 수 있었다. 하지만 그녀는 그렇게 하지 않았다……

경찰차 한 대가 통제된 도로를 통해 그의 옆을 달려간다. 이고르는 그 차가 어디로 가는지 지켜보았다. 놀랍게도 차는 이 축제기간에는 아무도 찾지 않는 그 외진 잔교 위로 진입하고 있다. 일몰의 광경을 구경하기에 최고의 장소였지만, 오늘 오전에도, 그리고 좀전까지도 텅 비어 있던 그곳에 경찰차가?

잠시 후, 이번에는 사이렌 소리 요란한 구급차 한 대가 경고등을 번쩍이며 지나간다. 역시 같은 방향이다.

그는 다시 걸음을 옮긴다. 상황은 분명하다. 범행을 목격한 사람이 있다. 그렇다면 목격자는 그를 어떻게 묘사할까. 잿빛이 감도는 머리칼, 청바지에 흰 셔츠, 그리고 검은 재킷 차림? 목격자의 말을 토대로 경찰은 몽타주를 그릴 수도 있으리라. 하지만 그건 시간이 걸릴뿐더러, 결국 그렇게 생긴 사람은 수십 명, 아니 수천 명일 수도 있다는 결론만을 얻게 될 것이다.

경찰에게 자수를 시도했다가 호텔로 돌아온 후, 그는 더이상 그 누구도 자신의 임무 수행을 중단시킬 수 없다고 확신하게 되었다. 이후 그의 마음속에 이는 의혹은 전혀 다른 성격의 것이다. 지금 그가 이 우주에 바치고 있는 이 모든 희생들, 과연 에바는 이것들을 바칠 가치가 있는가? 이 도시에 도착할 때만 해도 이에 대한 확신이 있었다. 하지만 이제는 무언가 다른 것이 그의 영혼을 채우고 있다. 짙은 눈썹과 천진한 미소를 지닌 공예품 행상처녀의 영이다.

처녀는 이렇게 말하는듯하다.

'우리 모두는 신성한 불꽃의 일부예요. 우리 모두는 사랑이라는 하나의 목적을 안고 창조되었어요. 그리고 이 사랑은 한 사람에게만 집중되어서는 안 돼요. 온 세상으로 번져나가 누구의 가슴에든 피어날 수 있어야 하죠. 눈을 떠요! 이 넓은 사랑에! 지나간 것은 다시 돌아올 수 없어요. 새로 다가올 것들에 열려 있어야 해요.'

인간은 어떤 계획을 그 최종적인 결과가 나타날 때까지 진행하고서야 비로소 그것이 잘못된 것이었음을 깨닫게 되는 존재일까? 혹은 자비로운 신이 다른 길로 인도할 때에야 비로소 진실을 발견하게 되는? 하지만 이고르는 그런 생각을 떨쳐내려 애쓴다.

그는 손목시계를 들여다본다. 칸에 있을 시간이 이제 열두 시간 남았다. 이 시간이면 충분히 사랑하는 여자를 되찾아 함께 비행기에 올라 돌아갈 수 있으리라……

……하지만 어디로? 모스크바에 남겨두고 온 그의 사업으로 다시? 그렇다면 지금까지의 이 모든 경험, 이 모든 고통, 이 모든 생각, 이 모든 계획이 대체 무슨 의미가 있는가? 아니면, 이 희생자들을 통해 다시 태어나 완전한 자유를 선택하고, 그를 알지 못하는 누군가를 만나 에바와 함께하던 시절 꿈꿨던 그 모든 일들을 하며 살아갈 것인가?

(2권으로 이어집니다.)

지은이 **파울로 코엘료**
전 세계 170여 개국 81개 언어로 번역되어 2억 2천 5백만 부가 넘는 판매를 기록한 우리 시대 가장 사랑받는 작가. 1986년 첫 작품 『순례자』를 썼고, 이듬해 자아의 연금술을 신비롭게 그려낸 『연금술사』로 세계적 작가의 반열에 올랐다. 이후 『베로니카, 죽기로 결심하다』『11분』『악마와 미스 프랭』『승자는 혼자다』『알레프』『아크라 문서』『불륜』『스파이』『히피』 등 발표하는 작품마다 세계적으로 엄청난 반향을 불러일으켰다. 2009년 『연금술사』로 기네스북에 '한 권의 책이 가장 많은 언어로 번역된 작가'로 기록되었다.

옮긴이 **임호경**
서울대학교 불어교육과 동 대학원 불문과를 졸업한 후, 파리 8대학에서 마르셀 프루스트 연구로 불문학 박사학위를 취득했다. 『도끼와 바이올린』『조르조 바사리』『움베르토 에코 평전』『중세의 기사들』『밀레니엄』(1, 2)『백 년의 악몽』베르나르 베르베르의 『신』(5, 6) 등을 우리말로 옮겼다.

문학동네 세계문학
승자는 혼자다 1

1판 1쇄 2009년 7월 23일 | 1판 12쇄 2020년 6월 23일

지은이 파울로 코엘료 | 옮긴이 임호경 | 펴낸이 염현숙
책임편집 박여영 허주미 | 디자인 박진범 이원경 | 저작권 한문숙 김지영 이영은
마케팅 정민호 정진아 함유지 김혜연 김수현 | 홍보 김희숙 김상만 지문희 우상희 김현지
제작 강신은 김동욱 임현식 | 제작처 한영문화사(인쇄) 경일제책사(제본)

펴낸곳 (주)문학동네
출판등록 1993년 10월 22일 제406-2003-000045호
주소 10881 경기도 파주시 회동길 210
전자우편 editor@munhak.com | 대표전화 031) 955-8888 | 팩스 031) 955-8855
문의전화 031) 955-8896(마케팅) 031) 955-2654(편집)
문학동네카페 http://cafe.naver.com/mhdn | 트위터 @munhakdongne
북클럽문학동네 http://bookclubmunhak.com

ISBN 978-89-546-0848-0 04890
    978-89-546-0847-3 (세트)

잘못된 책은 구입하신 서점에서 교환해드립니다.
기타 교환 문의 031) 955-2661, 3580

www.munhak.com

자신의 생을 성취로 이끈 사람들,
치열한 열정으로 자신의 길을 개척한 이들이
소중한 이에게 추천하는 책!

연주여행을 가기 위해 비행기에서 긴 시간을 보낼 때면 이 책을 거듭 손에 잡게 된다. 성악가로서 세계를 떠돌다보니 왜 난 이렇게 집시처럼 떠돌아다녀야 하는지 생각을 많이 했다. 그런데 『연금술사』를 읽고 나서 인생은 자아를 발견하기 위한 영원한 여행이라는 생각에 위안을 얻게 됐다. 내가 찾아 헤매던 답을 찾아준 책이라고나 할까. **조수미** (성악가)

인생에서 진정 찾고자 하는 것은 무엇인지 차분히 생각해볼 기회를 주는 책. 주인공 산티아고의 여정을 통해 그동안 잊고 지내던 인생을 살아가는 진리를 다시 한번 되새기게 된다. **한완상** (전 대한적십자사 총재)

코엘료의 책을 잔뜩 쌓아두고 읽고 싶다. **빌 클린턴** (전 미국 대통령)

학창시절, 비겁했던 나의 여고시절에 이 책을 접했더라면 얼마나 좋았을까. **추상미** (영화배우)

『연금술사』를 읽으면 자기 앞에 놓인 빈 공간을 새로운 색깔들로 채워나가고 싶은 마음이 든다. **최윤영** (아나운서)

기막히게 멋진 영혼의 모험이다. **폴 진델** (풀리처상 수상작가)

아름다운 문체, 결 고운 이야기, 마음을 움직이는 감동… 코엘료는 혼탁한 생의 현실 속에서도 참 자아를 지켜갈 수 있는 힘을 보여준다. **정진홍** (서울대 종교학과 명예교수)